ㄷ
향

사랑, 그 설렘에 취하고 향기에 물들다.

ㄷ
향

사랑, 그 설렘에 취하고 향기에 물들다.

꽃의 이미

꽃의 어미

초현 장편 소설

DAHYANG ROMANCE STORY

목 차

첫 번째 문
난초

춤추는 여인의 모습이 섬세하게 조각된 나무 격자에 야트막한 햇살이 물들었다. 어슴푸레 퍼져 나오는 옅은 빛이 늘어트린 흑단 같은 머리카락에 흐트러지자, 여인의 작은 목소리가 나지막하게 울려 퍼졌다.

"꽃이 피었구나."

붉은 입술에 옅은 호선이 생겼다 사라졌다. 쪽빛 옷깃 사이로 비치는 하얀 목선은 짙은 반비 아래에 수줍게 숨자, 섬세한 옥으로 조각한 가느다란 손가락이 소매 사이로 드러났다.

그녀는 귀한 난초의 대를 조심스럽게 쓸어내렸다.

노란 꽃이 손가락 사이로 스쳐 지나간다.

키우기 어려운 난초였다. 하루걸러 볕에 내놔야 했고, 벌레도 부지런히 잡아줘야 했다. 물도 자시에 숯과 함께 내놓은 석간수를 써야 했고, 매일 줄기를 닦아줘야 했다.

그 힘든 일을 묵묵히 다한 이는 송씨 가문에 장녀 송사린이었다. 번거로운 난초를 키운 지 벌써 일 년. 혹여 시들까, 벌레가 생기지 않을까 싶어 일 년을 하루같이 보살폈다. 난초에 대해 조예가 깊은 노사부는 고개를 저었지만 그래도 그녀는 포기하지 않았다.

지성이면 감천이었을까. 그러던 어느 날 꽃대가 올라왔다.

그녀는 조용히 꽃잎에 가까이 다가갔다. 꽃잎에 콧잔등이 닿으니, 굉장히 부드러운 감촉이 느껴졌다. 겨우 피운 꽃잎은 여리며 순수했다.

"손을 많이 타는 귀한 아이구나."

사린은 난꽃처럼 정갈하게 웃으며 고개를 들었다.

"내가 이겼다."

그녀는 꽃대를 톡톡 쳤다.

"크하하하하! 아싸라비야!"

정말이지 이놈의 난초 참으로 지겹기도 했다. 꽃 키우는 것은 좋아했지만, 이것은 인간성 박박 긁는데 뭐 있었다. 너무 추워도, 더워도 안됐다. 인간이 아닌 신이라도 더위와 추위를 견디는 법이거늘, 감히 난초 따위가 까탈스럽게 군단 말인가. 내기가 아니었으면 당장 파다가 묻어서 다른 식물 거름으로 썼을 것이다.

"옛 성현의 말에 포기하면 판돈을 잃는 거라 했다! 야호! 아래루야(亞來鏤惹)!"

정숙한 아가씨라 할 수 없는 박장대소를 하니, 옆에 있던 시녀 얼굴이 사색이 되었다. 송씨 가문에 장녀 송사린은 그랬다. 외모만큼은 화환족의 피를 받아 경국지색이었지만, 성격만은 뒷골목 한량과 다름없었다.

긴치마 저고리가 무색하게 송사린은 그 자리에서 팔짝팔짝 뛰었다. 그녀가 뛸 때마다 곱게 늘어트린 흑단 같은 머리채가 사락사락 흔들렸다.

신주의 제일가는 왈패.

쉬쉬했지만, 도는 소문을 막을 수 없었다.

"노사부에게 말해, 내가 이겼다고."

"예에."

시녀는 부리 부리나케 달려갔다. 수틀렸다가는 저 왈패가 주먹을 휘두른 적이 한두 번이 아니었다. 사린은 흐트러진 머리카락을 넘기며 침상에 앉았다. 단정하게 손을 모으자 아까의 모습을 찾아볼 수 없이 아리따운 규수만 있을 뿐이었다.

꽃이 폈다.

사린은 한참을 난초만을 바라보았다. 묘한 정적이 규방 안에 감돌았다.

"아씨, 노사부이십니다."

그녀의 고요함을 깨트린 이는 아까 달려갔던 시녀였다. 사린은 조용히 일어나 장지문을 밀었다. 환한 햇살 사이로 덥수룩한 수염을 쓰다듬는 노사부가 에헴 헛기침을 했다.

"어서 들어오십시오."

하얀 옷을 길게 늘어트린 신선 같은 노인이 내키지 않는다는 듯, 규방 안으로 들어섰다.

사린이 의자에 앉으며 말했다.

"너는 나가 있거라."

시녀는 장지문을 닫고 조용히 물러났다. 노사부는 나가는 시녀를 물끄러미 바라보다 불만 섞인 목소리로 말했다.

"차도 안주는 게냐?"

그녀는 옅은 미소를 지으며 데운 개완(찻주전자) 찻잎을 넣고, 능숙하게 빙그르르 돌렸다.

"꽃이 피었다 들었다."

"난초입니다. 아주 예뻐요."

길게 내려오는 소매를 조금 올리고 하얀 개완을 기울이니 맑은 차 소리가 규방 안에 울려 퍼졌다.

"소녀가 내기에 이겼지요."

"그래. 저 꽃을 피우면 뭐든 들어준다 했지. 자, 더부살이하는 땡전 한 푼 없는 노부에게 무엇을 바라느냐."

입가에 머물렀던 얕은 호선이 좀 더 진해졌다. 사린은 고운 피백을 늘어트린 채 노사부에게 찻잔을 건네며 사뿐히 자리에 앉았다.

"채소의 모종과 씨를 원합니다."

"농사지을 게냐? 그게 왜 필요해."

"곧 궁에 가게 될 테니까요."

노사부는 아무 말 하지 않았다. 그녀는 깍지 낀 손을 풀고 옅은 미소를 베어 물었다.

"이제 저는 입궁해 첩지를 받겠지요. 그곳에서 죽을 거 같습니다."

사제는 작은 바람에 흔들리는 난초를 바라보았다. 추분경에 피어나는 귀한 꽃이었다.

"아직 어린 것이 어찌 그런 박한 말을 하느냐."

"박하여야 하지요. 철들 때부터 알고 있었습니다. 살아갈 날이 선생보다 많이 남지 않다는 것을요."

푸른 신록이 붉게 물드는 나날의 시작. 난초의 꽃이 피는 시기는 죽을 날의 개시였다.

"모종이 필요한 연유는 소녀가 궁에 가면, 황상께서 곡기를 끊으실 거 같아서입니다."

"그렇게까지 하시겠느냐."

"황상이시라면 그러고도 남으시지요. 요망한 화환족 때문에 모후를 잃으시지 않았습니까. 될 수 있는 모든 수단으로 소녀를 괴롭히고 싶지 않겠습니까."

노인은 하얀 수염을 쓰다듬어 내렸다. 부정하고 싶어도, 그녀의 말은 사실이었다.

"마지막으로 사부께 묻고 싶습니다. 소녀에게는 두 개의 이름이 있습니다. 제 이름은 송사리입니까 송사린입니까?"

사리는 자리에서 일어나 난초에게 다가갔다. 그녀가 걸을 때마다 얇은 의 사이로 보이는 살결은 희고 고와서 금방이라도 사라질 거 같았다.

"소녀에게는 두 개의 신분이 있습니다. 하나는 요망한 화환족이고, 다른 하나는 송씨 가문의 장녀입니다."

사리는 사그라지도록 말갛게 웃었다.

"각각의 삶이 다르고, 책임도 다릅니다. 사부라면 어떤 선택을 하시겠습니까?"

노사부는 애써 다른 곳을 바라보았다. 그의 아리따운 제자의 질문에는 정답이 없었다. 아마 세상에서 제일 지혜로운 이라도, 선뜻 대답할 수 없었다.

"내기에서 이겼으니, 사부께서는 소녀의 청을 다 들어주셔야 합니다."

"또 무엇을 말이냐."

시큰한 눈가를 참는 듯한 목소리는 살짝 떨려왔다.

그녀는 작은 손을 내밀어 굳은살이 밴 노부의 손을 잡았다.

"신주에서 떠나십시오. 이곳에 계시지 마세요. 가주께서 일으킬 난이 스승을 해할까 두렵습니다."

난초의 은은한 향 속에서 사리는 신기루처럼 살풋 웃었다. 앞에 앉은 노인은 넓고 넓은 신주에서 유일하게 마음을 준 이였다. 그래서 그만이라도 신주와 무관한 삶을 바랐다.

문밖에서 인기척이 들렸다.

"춘란입니다."

그녀는 쓰게 웃었다. 이미 모든 것이 다가오고 있었다.

"들어오거라."

시녀는 사뿐한 발걸음으로 장지문을 열며 들어왔다.

"가주께서 뵙자 하십니다."

사리는 작게 한숨을 쉬었다. 가주가 직접 부른 모양이니 지체할 수도 없었다. 그녀는 자리에서 일어나 노사부 앞에서 섰다. 가볍게 끌리는 푸른 치마 위에 아롱진 하얀 꽃이 움직임에 따라 흐트러졌다.

"무탈하셔야 합니다."

그토록 은혜를 입었건만, 고작 이 한마디밖에 할 수 없었다. 사리는 허리를 굽혀 인사했다. 차마 그녀를 바라볼 수 없는 노사부는 고개를 돌려 난초를 바라보았다.

규방에 남은 노인은 소매로 눈가를 눌렀다.

은은한 향이 바람결에 흔들렸지만 꽃을 피운 이는 벌써 지고 있었다.

*

화환족이라는 민족이 있었다. 꽃처럼 아름다운 그 민족은 한곳에 정착하지 않았다. 마치 초원을 누비는 북방의 민족처럼 하연국 곳곳을 돌아다니며 수레를 타고, 시와 소설을 팔았다. 그들은 가무를 즐기기도 했고, 점을 보기도 했다. 어느 곳에나 진귀한 것을 가져다주는 민족이었지만, 천성은 이루 말할 수 없었다. 그들에게 충과 효는 모닥불을 피울 장작보다 가치가 없었고, 풍기가 문란하여 결혼과 자식의 개념도 없었다. 애를 낳기도 했고 버리기도 했으며, 어여쁜 고아를 데려와 아들과 딸로 삼기도 했다.

그래서일까. 화환족은 남자 여자 할 것 없이 누구나 빼어난 미모를 자랑했다. 꽃처럼 아름답지만, 간악한 독이 있었다. 그러나 사람은 누구나 그 요사스러운 아름다움에 끌려가는 법. 그 간악한 미의 빠진 것은 상황 고종이었다.

고종은 요망한 화환족을 궁으로 끌어와 귀비로 삼았고, 하연국은 망조의 길에 들었다. 궁에서는 끊임없는 향락이 이어지고 궁밖에는 굶어 죽는 자들이 넘쳐흘렀건만, 화환족의 요녀 화귀비는 백성의 기름을 짜내고, 비단과 황금을 둘렀다.

현 황제 율이 화귀비의 목을 벨 때까지 하연국은 그렇게 무너져 가고 있었다.

*

"사린 아가씨입니다."

시녀의 목소리가 불길한 까마귀 울음소리 같았다. 손을 가지런히 모으고 허리를 폈지만, 두려운 이를 보는 마음은 떨리기만 했다. 사린은 더없이 예법에 맞는 걸음걸이로 천천히 걸어 들어갔다.

"밤새 평안하셨는지요."

"언제나 반반한 낯짝이군."

사린은 생긋 웃으며 아비를 향해 인사했다. 변함없는 사람이었다, 증오를 담은 매서운 눈초리도, 경멸하는 차가운 어조도 똑같았다. 웃자. 사린은 웃었다. 이자 앞에서는 웃어야 했다.

"가주께서 언제나 변함없으십니다."

그녀는 자리에 앉아 가주를 바라보았다. 그럭저럭 잘생긴 생김새였지만 간악한 살쾡이처럼 눈이 거무스름한 남자는 사린에게는 세상에서 가장 무서운 그림이었다.

아비였다. 앞에 있는 이자와 돌아가신 화환족 어머니 사이에 아가씨가 생겼다고 유모는 말했었다.

하지만 어릴 때부터 도저히 믿을 수 없었다. 왜 가주는 자기 자식을 이리도 증오하는 걸까.

"건방진 것도 여전하군."

말이 끝나자마자, 무엇인가 휙 날아왔다.

쨍그랑—

가주가 던진 찻잔이 사리의 머리에 부딪혀 깨어졌다. 사리는 아무런 미동도 하지 않고 미간을 살짝 찌푸렸다.

"네가 가진 것은 그 반반한 미색밖에 없지."

붉은 피가 하얀 이마를 타고 내려왔다. 사리는 다시 미소를 지으며 핏방울을 손으로 잡았다.

툭.

핏방울은 붉은 꽃잎처럼 손바닥 위로 떨어졌다.

"그거라도 있으니 어디입니까."

화환족인 어머니가 남겨준 것은 남들보다 좀 나은 미색.

"천한 년."

송씨 가문 가주인 아버지가 남겨준 것은 남에게 배척받는 자리.

사리는 피어나는 꽃처럼 화사하게 웃었다. 피하고 싶지만 피할 수 없었다.

"이 천한 년을 만드신 것은 가주가 아니십니까."

추악하고 더러운 피였다. 나라 안에서 척거(斥拒)당하는 화환족. 그래, 그럴 수도 있었다. 하지만 그래서 이리 추한 것이 아니었다.

피가 피백을 적시며, 바닥으로 떨어졌다.

이 흐르는 피는 악인에게서 받은 것이었다. 남의 죽음을 아무렇지도 않게 여기는 천하의 죄인. 그 모진 죄를 지었으면서 태연한 송씨 가문의 가주.

비릿한 혈향이 맴돌았다. 사리는 육신에서 도는 데운 피를 다 흘려버리고 싶었다.

"궁으로 가 황제를 유혹해라."

그것이 목적이셨습니까.

그녀는 흘러내리는 피를 훑어냈다. 붉디붉은 피가 손바닥에 달라붙었다.

"소녀에게 무리입니다."

"네 반반한 미색과 기예라면, 젊은 황제 정도는 홀릴 수 있을 것이다."

가주는 옛날부터 현 황제를 얕보고 있었다. 그러나 사리가 생각하기에 지금의 황제는 결코 얕봐서는 안 되는 인물이었다. 화귀비가 무너뜨린 조정을 바로 잡고, 탐관오리를 숙청했다. 소문으로는 무자비한 이라 했지만, 지금 하연국에 필요한 것은 그런 피에 젖은 칼이었다.

"소녀는 무리라 말했습니다."

가주가 원하는 것이 무엇인지 안 이상 더는 참을 수 없었다. 그녀는 자리에서 일어났다. 모든 것이 징그러웠다. 가주도, 현실도, 앞으로 살아야 할 나날도, 너무나 벅차고 힘들었다.

"그것이 그나마 네가 살 길이다."

"차라리 죽겠습니다."

가주의 말대로 하고 싶지 않았다. 그럴 능력도 없었지만, 그리하고 싶지 않았다. 요망한 화환족이라 배척받아 울었던 어릴 적부터 누군가를 홀리는 일, 그것만은 죽기보다 싫었다.

"네년이 감히……."

사리는 이곳에서 한시라도 빨리 빠져나가고 싶었다. 아비는 독이었다. 여기 더 있다가는 그 독기에 숨이 멎을 것이다. 하지만 무자비안 이는 다시 한 번 말했다.

"황제를 유혹해라. 명령이다."

그녀는 고개를 저었다.

"그리하면 널 살려주겠다."

사리는 처음이자 마지막으로, 가주에게 이죽거렸다.

"대업 잘되시길 빌겠습니다."

그녀는 천천히 밖으로 걸어갔다.

"소녀는 알고 있습니다. 가주께서 반역에 성공하셔 황좌에 오르셔도, 황상께서 가주를 쳐 철단상위에 목만 남더라도, 소녀의 운명은 매한가지 아닙니까."

사리는 돌아서서 가주의 얼굴을 보았다. 그는 언제나 같은 자리에, 같은 모습으로 앉아 있었다.

마지막. 그래. 이것이 마지막이었다. 그녀는 남아 있는 힘을 쥐어짜 냈다.

"전 죽습니다. 가주께서 어디에 있으시던 절 죽이겠지요."

가주의 미간이 찌푸려졌다. 사리는 비틀거리며 미닫이문을 열었다.

"그곳이 피에 젖은 황궁이든, 신주든 말입니다!"

그녀가 비틀거리며 문을 열자 밖에서 지키고 있던 시녀가 새된 비명을 질렀다. 이미 피백은 피에 흠뻑 젖은 채 바닥에 질질 끌려가고 있었다.

밖으로 나온 사리는 몸을 가눌 수 없었다.

"그것만큼은 하고 싶지 않아."

결국 모든 것은 어두워지고, 마침내 정신을 잃었다.

*

한낮임에도 자욱한 안개가 드리운 날이었다. 한 시진 일찍 연등을 켜야 하는 장한궁 환관들의 발걸음이 급하기만 했다. 그들을 지휘하는 태감은 문밖에서 궁녀에게 차를 내가라 지시했다. 다실의 궁녀는 황상께서 자주 드시는 약간 식은 오궐차를 금빛 다반에 조심스럽게 올렸다.

궁녀는 이제 막 들어가려다 갑자기 들리는 외침에 순간 멈칫했다.

"실성하신 겝니까!"

태후에 날카로운 외침이 황제가 머무는 장한궁을 뒤흔들었다.

"그럴 리가 있겠습니다, 태후 마마."

현 황상인 권율은 완전히 식은 차를 한 모금 들이켰다. 시간이 오래되었는지 오궐차는 약간 떫은맛이 났다.

"아닙니다. 황상께서는 모르시는 게 틀림없습니다. 황상께서 하시는 일이 무엇인지 아시면, 이런 일을 벌일 수 없습니다."

벌써 몇 번째 설명했지만, 영화로우신 태후마마는 전혀 알아듣지 못하고 계셨다. 율은 웃음을 지우지 않은 채, 지루한 가무를 보는 것처럼 뻬딱하게 앉았다.

"비록 제가 황상의 피를 나눈 모후는 아니지만, 이러실 수 없습니다."

그는 작게 하품을 했다. 그러자 째진 또다시 외침이 장한궁 안을 쩌렁쩌렁 울려대었다.

"요물 같은 화환족을 궁에 들이다니요! 선대께서 어떻게 되셨는지 몰라서 하시는 일이십니까!"

"여기 차라도 마시며 진정하시지요."

율이 손짓하니 곧 궁녀가 달려와 태후의 찻잔을 바꾸었다. 그는 웃으면서 다시 차분하게 말했다.

"걱정하시지 않으셔도 됩니다. 소자가 그리 미덥지 못하십니까?"

"그렇지 않습니다."

그가 말을 이었다.

"화환족에게 홀릴 거 같습니까?"

태후는 고개를 저었다.

율은 전 황제를 죽이고 황상의 된 자였다. 자식 된 몸으로, 아비를 죽인다는 것은 후대까지 지탄받아야 할 일이건만, 아무도 그를 욕하지 않았다. 율은 마지막 남은 황자이며 히연국을 소생시킬 수 있는 최후의 희망이었다.

만약 그가 고종과 화귀비를 사사하지 않았다면, 태후도, 하연국도 이 모습을 간직하지 못했을 것이다.

"송씨 가문이 심상치 않습니다. 재미있지 않습니까? 화환족이라면 치를 떠는 짐에게 화환족의 피를 받은 여식을 보내다니⋯⋯."

율은 비릿하게 웃으며, 얇은 화첩을 펴 보았다. 척 봐도 경국지색인 미모가 섬세하게 그려져 있었다.

"무슨 흑심이 있을까 궁금하지 않습니까?"

"거기까지는 부족하여 몰랐습니다."

"이제 아셨으니 어떻습니까?"

율은 화첩을 거칠게 내던졌다. 고급스러운 화첩은 바로 태후의 발밑에 떨어졌다.

"이 얼마나 우스운 일입니까."

"송씨 가문은 신주의 제일가는 가문입니다."

"알고 있습니다. 그래서 이렇게 힘든 거 아닙니까."

태후는 수건으로 입가를 가렸다. 현 황제 율은 평소에는 어린아이처럼 장난스럽기 짝이 없었지만, 한번 화가 나면 광폭한 화염마냥 모든 것을 태울 거처럼 뜨겁게 넘실거렸다. 바로 지금처럼 언뜻 보이는 눈에는 흉흉함이 감돌았다. 태후는 그제야 자신이 실언했다는 것을 깨달았다.

"어미가 부족했습니다. 괜한 말을 꺼낸 거 같습니다."

"그런 거 같습니다, 어마마마."

그가 다시 손짓하자, 환관은 재빨리 내동댕이친 화첩을 주워왔다.

"걱정하지 않으셔도 됩니다."

"알겠습니다. 이 어미는 걱정을 거두겠습니다."

"화환족 년에게, 지옥을 보여줄 것입니다."

"황상……"

"송사린은 시안으로 오기 전에 죽는 것이 나을 것입니다."

그는 다시 화첩을 바라보았다. 아무리 고운 미색이라지만, 흉물스러운 요물로밖에 보이지 않았다. 죽여도 시원치 않지만 죽이면 모든 것이 끝이었다.

"살아 있는 것을 후회하게 될 것입니다."

율은 부드럽게 미소 지으며 자리에서 일어났다. 태후는 그런 황제의 모습에 고개를 돌렸다.

*

가을 녘에 산길이 붉은빛으로 물들어갔다.

거대한 무리는 낙엽을 밟으며 천천히 걸어갔다. 짐을 잔뜩 실은 흑마가 투레질을 하자, 길을 잘 아는 자가 이제 신주를 벗어난다 외쳤다. 그 말을 들은 시종들은 연신 뒤를 돌아보며 수군거렸다.

그들은 불안했다. 이리 갔던 길을 다시는 돌아오지 못할까 봐, 전전긍긍했다.

그 마음을 모르는 것이 아니었다. 사린는 가마의 철격자 사이로 흔들리는 신주성을 바라보았다. 신주를 벗어난 것은 난생처음이었다.

"나왔구나."

어렸을 적 얼마나 나가고 싶었는지 저택 담을 기어오르다 무사에게 잡히곤 했다. 하지만 지금은 자신의 마음을 통 알 수 없었다. 나가고 싶었는지, 나가고 싶지 않았는지 모든 것이 흐릿했다.

그녀는 무릎에 얼굴을 묻었다.

흔들리는 것은 가마뿐이 아니었다. 마음도 같이 요동쳤다. 가슴 안에 뜨거운 것이 울컥 쏟아지자, 입술을 물며 참아왔던 것들이 한번에 역류했다.

'새삼스럽다.'

각오했던 일이었다. 그리 마음을 먹고 흔들릴 때마다 부여잡았다. 앞으로 해야 할 일을 생각하고, 일어날 일을 예비했다. 하지만 슬픔 앞에는 이렇게 무력하기만 했다.

치맛자락이 천천히 눈물로 얼룩져 갔다. 이리 우는 것은 이제 마지막이다. 다시는 이러지 않을 거라 그리 결심했다.

신주에서 멀어질수록 가마는 흔들리기만 했다. 사리는 철격자에 갇힌 채 죄인마냥 하연국 수도 시안으로 끌려갔다.

*

하연국의 역사는 두 개의 옥쇄로부터 시작되었다.

비옥한 옥토를 시시때때로 약탈해 가는 야만스러운 주기족을 물리친 태황 권사문은 백성을 도탄에 빠트린 제후를 치고, 스스로 황제의 자리에 올랐다.

위대한 태황은 용을 숭상했다. 그는 직접 제를 드려 길일을 잡고, 제일 좋은 장인에게 명하여 용으로 장식된 옥쇄를 만들었다.

이것이 하연국을 상징하는 위대한 옥쇄였다.

하지만 그는 또 다른 옥쇄를 하나 만들었다. 그리고는 두 개의
옥쇄를 제단에 받치고 하늘에 제를 들였다.

하나는 하연이옵니다.

하나는 짐입니다.

하나면 있으면 이것은 나뭇조각보다 못하옵니다.

오직 두 개의 옥쇄가 있을 때 명의 의미가 있고, 칙령이 단행될
것이옵니다.

들어라. 하연이 무너질 때까지 이것을 제일 준엄한 칙령이 될지
오니, 그대는 영원토록 이 명을 지키도록 하라.

이것이 하연국의 시작이었다. 하연국에 사는 모든 이들이 아는
것이었고, 그것은 송씨 가문의 여식 하나뿐인 화환족인 사리도 예
외가 아니었다.

그래서 사리는 놀랄 수밖에 없었다.

황제의 첩지를 받는 절차는 장엄하고 복잡한 것이었다. 입궁하기
전에도 여러 가지 절차가 있고, 첩지를 받고 황후께 인사하고 정식
으로 궁에 들어간다. 북쪽에 앉은 황후께 두 번 배례. 이것이 사리
가 아는 예법이었다.

하연의 예는 준엄하고 빈틈이 없었다. 지키지 않는 자는 비웃음을
당했고, 모든 귀족들이 예를 지키는 것은 너무나 당연한 것이었다.

'파격적인 인사네.'

황후의 자리는 아직 공석이므로, 다른 비빈이나 태후께 예를 올리는 걸까 싶었다. 하지만 그 모든 것이 생략된 채 신주에서 온 일행을 맞이한 것은 환관 하나와 병사 몇 명. 지엄한 궁중 예법에 있을 수 없는 일이었다.

"세영궁이옵니다."

염소수염을 가진 환관이 손짓하니 병사 몇 명이 빗장을 풀었다.

"아주 좋은 곳일 겁니다."

목소리에는 비웃음이 잔뜩 담겨 있었다. 문을 여는 병사들도 업신여기는 눈빛으로 일행을 보고 있었다.

"여기가 궁입니까?"

겁에 질린 식솔 하나가 사색이 된 채 물으니 병사가 코웃음을 쳤다.

"그렇소. 마마님과 아주 잘 어울릴 겁니다."

낡은 문이 삐걱거리며 요란한 소리를 냈다. 문 사이로 드러난 궁은 참으로 가관이었다. 풀은 허리까지 올라와 있고, 처마는 다 뜯겨 있었다. 기왓장은 엉망이라 풀이 자라고 있었고, 토대는 낡아 허물어지기 직전이었다.

사리는 창문 사이로 낡은 궁을 물끄러미 바라보았다. 조금 의외이긴 했다. 화려한 객전을 받은 채 산채로 굶겨 죽일 줄 알았는데, 이런 폐궁을 내려줄 줄이야.

"멈춰라."

사리가 명하니 세영궁 대문을 갓 넘은 가마가 멈추었다. 예법에 맞춘다면 비단 보료를 밟아야 했건만, 이미 모든 것이 어긋난 뒤였다.

"내관."

"예, 마마"

"첩지는 어떻게 되었소?"

대례복도 아니었고 성장(盛裝)도 하지도 않았다. 환관은 북쪽을 향해 절하고 세영궁 대문 위로 황금빛 첩지를 내려놔 펼쳤다.

"송씨 가문 여식 송사린은 황제의 명을 받들라."

가마는 내려앉고 모든 식솔이 무릎을 꿇었다.

"황제 폐하의 명을 마마께 아뢰옵니다. 송씨 가문에 장녀 송사린이 짐의 비가 되는 바, 이런 경사스러운 날을 맞이하였건만, 한 가지 수심에 잠겨 잠을 이루지 못하겠노라. 짐은 아름다운 비의 여태에 다른 이들이 시기할 것을 염려하여 한 가지 명령을 내리노라. 하연국의 모든 이를 위하여 비는 면사로 태를 가리도록 하라."

여기저기에서 숨을 들이켜는 소리가 들렸다. 사리는 입술을 매만지며 작게 한숨을 쉬었다. 한마디로 천으로 얼굴을 동여매고 살라는 말이었다.

'재미있는 명이네.'

화려하게 치장된 붉은 가마 속에서 저절로 웃음이 나왔다. 지엄하신 황상의 명을 가마 속에서 받다니. 참으로 황급하지 않은가.

"문을 열어라."

사리가 명하니 굳어 있던 식솔들이 황급히 가마 문을 열었다. 시비 하나는 서둘러 품속에 넣어두었던 면포를 펴고 예쁜 붉은 꽃신을 둔 채 뒤로 물러났다.

푸른 치마가 작게 흔들리자, 의에 매달린 노란 꽃 자수가 흔들렸다. 궁에 사는 비빈만큼 화려한 복식이 아님에도, 하얀 피부가 그대로 드러나는 수수한 반비는 고운 여태를 가리지 못했다.

사리는 가마에서 나와 무릎을 꿇었다. 세영궁에 부는 바람이 흑
단 같은 머리카락을 살짝 흐트러뜨렸다.

"송씨 가문 장녀, 송사린은 명을 받습니다."

사리는 무릎을 꿇고 명을 받아드렸다. 유려한 필체가 적힌 두루
마기에는 두 개의 옥쇄가 분명히 찍혀 있었다.

황제의 명이었다.

그녀는 쓰게 웃었다.

모든 것이 엉망이었다. 하연국 역사상 이렇게 날치기로 비가 된
이는 없으리라. 사리는 완전히 망가져 버린 모든 것에 작은 실소를
지울 수 없었다.

'이제 곧 반란을 일으킬 역적 죄인의 딸이 뭐 이리 대수라 이 모
든 것을 준비하셨을까.'

경국지색, 아름다운 여태를 보며, 환관과 병사들은 숨을 들이켰
다. 그들을 뒤로하고, 사리는 북쪽을 향해 절을 했다.

가주에게도, 황제에게도 졸로도 쓰지 못하는 비루한 장기말이 자
신이었다. 힘을 주어서 부숴트리고, 깔깔깔 웃는 어린아이처럼 그
들은 이리도 즐거운 걸까.

나라를 어지럽힌 화환족 화귀비. 그 요녀를 죽이고 황상의 자리
에 오른 황자.

하연국에 마지막 남은 요망한 화환족 송사린이 한 치도 흠을 잡
을 수 없는 예법으로, 황상께 드리는 첫 인사였다.

＊

‘다른 비빈들도 다 이럴까.’

고운 얼굴을 가린 얇은 면사가 바람에 흔들렸다. 사리는 손을 가지런히 모으고 정원에 서서 을씨년스러운 세영궁을 바라보았다. 얇은 피백은 바람결에 흐트러져 날아갈 듯 너울거리자, 허리까지 오는 풀들이 음산한 소리를 냈다.

‘그럴 리 없겠지.’

궁을 받으면 황궁에서 정해주는 궁녀를 받는 게 정석이었다. 그들이 수발을 받는 것이 사리가 아는 상식이었다. 하지만 며칠이 지나도 궁녀는 오지 않았다.

‘이왕 갈 거면 정리 좀 해주고 가지.’

식솔들은 삼 일째 되는 날 모두 신주로 돌아가 버렸다. 궁녀가 오지 않으니 시중들 이는 없고, 결국 홀로 남은 이는 사리 하나였다.

‘어쩌지.’

두고 간 흑마가 길게 자란 풀들을 뜯어 먹었다. 이곳은 궁의 정원이라기보다는 북쪽 초원 같았다.

‘차라리 다행인지도 몰라. 폐궁에서 홀로 죽는 것도 나쁘지 않지.’

바람이 까만 머리카락을 흐트러트리며 지나갔다. 힘을 잃은 피백은 결국 손길이 닿지 않는 하늘 위로 날아갔다. 새처럼 자유롭게 담장을 넘는 하얀 천을 보며 그녀는 조용히 고개를 떨구었다.

“아씨.”

그때 누군가의 목소리가 들렸다. 홀로 남아 있는 줄 알았던 사리는 깜짝 놀라 뒤돌아섰다.

"주간에서 오찬 준비하던 영아도 벌써 떠났네요. 쇤네가 준비할 테니, 들어가 계세요."

말을 거는 이는 사리도 익히 알고 있던 여종이었다.

"춘란?"

"예, 아가씨. 아니, 마마님."

사리는 얇은 면사 속에서 눈을 가늘게 떴다. 춘란은 사리를 키워 준 유모의 딸로 길쌈에 능한 이였다. 이번에 무리의 여종장인 것을 알았어도, 아직 남아 있을 줄은 몰랐다.

"춘란이 여기 왜 있어?"

"별스러운 것을 물으시네요. 시비 한둘은 궁에 있어도 된다 해서 남았습니다."

"왜 신주로 안 갔어?"

춘란은 멀뚱멀뚱 사리를 바라보며 아무 말 하지 않았다.

"가주의 명이야? 남아 있으라 했어?"

사리는 감추어진 얼굴에는 쓰린 미소를 머금었다.

"그런 명 받들지 말고 지금이라도 어서 도망가."

"제가 가면 마마님은 여기 홀로 남으실 텐데요."

"상관없어."

"쇤네는 상관있습니다. 가주의 명이 지엄해서, 어쩔 수 없어요."

"은자가 부족해서 그래? 패물이라도 줄까?"

"은자도 좋지만 명이 더 중합니다."

그녀는 한숨을 내쉬었다. 가주의 어떤 명인지 모르지만 춘란은 이 낡은 궁에 머물 수밖에 없다.

"춘란, 여별 옷 있어? 빌려줘."

사리는 피백과 의를 아무렇지도 않게 벗었다. 춘란은 수레 한쪽에 놓여 있는 짐 보따리에서 명주로 된 옷 하나를 꺼내 건네주었다.

"하나 물을게."

"예, 마마님."

"살고 싶어?"

춘란의 움직임이 멈칫했다. 사리는 거친 옷을 입으며 면사를 벗었다.

"세영궁이라고 했지?"

사리는 황폐한 궁을 둘러보았다. 처마에는 거미줄이 늘어져 있었고, 바닥은 여기저기 패어 있었다.

"귀신이라도 나올 거 같은 궁이군요."

그녀는 비녀를 뺐다. 흑단 같은 머리카락이 미끄러져 내려갔다. 사리는 그 고운 머리를 거칠게 하나로 잡아 묶었다.

"귀신보다는 사람이 무서운 법이야. 그러니까……."

미색으로 사람을 홀린다는 하연국에 하나 남은 화환족이 밝게 웃었다.

"살게 해줄게."

이루 말할 수 없는 처량한 신세인 미인의 목소리가, 낡은 담장에 닿았다 사라졌다.

두 번째 문
폐궁과 전원생활

허술한 벽 사이로 햇빛이 새어 들어왔다. 햇살은 미녀의 긴 속눈썹을 살짝 흔들리게 하였다.

"우─웅."

따뜻하고 아늑한 침낭 안에서 빠져나가고 싶지 않았다. 하지만 아침 햇살은 무자비하게도 사리의 잠을 깨뜨렸다.

"윽!"

침낭 안에서 뒤척이다 순간 느껴지는 근육통에 번쩍 눈이 떠졌다. 사리는 자리에서 비적비적 일어났다. 흑단 같은 머리카락은 다 흐트러져 있었고, 무명 속곳이 살짝 벌어져 있어 뽀얀 살결이 다 드러났다.

"아욱. 이 망할 근육통."

그녀는 손가락 하나하나를 접어보았다. 손가락 하나 까딱할 때마다, 익숙지 않은 통증이 밀고 들어왔다. 사리는 결심한 듯 눈을 꼭 감고 팔을 들어 기지개를 켰다. 눈물이 찔끔 났지만, 버텨내야 했다.

"일어나셨어요?"

춘란은 창호지가 다 뜯겨 너덜거리는 비의 침실을 열었다.

"저승의 근육통이 또 시작됐어."

온몸 구석구석 안 아픈 곳이 없었다. 처음 검술 배울 때 빼고 이런 적은 처음이었다.

"익숙지 않아서 그래요."

"벌써 한로야. 여기 온 날은 추분이었어. 익숙해질 만도 한데……."

춘란이 차가운 물을 나무 대야에 붓자, 사리는 긴 머리를 한데 묶었다.

"아, 춘란 내 말대로 했어?"

"예. 시비 두 사람이 남았다 했어요."

"그래야 조금이라도 먹을 것을 더 줄 거야. 딱 한 사람 굶어 죽지 않을 정도는 주겠지. 간자가 오더라도 두 사람이 일하고 있으니까 의심하지 않을 거야."

"궁에 들어가면 잘 먹고 잘살 줄 알았는데 지독하네요. 하긴 시비 두 사람인 줄 알겠어요. 그 아리따운 비가 이런 꼴일 줄 어찌 알까."

춘란은 낡은 침상에서 허름한 의복을 한 사리를 보며 혀를 찼다.

"경국지색 미모가 가엾네요."

31

"오늘 할 일은 뭐야?"

"잡초 뽑기요. 마구간도 보수해야 할 거 같아요."

춘란은 사리에게 큰 밀짚모자를 가져다주었다. 그녀는 모자를 쓰고, 흘러내리지 않게 단단히 여몄다.

"마마님, 면사로 낯을 안 가리셔도 돼요?"

"시비행세 해야 하니까, 지엄하신 황상의 명을 거역하게 되네?"

"반역죄로 끌려가 고초를 당하시면 어쩌시려고요."

이미 가주는 난을 준비하고 있었다. 어떤 식으로든 반역은 이루어질 것이고, 목숨은 부지하기 어려웠다. 명을 거역한 죄로 옥에 갇혀 죽게 된다 해도, 그게 무슨 대수일까.

"한 계절 일찍 죽는다 해서 무어가 바뀔까."

사리는 살풋 웃으며 밖으로 나가고자 발걸음을 뗴었다.

*

세영궁.

넓기만 넓으며, 잡초 투성이에 거미줄이 늘어져 있는 폐궁.

하지만 지금 이 궁은 새 단장을 하고 있었다. 허리춤까지 오는 풀들이 춘란의 낫질로 추풍낙엽처럼 흩어지면, 사리는 부싯돌로 베인 풀을 태웠다. 궁 한켠에 급조된 마구간에는 수레 끌던 말들이 힝힝거리고 있고, 우물가에는 깨끗이 빤 명주옷이 나무에 걸린 채 나풀거렸다. 이렇게 폐궁은 순식간에 농가로 바뀌었다.

궁의 주인인 사리는 경건하게 쭈그려 앉아 호미질을 시작했다.

어제 심은 상추는 싱싱하기 그지없었다.

"이렇게 하면 돼?"

사리는 뽑은 잡초를 춘란에게 보였다.

"좀 더 손목을 써요. 그러다가는 상추 잎이 다쳐요."

춘란의 가사 솜씨는 굉장했다. 그녀는 비질부터 화덕청소까지 모든 것을 꼼꼼히 관리했다. 사리에게 그런 춘란이 신기하기만 했다. 음침한 폐가를 농가로 바꾼 그 원동력은 과히 예술에 가까운 경지이지 않을까.

"춘란은 대단해. 보름밖에 안 됐는데, 세영궁을 이렇게 변화시켰잖아."

그녀가 이마에 흐르는 땀을 닦으며 말했다. 춘란은 별거 아니라는 듯 하던 일을 계속했다.

"노비로 태어나 봐요. 이 정도는 다 할 수 있어요."

사리는 잡초를 뽑아 한쪽에 던졌다.

"전 아가씨, 아니, 마마님이 더 대단해 보였어요."

춘란은 열심히 일하는 그녀를 힐끗 바라보았다.

"마마님의 춤을 한 번 본 적 있어요."

춘란 눈을 감았다. 난생처음 본 사린 아가씨의 춤은 꿈에 나올 만큼 아련했다. 하얀 무희 옷을 입은 아가씨가 한 걸음 한 걸음 움직일 때마다 소매가 가볍게 나풀거렸다. 가느다란 발목에 달린 방울이 맑게 울리면 얇은 사가 파란 하늘로 올라갔다 내려왔다. 그때 모든 사람이 숨 쉬는 것을 잊었다. 오로지 사린 아가씨의 춤만이 가슴속에 가득했다.

하얀 꽃이 떨어지면 나를 기억해 주세요.

사린의 목소리는 청량하고 고왔다. 어느덧 마당에서 일하던 많은 노비도, 아가씨의 목소리에 귀를 기우렸다.

꿈결 같은 시간이 지나가도 나를 기억해 주세요.

춤이 끝나면 노비들은 역시 화환족의 요망한 재주이며 수군거렸지만, 춘란은 그 청아한 목소리와 날갯짓 같던 춤을 잊지 못했다.

"춤?"

사리는 씁쓸하게 웃으며, 호미질을 했다.

"고우셨어요. 세상 그 누구보다 사린 마마가 고우셨어요."

그녀는 고개를 내 저었다.

"난 사린이 아니야. 송사린이란 이름은 가주가 지은 거야."

"예?"

"난 송사리야. 그게 화환족이었던 어머님께서 지어준 이름이야."

사리는 입술을 깨물었다. 매일 모멸감 속에 살아가도, 자신의 이름이 사리라는 것을 큰 의미를 두었다. 가주에게 머리칼이 잡힌 채 땅바닥에 내동댕이쳐져도 자신은 사린이 아니라고 얼마나 되뇌었던가.

춘란은 그녀의 얼굴을 보고 고개를 돌렸다. 쉬쉬했지만 다들 알고 있었다. 사린 아가씨는 가주와 유씨 부인에게 학대당했다. 비록 몸에 남은 상처는 없었지만, 갖은 구박과 모욕을 받았다.

그런 삶이 어떤 삶인지, 춘란은 알 수 없었다.

아비가 여식을 모욕하는 삶, 여식이 아비를 증오하는 삶.

"송사리셨군요."

지금 앞에서 호미질하는 비 마마가 천한 노비인 자신에게 말했다.

사린이 아니라, 사리라고 했다.

"응. 송사리야."

그녀는 활짝 미소 지었다.

가주가 아비였다. 화환족 여자를 아내로 삼아, 신주 전체를 들끓게 한 이였다. 그 둘 사이에서 어미를 죽이고 태어났다. 세상에서 자신을 사랑해 줄 수 있는 유일한 이는 이미 없었다.

아버지.

싫다던가 용서할 수 없다던가, 하다못해 타오르는 증오로 그에게 칼을 겨눌 수만 있다면, 만약 그랬다면 지금보다는 편했을까. 마음속이 차가워지는 것은 그를 향한 감정임이 분명함에도 사리는 자신의 마음을 잘 알 수 없었다.

"나는 가주에게 무엇을 바란 걸까. 아비의 정?"

사리는 고개를 들었다. 가을 하늘은 높고 맑기만 했다. 그 파란 바다 사이로 새들이 지저귀며 날아갔다. 그들에게는 높은 담도 음침한 궁도 없었다.

사리는 팔을 폈다. 자신의 팔은 날개가 아니었다. 새들처럼 자유롭게 날갯짓을 할 수 없었다.

"햐얀꽃이 떨어지면, 나를 기억해 주세요."

그녀가 흙투성이 팔을 들어 올렸다.

춘란은 사리가 무엇을 하는지 알 수 있었다. 예전에 보았던 그 춤이었다. 하지만 지금은 예쁜 머리장식도, 발목에 있던 은방울도 없었다. 오로지 흙투성이 마마와 낡은 밀짚모자만이 있을 뿐이었다.

"꿈결 같은 시간이 지나가도, 나를 기억해 주세요."

사리의 손길이 휘어지고, 고개를 젖혔다. 누런 흙바닥에 밀짚모자가 툭 떨어졌다.

"날아갈 수 없어도, 나를 기억해 주세요."

그러나 그때보다 더 아름다웠다. 춘란은 멍하니 그런 사리의 모습만 바라보았다.

"잊지 말아주세요."

사리의 팔이 날갯짓을 했다. 흙 묻은 소매가 가을 하늘에 수놓아지자, 청명한 목소리가 가슴속에 시리도록 박혔다.

"나를 잊지 마요."

가느다란 한숨을 내쉬자, 옛 기억이 하나씩 새어 나왔다. 울분을 삭이고자 배운 춤이었지만, 요망한 화귀비가 가무에 능했다는 말을 듣고 바로 접었다.

춘란의 호미가 상추 위로 떨어졌다.

"함께할 수 없어도 나를 잊지 말아주세요."

사리는 음을 놓친 채 속삭였다.

"모든 것이 덧없더라도 잊지 말아주세요."

자신이 처음 지은 시조였다. 여기에 음을 붙인 것은 노 선생이었다. 가슴이 아렸다. 사리는 가슴을 붙잡고 주저앉았다.

"마마님."

보다 못한 춘란이 달려왔다. 사리는 자리에 주저앉아 하늘을 바라보았다. 시리도록 푸른 가을 하늘이 담장 위에 갇혀 있었다.

"나를 기억해 주세요."

사리는 춘란을 꼭 붙잡았다. 마치 추운 어린아이가 온기를 찾듯, 필사적 쥐었다.

"사린 마마."

"아니야. 아니야. 난 사리야."

"마마."

"송사린이 아니야."

화환족, 시비들의 모욕. 힘든 가무와 배움보다 더 슬펐던 것은 아무에게도 사랑받지 못한 자신이었다.

담장 너머 맑은 하늘이 넘실거렸다. 갇힌 새에게는 너무나 간절한 푸르름이었다.

*

단정히 의관을 정제한 남자가 천천히 걸어갔다. 호위 무사들이 앞다투어 길을 내주자 그는 간단한 눈인사를 했다.

쭉 뻗은 길은 변함없이 넓고 차가웠다. 눈을 돌리면 어디에서나 사람이 보였다. 하지만 이렇게 많은 이들이 그를 위해 존재해도,

서하는 안심할 수 없었다.

'잊을 수 없지.'

오늘처럼 시린 밤이었다. 모후를 잃은 친우의 절규가 차가운 궁 안에 울려 퍼졌다. 그 아득한 절망은 아직도 귓가에 달라붙어 있었 다.

서하는 발걸음을 멈추고 입술에 손가락 하나를 댔다. 고하려는 궁녀는 서둘러 고개를 숙이고 물러났다. 황상을 지키는 수많은 이 들이 서하에게 길을 내주었다.

그는 직접 문을 열고 들어갔다. 황상의 '친우' 특권이었다.

"어이."

오랜만에 보는 율은 변함없었다. 모든 창문을 연 채, 서책을 보 고 있었다. 제법 쌀쌀해진 바람결에 화려하게 치장된 등불이 작게 흔들렸다.

서하가 들어왔어도, 율은 서책에서 눈을 떼지 않았다.

"무엄하다."

서하는 설렁설렁 예를 갖추고 하명도 없이 옆에 앉았다. 율은 서 책을 덮고 오랜만에 만난 친우를 흘겨보았다.

"그래서 멸문지화라도 하실 겁니까?"

"당하고 싶어? 뭐 하다가 이제 오는데? 내가 찾은 거 몰라?"

둘은 서로 마주 보며 장난스럽게 웃었다.

"친애하는 황제 폐하를 위해 민심을 좀 살폈지."

서하는 소매에서 무언가를 꺼냈다. 머리가 비정상으로 큰 주제에 입을 쩍 벌린 인형이었다.

"흉물스럽군."

서하는 소매에서 호두 한 알을 꺼냈다.

"폐하, 이 인형은 이런 용도입니다."

서하는 인형 입에 호두를 넣고 뒤에 있는 막대기를 아래로 내렸다. 순간 인형 입속에서 호두 깨지는 소리가 났다.

"줄게."

서하는 인형을 서책 앞에다 올려놓았다. 율은 가까이 다가온 인형을 요리조리 살펴보았다.

"민심은 어때?"

"화환족 때문에 백성 근심이 끓어 넘치더군."

율은 뒤에 있는 손잡이를 내리눌렀다가 다시 올렸다. 손잡이가 움직이자, 인형의 입이 늘었다 줄어들었다.

"신주에 움직임 때문이지?"

"잘 아는군."

"왜 그런 총명한 신하가 내 곁에 머물러 있지 않은 걸까."

황제는 계속 인형 입을 움직였다. 서하는 고개를 저었다. 자신은 벼슬자리와 어울리지 않았다.

"율아, 난 네 신하 될 생각 없다."

이 가슴 아픈 친우에게는 언제나 힘이 되고 싶었지만 그것이 신하의 자리가 아니었다. 자신과 율은 동등한 친우였다. 한쪽이 덜수도 더할 수도 없는 그런 관계였다. 서하에게 율은 황제든 아니든 중요하지 않았다. 율은 그저 어렸을 적부터 함께 해온 친우일 뿐이었다.

"마음에 안 들어."

율은 인형을 한구석에 거칠게 놓았다. 질 좋은 오동나무로 만든 탁자에, 어울리지 않은 조잡스러운 인형이었다.

"이 황량하고 쓸쓸한 궁에, 내 옆에 있어 줄 이는 하나도 없단 말인가."

율은 한탄하듯 말하고, 길게 한숨을 쉬었다. 서하는 웃으면서 율의 정갈한 의관에서 빠져나온 머리카락을 뒤로 넘겨주었다.

"황궁의 주인은 너야."

율은 서하의 손을 매섭게 쳐냈다.

"지나가던 개가 웃겠군. 황궁에서 나는 황제일 뿐이다."

꽤 아픈 손이었다. 서하는 아릿한 통증이 율의 마음인 거 같아 쓰게 웃었다.

"폐하께서 어떤 마음으로 황제가 되었는지 하연국에 모르는 사람은 없습니다. 하찮은 금수라도, 폐하가 괴롭다는 것을 압니다."

율과 서하는 같은 선생 곁에서 학문을 배웠다. 둘은 언제나 궁을 돌아다니며 장난치다 공부시간 빼먹는 것은 예사였다. 그런 그들을 잡은 것은, 이 나라 최고 학사 노승운이었다. 그 노 선생이 제일 으뜸으로 가르친 것은 바로 선한 마음이었다.

"난 왕자다. 왕자로 태어남에 선함이란, 불필요한 것 아닌가?"

노 선생은 부드럽게 웃으며 말했다.

"그러기 때문에 더 필요한 겁니다. 왕자님은 귀한 분이시지만 사람일 뿐입니다."

지금 노 선생이 율과 자신을 보면 무슨 말을 할까. 아비를 죽인 율과 그것을 말리지 못한 자신을 크게 문초하지 않을까.

"소용없어. 내 옆에 있지 않은 주제에 말이 길어."

하지만 서하는 아직도 노 선생의 가르침을 잘 알 수 없었다.

'선생님, 사람이 선하게 살아야 하는 연유가 무엇입니까. 세상은 비루하고 이기적인 사람들이 장악하고 있습니다. 그 속에 살려면, 악령에 가면이라도 써야 됩니다.'

작은 왕자님은 황제가 되었고 아비의 피를 손에 묻혔다.

서하는 끊임없이 하늘에 묻곤 했다. 과연 선한 것은 무엇입니까. 그런 것이 하늘 아래 있기나 한 겁니까.

"스승의 가르침을 기억하십니까?"

서하는 이제 황제인 율에게 물었다. 비록 황복을 입고 있었지만, 자신에게는 언제나 친우인 어린 황자님이었다.

"기억나지 않아."

율은 자리에서 일어나 창가로 걸어갔다. 넓디넓은 장한궁이 한눈에 들어왔다.

"아비의 배를 가른 후부터 짐은 아무 생각도 나지 않는다."

어린 시절은 마치 꿈결 같았다. 하지만 지금 자신은 황제였고, 옥좌란 그런 자리였다.

"적적하십니까?"

왜일까. 모후를 잃었을 때, 율은 강함을 원했다. 어미를 지킬 수 있는 강함. 소중한 존재를 보호할 수 있는 강함.

곳곳에서 죽어가는 백성을 두고 볼 수 없었다. 굶주림에 자신처럼 어미를 잃은 아이들을 지나칠 수 없었다.

하지만 지금 이 순간은 강함이 없었던 어렸을 때를 그리워했다. 지금과 그때가 뭐가 그리 다르기에 이리도 그리워하는 걸까.

"나는 황제다."

서하는 황제의 등을 바라보았다. 그리고 옛 스승이 했던 말을 되뇌었다.

"황제도 사람입니다."

"황제는 사람이 아니다."

서하는 눈을 감았다. 어느덧 자신은 존대가 익숙해지고, 율은 하대가 익숙해졌다.

이제 자신이 어린 황자님을 위해 할 수 있는 일은 몇 가지 없었다.

"폐하를 위해 신주로 가겠습니다."

서하는 고개를 숙이고 자리에서 일어났다. 율은 물러나는 서하를 보지 않았다.

"짐을 위해서인가?"

"제가 할 수 있는 일은 그것밖에 없습니다."

좀 더 많은 것을 할 수 있다면 얼마나 좋을까.

'제가 옆에 있기를 원하십니까.'

하나밖에 없는 친우가 당신이란 존재에 실망하기를 원하는 겁니까.

어진 백성과 현명한 군주가 있는 나라를 원하는 것이 아니었다. 서하는 그저 하연국이라는 나라에 친우 율을 원했다.

'잃고 싶지 않습니다.'

워낙에 가지고 있지 않은 서하이기에, 이 친우를 잃고 싶지 않았다. 아는지 모르는지, 율은 아무 말도 하지 않았다.

*

한 달이 지나자, 세영궁은 그럭저럭 폐가를 면할 수 있었다. 심은 채소들은 잘 자랐고, 아직 곡기는 끊이지 않았다. 사리는 잘 닦아놓은 대청마루에 앉아 춘란과 자신이 이룩해 놓은 것을 바라보았다. 아직 휑하기 그지없었지만, 그럭저럭 봐줄 만했다.

"춘란, 나 꽃 키워도 돼?"

"꽃이요?"

사리는 고개를 끄덕였다. 신주를 떠나기 전 몰래 씨를 담아왔다. 옛날부터 예쁜 꽃을 피우는 것이 꿈이었다.

"응. 정원 만들고 싶어."

춘란은 사리 옆에 앉아 바느질하며 물었다.

"하세요. 씨는 있어요?"

"가져왔어."

사리는 꽃 피울 생각을 하니 벌써 싱글벙글했다. 그러다 보니 새삼스럽게 저번에 키우던 난초 생각이 났다.

'참 번거로웠지.'

하지만 정든 것도 사실이었다. 그 귀한 난초는 노사부가 준 것이었다. 조심스럽게 건네주면서 이름을 붙이라 했지만, 끝내 붙이지 못했다.

'어차피 키울 거라면, 붙이는 것이 좋았을 것을.'

아쉬움이 가슴을 훑고 지나갔다.

이제 얼마 살지도 못하는 목숨, 해볼 것은 다 해봐도 좋겠지. 이름이라… 뭐가 좋을까.

사리는 대청마루에 누워 뒹굴거리며 물었다.

"춘란, 우리 말 이름 지었나? 식솔들이 두고 가는 바람에, 키울 수밖에 없는 말."

춘란은 바느질감에서 눈을 떼지 않았다.

"이름 짓게요?"

처음에는 먹이를 걱정해서 죽일까 했지만 그럴 필요 없었다. 세영궁은 넓었고, 풀은 산더미같이 많았다. 원래 수레를 끌던 말이라 빼어난 준마는 아니었지만, 송씨 가문에서 신경 써서 줬는지, 몸 하나는 대단히 튼튼했다.

"응."

"아서요. 이름 지으면 못 먹어요."

사리는 임시로 대충 치워놓은 허름한 마구간을 보며 생각에 잠겼다.

"고동색은 저민 고기고, 하얀색은 비계 어때?"

춘란은 귀를 의심했다. 지금 이 마마님은 무슨 말을 하는 걸까.

"검은색은 탄고기, 황토색은 다진 고기. 좋은 이름이지?"

춘란은 조용히 바느질감을 내려놓고, 사리를 바라보았다.

"마마님, 진심이세요?"

"응."

사실 춘란은 사리를 동경하고 있었다. 비록 나라 어디서든 욕을 먹는 화환족이었지만, 그래도 신주에서는 빼어난 재원으로 꼽혔다. 시와 노래. 무희마저 무색하게 하는 가무와 좋은 스승에게서 배운 검술. 가까이 있었지만 늘 먼 존재였다. 하지만 이럴 줄은 꿈에도 생각지 못했다.

"작명 감각 없다는 말 들어보셨어요?"

그런 재원에게, 한 가지 없는 것이 있을 줄이야!

"아니? 왜?"

사리는 아무것도 모른다는 듯 고개를 갸웃거렸다.

"좋은 이름 아니야? 어차피 고기가 될 애들이잖아."

"그래도 탄고기랑 비계가 뭐예요!"

"말은 비계가 없나? 탄고기는 괜찮잖아."

고개를 푹 숙였다. 이 마마님은 진심이었다.

"마음대로 하세요."

춘란은 다시 바느질감을 들었다.

"사실 잘 몰라. 한 번도 키워본 적이 없어서……."

귀중에 아가씨라면, 새와 고양이 정도는 키운다고 들었다. 하지만 사리는 동물을 키운 적이 없었다.

"연유가 무엇인데요?"

사리는 옆으로 돌아누워, 바느질하는 춘란을 물끄러미 바라보았다.

"죽게 하기 싫었어."

먹이를 주고, 쓰다듬으며 말을 걸면 위안은 되겠지만 그뿐이지 않을까.

"내 한 몸 건사하기도 어려운데, 동물이라니……."

사리는 다시 하늘을 바라보았다.

"내가 귀여워하면 유씨 부인이 죽일 거 같았거든."

춘란은 사리의 말이 무슨 말인지 알았다. 유씨 부인은 가주의 후처였다. 성질도 포악하고, 이익을 위해서라면 아랫것들은 아무렇지도 않게 해하곤 했다. 그래서 춘란 같은 노비들에게 하늘보다 무서운 존재였다.

그런 유씨 부인이 제일 괴롭히는 상대는 옆에 있는 사린 아가씨였다. 게다가 눈엣가시 같은 전처의 딸은, 나라 안에서 미움받는 화환족이었다. 마음대로 핍박할 수 있는 상대인 것이다.

'어릴 때 많이 맞으셨지.'

언제부터였을까. 사린 아가씨가 신주의 제일가는 왈패가 되었을 때가.

"있지, 춘란. 먹이를 주고, 쓰다듬어 주면 죽이는 죄를 덜 수 있을까?"

"원래 고기들은 다 살아 있는 거예요. 먹을 때마다 미안해할 거예요?"

사리는 고개를 끄덕였다. 확실히 말장난이었다. 매일같이 고기를 먹었으면서, 새삼스럽게 부처님 흉내라니.

"나도 같겠지."

비계와 탄고기가 꼭 자신처럼 보였다. 한곳에 두고 먹이를 준다. 살아남게 해주지만, 언젠가 잡아 먹을 것이다.

가주가 그랬다. 선생을 붙여주고 몸가짐과 학식을 배우게 했다. 하지만 죽일 날을 손꼽아 기다리는 새장 속의 새일 뿐이었다.

언젠가 잡아먹힐 것을 알아서 간절히 벗어나고 싶었다.

"애들 먹이 주고 올게."

사리는 자리에서 일어나 마구간으로 달려갔다. 이상한 기분이 들었다.

"어차피 죽일 거면……."

사리가 마구간으로 들어와 말들을 살펴보았다. 잘 먹고 일을 안 해서인지 통통하게 살이 올라 있었다.

"잘해줄게."

사리는 생긋 웃으며 말했다. 말들은 아는지 모르는지, 투레질만 할 뿐이었다.

*

잘해줘야 하는 고기들은 건방지기 짝이 없었다. 사리는 황폐한 정원을 탄고기와 함께 이리저리 둘러보았다. 세영궁은 낡고 헤져 있었다. 그저 잘 곳을 마련하기 위해 사용할 침전만 겨우 치워놓고 정원에 콩과 야채를 심기 바빠 한 번도 제대로 보지 못했지만 한 가지는 알 수 있었다.

'제법 호사스러운 곳이었던 거 같은데…….'

비록 지금은 다 패이고 허물어졌지만, 곳곳에 화려함이 남아 있었다. 이렇게 정원을 빙자한 풀숲을 거닐고 있으면 가끔 진주와 산

호조각이 보일 정도였다.

"보석 따위 소용없지. 먹을 것도 아니고."

주저앉아 진주를 줍던 사리는 팽개치고 손을 털었다. 손가락 사이로 시원한 바람이 느껴졌다. 그녀는 차양을 만들어 하늘을 바라보았다. 정오의 태양은 눈부시게 내려와 마른 꽃가지들의 짧은 그림자를 만들어냈다.

사리는 손을 뻗어 꽃가지를 살펴보았다. 말라가는 나무에 살아 있는 것은 몇 개 안 되는 듯했다. 살릴 것은 살려야 하고, 자를 것은 잘라야 할까.

다른 가지를 보려고 고개를 돌렸을 때, 옆에 있는 탄고기가 푸르륵거렸다.

"넌 왜 그래."

사리는 탄고기를 흘겨보았다. 투레질을 하는 말은 요즘 살이 뒤룩뒤룩 찌고 있었다.

"하늘 아래 사람님은 일하느라 정신없는데, 가축 따위가 살쪄가다니."

사리는 말갈기를 조금 잡아당겼다.

"어여 걸어."

자유롭게 달리게 하면 이리 살찔 일도 없었다. 하지만 정원에는 꽤 많은 야채가 심어져 있었다. 만약 이 말들을 풀어놓으면 기껏 심어놓은 곡식을 엉망으로 만들게 뻔했다.

힝힝.

그때 갑자기 탄고기가 멈췄다. 사리는 고삐를 잡아끌었지만, 앞굽으로 땅만 팔뿐이었다.

"이 짐승이! 운동 좀 하랬더니!"

그녀는 벌름대는 말 콧구멍을 바라보며 소리쳤다. 하지만 탄고기는 땅만 팔뿐 요지부동이었다.

"말이 땅을 파다니. 네가 개라도 되는 거냐."

사리는 머리를 긁적이며 담장 아래를 열심히 파는 탄고기를 흘겨보았다.

"어라?"

그런데 뭔가 조금 이상했다. 그녀는 말이 판 자리를 유심히 바라보았다. 언뜻 희끄무레한 게 보였다.

"뭐지?"

사리가 고개를 숙이자 탄고기는 파던 것을 멈추고 옆으로 물러났다. 손을 넣어 만져보니 뭔가 딱딱한 것이 느껴졌다.

"나무판자 같은데……."

겉에 있는 흙을 털어내니 나무판자의 면적은 점점 넓어졌다. 그녀는 끙끙거리며 나무판자를 들어 올렸다.

"구덩이?"

판자를 걷어내니 꽤 큰 구덩이 하나가 나왔다. 나무판자 하나가 그 구덩이를 막고 있었던 것이다. 사리는 그 구덩이를 살펴보다 화들짝 놀랐다.

담장 밑으로 구멍 하나가 뚫려 있었다.

"개구멍?"

아마 담장 넘어도 이와 똑같이 되어 있을 것이다. 사리는 어안이

벙벙했다. 황궁에 개구멍 같은 것이 있을 줄 상상도 해본 적 없었다.

사리는 개구멍을 보며 곰곰이 생각에 잠겼다. 아무리 그래도 황궁이었다. 이 담벼락이 어디와 이어져 있는지는 알 수 없었지만, 한 가지는 알 수 있었다.

'세영궁에서 나갈 수 있어.'

여차하면 춘란을 대피시킬 수 있었다.

"잘했다! 탄고기!"

사리는 팔짝팔짝 뛰면서 이 모든 일을 이룩한 탄고기를 찾았다. 하지만 어째 탄고기는 보이지 않았다.

"얼래?"

사리는 급히 주위를 둘러보았다. 그때 춘란의 목소리가 들렸다.

"꺅! 이놈이 상추 다 뜯어놓네!"

사리는 급히 정원으로 달려갔다. 저 멀리서 검은 탄고기가 상추를 맛나게도 뜯어 먹고 있었다.

＊

서하가 떠났다는 전갈이 왔다. 율은 그 소식을 듣자마자, 옆에 있던 나인들을 물렸다.

"나쁜 놈."

하나밖에 없는 친우 놈은, 잘도 멀리 떠나 버렸다. 말로는 자신을 위한 거라 하지만, 율이 보기에는 전혀 아니었다.

"변해 버린 친우는 친우가 아니더냐."

율은 자리에서 일어났다. 이미 밖은 깜깜해져 있었다.

"어두운 밤이라도 달은 비추는 법이다."

비록 예전 어린 황자는 아니어도, 그래도 그 사람은 그 사람이 아니던가.

서하가 원하는 것이 무엇인지 율도 잘 알고 있었다. 하지만 그것은 이룰 수 없는 마음이었다. 치졸한 복수와 굶어 죽어가는 만백성을 위해 변했던 자신이었다. 서하 때문에 다시 변할 수 없었다.

"답답하구나."

알아주지 않는 친우가 애석하기 짝이 없었다.

밤하늘에 달은 밝았지만, 율의 마음은 어둡기만 했다. 시원한 바람이 도포를 흔들자, 율은 숨을 크게 들이마셨다. 어디선가 꽃향기가 났다.

장한궁에는 화원이 없었다. 심어져 있는 것이라고는 나무가 다였다. 화귀비가 죽은 후, 율은 장한궁에 꽃이란 꽃은 죄다 뽑아버렸다.

여인의 분내와 향기가 싫었다. 희대의 요녀 화귀비는 언제나 꽃향기가 가득하지 않았던가. 화려한 치마와 금수 놓은 의, 하늘하늘 날리던 피백에서 작은 손짓 하나하나까지, 서역에서 들어왔다는 요망한 향이 물씬거렸다.

"짐은 몰랐다."

자신은 그저 황자일 뿐이었다. 모후인 금비도 예전에 황제의 먹을 가던 궁녀, 그렇게 고귀한 신분이 아니었다. 그저 조심스럽게 먹을 갈던 정갈한 모습이 눈에 띄어 용종을 품게 되었다고 들었다.

율은 자기도 모르게 쓰게 웃었다. 용종. 웃기는 일이었다. 하룻밤 자고 버려지는 게 뭐가 그리 대단한 것이었을까. 화귀비가 오기 전까지 두 분의 사이는 좋았다고 하나, 그게 다이지 않는가.

황제는 금비를 버렸다. 그래서 자신이 황제가 된 것이다.

만약 화귀비가 그 많던 왕자와 태자를 죽이지 않았다면, 자신이 보위에 오를 리 없었다. 어미가 죽어 분노를 간직하고 있던 자신에게 태자의 자리가 온 것은 어쩌면 한편의 희극이지 않을까.

자신이 장한궁에 머무를 줄 누가 알았겠는가.

율은 까만 하늘의 별을 바라보았다. 서하는 저 별 길을 따라 신주로 가고 있을 것이다.

"못난 놈."

어찌 그리도 이 마음을 모를까.

율은 탄식과 같은 한숨을 뱉어냈다. 가슴 안에 딱딱한 응어리가 느껴졌다. 점점 커지는 돌덩어리는 가슴을 꽉 막아왔다.

"답답하다."

이 궁을 벗어나면 좀 더 편해질까.

율은 서하가 주고 간 조잡스러운 인형을 바라보았다. 호두까기 인형이라 했다. 차라리 마음속에 잊혔으면 좋을 것을, 서하는 언제나 이렇게 조잡스러운 것을 남겨놓고 갔다.

그는 탁자에 올려져 있는 인형을 창가에 놓았다. 입만 큰 인형은 가만히 율을 보고 있었다.

*

개구멍은 놀라웠다.

자신이 떠날 때, 노스승은 하늘이 무너져도 솟아날 구멍이 있다고 했다. 사리는 그 말을 잘 믿지 않았다. 하지만 이제 인정해야 했다. 솟아날 구멍은 아니어도, 개구멍은 놀랍기 그지없었다.

판자로 가려져 있는 곳은 두 곳이었다. 하나는 담장 옆 세영궁이었고, 하나는 담장 옆 알 수 없는 궁이었다. 판자를 치우면 개구멍이 나왔고, 그것은 반대쪽도 마찬가지였다.

구멍은 겨우 사람 하나 들어갈 공간이었다. 그녀는 구멍으로 들어가 반대쪽 판자를 위로 올렸다. 흙이 후드득 떨어져 눈이 쓰라렸지만 멈출 수 없었다.

판자를 들어 올리니 밖이 보였다. 사리는 재빨리 기어 나와, 판자를 닫았다.

'나왔어.'

지금 자신은 세영궁 밖으로 나와 있었다.

'꿈만 같아.'

죽을 때까지 세영궁에서 못 나올 줄 알았다. 그러나 지금 그곳에서 나와 있었다.

'아, 맞다!'

감격에 겨워할 때가 아니었다. 사리는 재빨리 주위를 둘러보았다. 나왔긴 했지만, 어디인지 도통 알 수 없었다.

이리저리 둘러보던 그녀는 바로 옆에 있는 수양버들을 보고 안도의 한숨을 쉬었다. 큰 버드나무가 개구멍을 적절하게 가려주고 있었다.

'여기가 어디지.'

수양버들 사이로 빼꼼 고개를 내미니 큰 연못이 보였다.

"아……."

사리는 자기도 모르게 자그마한 신음성을 내뱉었다.

쏴아아— 바람이 불자 버들잎이 흔들렸다. 사리는 뺨을 간질이는 여린 잎을 느끼며 까만 밤하늘을 바라보았다. 찬연한 빛을 내는 금빛이 지상 위로 쏟아졌다. 그녀는 손을 뻗어 하늘을 가렸다. 손가락 사이사이로 금빛이 새어 나왔다. 아무리 손을 뻗어도 저 밝은 달빛은 가릴 수 없겠지. 그녀는 조심스럽게 연못으로 다가갔다. 들리는 거라고는 온통 풀벌레 소리였다.

"예쁘다."

은은한 달빛이 연못의 전경을 오롯이 드러냈다.

"달이 두 개야."

하늘에만 달이 있는 게 아니었다. 은빛 수면 위에도 하나 있었다. 사리는 연못에 손을 담가보았다. 차가운 물이 손등에 닿자 또 하나의 달이 흔들렸다.

물은 시리도록 차가웠지만 이 한기는 익숙한 것이었다. 노 선생은 가끔 사리를 얼음도 녹지 않은 차가운 폭포에 던지곤 했다.

그때는 뭐 이런 것을 시키는 거냐며 이빨만 부득부득 갈았지.

'잘 지내고 계시죠?'

하루를 멀다 하고 투닥거렸던 사이였다. 이리도 그리울 줄 알았다면, 오는 길에 자그마한 선물이라도 남기고 올 것을. 신주에 있을 때는 거기까지 생각이 미치지 못했다.

사리는 주위를 둘러보았다. 저 멀리 큰 궁이 보였지만, 아무도 이곳을 지나다니지 않았다. 그녀는 결심한 듯 의와 치마를 벗어 한 켠에 두었다. 거친 천이, 하얀 나신에 미끄러져 내려갔다. 평소라면 생각지도 못할 일이었다. 하지만 그녀는 이곳이 황궁이라는 것도, 시안이라는 것도 다 잊고 싶었다.

찰방ー

사리의 가는 발목이 물속으로 들어갔다. 그녀는 그렇게 천천히 물속에 몸을 맡겼다. 비녀가 풀리고 긴 머리카락이 흩어졌다. 차가운 물이 온몸에 닿자 아무런 생각이 들지 않았다.

'차라리 계속 이렇게 있어볼까.'

아침이 올 때까지. 아니, 그다음 날을 너머 그다음 날도. 가주도 황제도 없는 이곳에서 영원히 가라앉아 버리는 것이다.

그녀는 고개를 물 밖으로 빼며 쓰게 웃었다. 웃기기 짝이 없었다. 세영궁 안에서는 살려고 버둥거린 주제에 지금은 죽어도 좋다는 생각이라니.

'취한 게야.'

술을 마신 것마냥 마음이 풀어졌다. 사리는 점점 달빛에 취해 갔다.

그녀는 연못 중앙으로 헤엄쳐 갔다. 또 하나의 달에 가까이 가고 싶었다. 어차피 하늘에 있는 달은 잡을 수 없었다. 그저 손으로 가리는 것이 인간이 할 수 있는 전부였다.

'마치 내 운명 같구나.'

아무리 애써봐야 그 정도일 뿐이었다. 그녀는 점점 더 헤엄쳤다. 조금만 있으면 닿을 수 있었다.

'조금만 더!'

부스럭─

순간 정신이 확 들었다. 사리는 깜짝 놀라 황급히 주위를 둘러보았다. 분명히 등 뒤에서 인기척이 났다.

돌아봤을 때 이미 늦어 있었다.

"넌 누구지?"

반대편 너머 달빛 사이로 장신의 남자가 서 있었다. 찬란한 금빛이 남자의 생김새를 오롯이 드러내자, 사리는 퍼뜩 정신을 차리고 재빨리 잠수해 들어갔다. 어떻게든 여기서 벗어나야 했다. 자신은 아무것도 걸치지 않았고, 어딜 봐도 수상하지 않은가.

"기다려!"

잔잔했던 연못은 예기치 못한 두 방문객 때문에 하염없이 출렁거렸다. 남자는 한시도 머뭇거리지 않고 즉시 연못으로 뛰어들었다. 그녀는 필사적으로 헤엄쳤다. 하지만 연못가에 막 닿았을 때, 억센 팔에 붙들려 버렸다.

촤악─

남자는 사리를 물 밖으로 들어 올렸다. 물에 젖은 머리카락이 어지럽게 흩어졌다.

그는 아무 말도 할 수 없었다. 잡힌 손목은 가느다랬다. 여인. 그뿐이었다. 하지만 이렇게 신비로운 여인은 본 적 있던가.

물방울은 이마를 타고 내려와 긴 속눈썹에 아롱졌다. 흘러내린 물방울 사이로 촉촉하게 젖어 있는 눈 속에 존재하는 이는 남자 자신뿐이었다.

이렇게 여인의 눈을 마주 본 적이 있었던가.

갑자기 시간이 천천히 느껴졌다. 이상한 일이었다. 이 세상 속에서 이 여자만 총천연색으로 보였다. 바람결에 날리는 수양버들도, 시끄럽게 울어대는 풀벌레 소리도 모두 다 들리지 않았다. 남자의 눈에는 오로지 이 여인만 보였다.

물방울은 속눈썹에서 떨어져 볼을 타고 흘러내렸다. 그는 여자의 뺨을 만져 보았다. 차가웠지만 부드러웠다.

한번 닿으니 더 만지고 싶어졌다. 남자는 가느다란 목을 쓸어보았다. 여자가 흠칫 떠는 게 느껴졌다.

찰방.

여자에게 더 가까이 다가갔다. 팔을 잡았던 손을 놓고, 붉은 입술을 매만졌다. 부드러웠다. 이 세상 것이라 할 수 없을 정도로 보드라웠다.

물방울은 턱을 타고 흘러내렸다.

또르륵―

수적(水滴)이 점점 아래로 내렸다. 흘러내린 물방울은 하얀 가슴골 사이로 들어갔다. 만져 보고 싶었다. 억지로 들이 미어진 여자를 안아봤지만, 이렇게 만져 보고 싶은 여자는 없었다.

하지만 팔을 잡은 손이 없어지자, 여자는 남자를 밀치고 달려갔다. 남자는 서둘러 잡으려 했지만, 그녀는 제법 빨랐다.

'빨리!'

물에서 나온 사리는 재빨리 벗어놓은 옷가지를 잡았지만, 어디로 든 도망갈 수 없었다. 남자가 사람을 부르면, 자신의 목숨은 끝이었다. 신분을 대라 그러면 뭐라 그럴까. 비의 첩지를 받은 송씨 가문의 여식 송사린? 기름칠하고 불에 들어가는 것이 아닌가. 그렇게 되면 자신뿐만 아니라 춘란도 위험했다.

사리가 지금 자신의 상황을 직시했다. 할 수 있는 일이 있는 걸까. 사리는 옷가지를 든 채, 쫓아오는 남자를 바라보았다.

나신. 실오라기 하나 걸치지 않은 몸.

사리는 다리를 멈추었다. 자신이 멈추니, 남자의 다리도 정지했다. 아직 온몸에 물기가 가시지 않았다. 하얀 등을 타고 내려오는 물줄기와 함께 자신의 육체를 향한 대한 남자의 시선이 느껴졌다.

'여인의 몸을 탐하지 않는 사내는 없겠지.'

자신의 무엇을 보는 걸까. 이깟 겉껍데기가 넋 놓을 정도로 그리도 좋은 걸까. 사리는 남자의 눈을 바라보았다. 그 속에는 타오르는 불 같은 욕망이 있었다. 그녀는 살포시 미소 짓자, 그가 천천히 다가왔다.

"넌 누구냐."

사리는 아무 말도 하지 않았다. 그저 웃을 뿐이었다.

"내가 깨어 있는 것이냐, 잠들어 있는 것이냐."

남자가 손을 뻗어 어깨를 잡았다. 아까 느꼈던 단단한 팔이었다. 남자의 모든 것이 서서히 가까워졌다. 남자는 어깨에 얼굴을 부벼

댔다. 더 뜨거운 체온이 느껴졌다.

"네가 누굴까. 정녕 꿈은 아닌 게냐?"

열기를 품은 피부가 점점 미끄러져 내려갔다. 남자의 눈앞에, 여
인의 가슴이 있었다. 그는 사리의 설익은 돌기를 입에 물었다.

그때였다.

그녀는 남자의 목을 수도로 내리쳤다. 툭. 둔탁한 소리와 지근대
는 충격은 남자의 의식을 천천히 바닥으로 내려앉게 하였다. 흐트
러지는 머리카락 사이로 찰나의 시간은 검게 물들었다.

"발정난 개새끼 같으니라고……."

사리는 쓰러진 남자를 보며 고개를 저었다. 온몸에 소름이 오도
독 돋았다. 아까는 경황이 없어 몰랐지만, 남자는 병사의 복장을
하고 있지 않은가.

"병사가 궁의 여인을 탐하면 거열형 아니던가?"

그녀는 이제야 제대로 옷가지를 걸칠 수 있었다. 역시 어딜 가든
지 끓어오르는 욕망을 주체 못하는 사내는 꼭 있었다. 사리는 쓰러
진 남자의 얼굴을 살짝 살펴보았다. 꽤 준수한 미남이었다.

"하여간 생긴 값 한다니까."

이렇게 생겼으면 여자가 줄줄 따르지 않을까. 왠지 더 괘씸해서
사리는 남자의 배를 한번 찼다. 못생기면 못생긴 대로 짜증나겠지
만, 준수하면 준수한대로 화가 났다. 정확히 급소를 찔렀으니 한
시진 뒤에 일어나겠지. 그녀는 주위를 둘러보며 수양버들을 찾았
다. 빨리 세영궁으로 돌아가고 싶었다.

'생각보다 위험했어.'

잘하면 달밤에 헤엄치다 남자랑 얽힐 뻔했다. 사리는 쓰러져 있는 남자를 뒤로한 채, 버드나무를 향해 뛰어갔다. 다행히 개구멍은 쉽게 찾을 수 있었다.

세 번째 문
내기

"엣취!"

급하게 수건으로 입가를 가렸지만, 이미 엎어진 물이었다. 율이
아무렇지도 않은 척 다시 상소로 눈을 돌렸건만 나인들의 눈초리는
점점 날카로워졌다.

"차를 올리겠나이다."

눈치 빠른 태감이 뜨거운 유자차를 부었다. 율은 슬쩍 노상궁의
눈치를 보았다. 어젯밤에 한 외박 때문에 노상궁의 표정이 심상치
않았다.

'묘시까지는 돌아오려 했는데……'

너무 갑갑하여 병사의 옷을 빌린 채 궁 밖으로 나왔다. 서하에
대한 섭섭함도 이룰 수 없는 소망도 달을 보며 잊으려 했다.

'기묘한 일이다.'

생각해 보면 자신이 그 연못으로 간 것부터가 이상한 일이었다. 장한궁 제일 깊숙한 곳에 있는 그 연못은, 화귀비의 시신이 있는 곳이었다. 평소 같으면 스쳐도 눈을 돌리는 곳이었다.

아직도 생생했다. 율의 칼을 맞은 화귀비는 그 연못으로 뛰어들어 나오지 않았다. 요녀치고는 너무 편한 죽음이라며 모든 이들이 수근거렸다. 참형을 해도 모자랄 죄인이지 않은가. 율 자신도 칼로 가른 것 가지고는 분이 풀리지 않았다.

힘을 가지게 되면 살아 있는 것을 후회하게 해줄 거라 다짐하고 또 다짐했다. 하지만 화귀비는 너무 싱겁게 죽어버렸다.

그깟 연못 메워 버릴까도 생각했었다. 하지만 율은 그 연못을 아름답게 꾸몄다. 마치 복수라도 하듯 황궁에서 제일 아름다운 연못으로 만들어 버렸다.

그는 따뜻한 차를 한 모금 마셨다. 마침 목이 아파서인지 부드럽게 넘어갔다. 왠지 웃음이 나왔다. 이 오한이 증명하고 있지 않은가. 어제는 분명히 꿈이 아니었다.

율은 서신에서 눈을 떼었다. 그래. 꿈치고는 너무 선명하다. 물소리가 들려 따라간 그곳에, 여인의 나신이 있었다. 마치 달에서 내려온 천녀처럼 눈부시게 아름다웠다.

'그러면 짐은 나무꾼인가.'

많은 여인을 품어보았다. 반쯤은 의무였고 반쯤은 욕망이었다. 기억나는 여인도 있었고, 저 먼 곳에 묻힌 여인도 있었다. 하지만 그런 느낌은 처음이었다.

여인은 그 깊은 연못에서 달그림자를 향해 헤엄쳤다. 그러고는 천천히 손을 들어 연못가에 있는 달을 잡으려 했다. 그 모습은 너무나도 애처로워 보였다. 그래서 잡아버리고 말았다. 사실 그때는 스스로 무엇을 하는지조차 몰랐지만 말이다.

뭐, 그래 봤자 결국 이 꼴이었다. 마치 하늘이 선녀를 탐하지 말라며 벌을 준 거 같았다. 이리 꼴사납게 뻗어버릴 줄이야. 율은 자기도 모르게 박장대소했다.

"선녀는 아닐 게야."

만약 선녀라면 신기를 썼을 것이다. 질풍이나 벼락을 맞은 기억은 없었다. 단지 목에 닿았던 수도의 느낌만 생생했다.

"재미있군."

율은 마지막 남은 한 모금을 깨끗이 비웠다. 노상궁은 곧 새로운 차를 가져왔다.

"폐하, 한 말씀 올려도 되겠습니까."

드디어 올 것이 왔다. 율은 황상답게 지엄한 목소리로 말했다.

"허락한다."

갑자기 노상궁이 찻잔을 거칠게 놓았다. 얼마나 세게 놓았는지, 흘러내린 찻물이 용포를 적실 지경이었다.

"유모를 우롱하십니까. 폐하는 이 나라의 지존이십니다. 한밤중에 난데없는 호위도 없이 외출이시라니요!"

노상궁의 까랑까랑한 목소리가 방 안을 가득 울렸다.

"어디 다치시기라도 하면, 이 나라는 어찌 된답니까! 얼마나 많은 곳에서 난리가 난 줄 아십니까? 유모의 눈에 흙이 들어가지 않는 이상, 외출은 허락하지 않을 겁니다!"

노상궁은 갓난쟁이 때부터 황자였던 율을 돌봐준 유모였다. 이제 이 황궁에서 얼마 남지 않은 소중한 이이기도 했다.

어찌 이렇게 잔소리를 듣게 되었을까.

율은 젖은 용포를 바라보았다.

어제는 정말 대참사였다. 호숫가에 대자연과 함께 정신을 차린 그는 살금살금 침전으로 들어오려 했지만, 하필이면 노상궁에게 딱 걸리고 말았다.

"약속하지."

율은 반쯤 흘러내린 차를 마시며 방긋 웃었다.

"이 나라를 내버려 두지 않을 것이다. 덧붙여 짐도 쉽게 죽지 않도록 하지."

사실 그는 몸을 지킬 무예 정도는 충분히 가지고 있었다. 어제 그렇게 어이없이 쓰러졌던 것은, 너무 의외였기 때문이었다.

천녀를 탐낸 죄였을까. 하늘에서 인간을 내려다보는 귀한 존재를 건드렸기에 이런 벌을 받게 되는 걸까.

"그걸 어찌 믿습니까!"

"짐을 믿지 못하다니 섭섭한걸."

그래도 하늘이 마냥 잔혹하지는 않은지, 가벼운 고뿔로 끝날 모양이었다.

율은 자리에서 일어나, 노상궁의 어깨를 토닥였다. 늙은 상궁의 얼굴이 더욱 푸르뎅뎅해졌지만, 그는 웃을 뿐이었다.

"잠시 백운관에 가보겠네."

율은 천천히 노상궁에게서 벗어났다. 황제의 발걸음을 따라 환관들이 급히 따라갔다. 어린 황자였을 때처럼 느긋이 걸어가는 뒷모습을 보자 유모는 고개를 숙였다.

노상궁은 한숨을 내쉬었다. 비어버린 찻잔만큼이나 속도 텅 빈 거 같았다.

저리 웃으신 것이 얼마 만이었던가. 모후를 잃은 후부터, 웃음이라고는 억지웃음밖에 보이지 않았다. 가끔 서하 도련님이 올 때나 보였지만, 요즘은 그마저도 드물었다.

'무슨 일이 있으신 게야.'

그게 아니고야, 저리 웃을 리 만무했다.

부디 좋은 일이시길. 더는 황상께 가슴 아픈 일이 없기를.

노상궁은 찻잔을 치우며 하늘에 작게 기원했다.

＊

그 일이 있고 나서 사리는 다시는 개구멍을 통해 세영궁을 빠져나가지 않았다. 그 병사가 상부에 보고했는지 안 했는지 모르지만, 아무래도 경비가 강화되었을 거 같았다. 사실 진짜 이유는 따로 있었다. 굳이 나갈 필요가 없었다. 사리는 세영궁의 생활이 굉장히 마음에 들었다.

이른 아침에 일어나서 한 밭일은 해가 떨어지면 끝이었다. 짬짬이 시간 나면 가져온 서책을 보았고 정원을 가꾸었다. 그렇게 하루 종일 일을 해도 세영궁을 다 정복할 수 없었다. 궁 하나가 어찌나 넓고 깊던지 가도 가도 새로웠다.

오늘따라 일찍 일을 끝낸 사리는 천천히 세영궁을 탐험했다. 얼마나 헤집고 다녔을까. 사리는 수풀 속에 나무 하나를 발견했다.

"동백꽃나무네."

큰 나무에 눌려 가느다랬지만, 분명히 동백꽃나무였다. 그녀는 조심스럽게 나뭇가지를 쓰다듬어 보았다. 여렸지만 살아 있었다.

"동백꽃은 한겨울에 피지."

시린 겨울 눈 속에서 모습을 드러내는 동백꽃이었다. 사리는 나뭇가지를 쓰다듬으며 하늘을 보았다. 겨울이 다가오자 갈수록 낮이 짧아졌다. 벌써 해는 지고 있었고, 세상은 붉은빛으로 타올랐다.

이런 날은 왠지 무서웠다.

"이상한 일이야. 밤은 괜찮은데 해지는 것은 무서워."

깜깜한 밤은 괜찮았다. 서늘한 공기를 들이마시며 어둠을 보고 있으면 차라리 편했다. 하지만 이렇게 태양이 하늘을 붉게 물들이면, 왠지 모르게 마음 한구석이 아려왔다.

사리는 발길을 서둘렀다. 왠지 혼자 있고 싶지 않았다.

"큰일났어요, 마마님."

사리가 막 침전에 도착했을 때, 춘란이 문을 급하게 열며 외쳤다.

"무슨 일이야?"

"생자관에서 준 쌀이 이상해요."

춘란은 쌀 한 움큼을 사리에게 건네주었다.

"누렇고 힘이 없네."

"햅쌀이 아니에요. 묵은 중에서도 최하위 묵은쌀이에요."

사리는 쌀알 하나를 등불에 비추어 보았다.

"먹을 수는 있는 거지?"

"먹을 수야 있지요."

"그럼 됐지 뭐."

사리는 쌀알을 탁자에 놓으며 말했다.

춘란은 그런 사리가 기가 막힌 눈으로 바라보았다. 신주에 있을 때 그녀는 정갈한 찬이 아니면 들지 않았다. 조금만 틈이 있어도 얼마나 주먹질을 했는지, 나중엔 보다 못한 유모가 말릴 지경이었다.

"그럼 그때는 왜 그랬어요?"

춘란은 기억하고 있었다. 자신이 상을 가져 오자, 사리는 거칠게 엎어버렸다. 밥알에 머리카락이 있다는 이유였다.

"아. 그때는 어쩔 수 없었어. 초향이 알아? 유씨 부인에게 미주알고주알 일러바치는 애거든."

춘란은 눈을 가늘게 떴다. 초향이. 한솥밥 먹는 사이였지만 친하지는 않았다. 말도 많고 탈도 많은 애였다. 나불대는 꼴이 꼭 쥐새끼처럼 생겨서 삶마저 여기저기 갉아먹을 거다 생각했지만, 그럴 줄이야.

"성격 나빠 보이지 않았으면, 시종조차 날 무시했을걸."

송씨 가문에는 자신을 지켜줄 이가 하나도 없었다. 유모는 착한 사람이었지만 힘이 있을 리 없었다. 어두컴컴한 방에 갇혀 돌아가신 어머니를 얼마나 그리워했던가. 사람들은 화환족이라 요망하다 했지만, 어린 사리는 차라리 화환족이 유씨 부인보다는 나을 거라 생각했다.

"그렇긴 하네요."

그녀가 울보였던 시절. 시종들은 사리를 얕잡아 보곤 했다. 툭하면 밥 안에 벌레가 들어 있었고, 가끔 우연을 빙자해서 물과 차를 쏟아붓기도 했다.

"먹을 수 있으니 됐지 뭐."

"문제는 그것만이 아니에요."

춘란은 한숨을 쉬며 말했다.

"양이 터무니없이 적어요."

묵은쌀 주제에 세 사람이 겨울을 나기에는 지나치게 적은 양이었다. 물론 그나마 사리의 지혜로 두 명이 세 명이 된 것이지만, 딱한 사람 풍족하게 먹을 양이었다.

"올 것이 왔구나."

사리는 다시 한 번 묵은쌀을 바라보았다.

"어쩌지? 나야 죗값 받는 거지만, 춘란은 어떻게 해."

"어쩌긴요. 미숫가루도 있으니 버텨야지요."

그녀는 깊은 한숨을 내쉬었다.

"굶는 것 따위 옛날부터 익숙해요."

춘란은 탁자에 있는 쌀을 집어 들고, 문가로 걸어갔다. 사리는 그런 춘란의 모습을 바라보았다.

'여위었어.'

춘란은 신주에서 왔을 때보다 많이 말라 있었다. 다 자신 때문이었다.

"결국 그 길밖에 없는 걸까."

사리는 팔을 위로 들어, 이리저리 움직였다. 요즘 검술훈련을 하지 않아 뻑뻑해진 몸이, 여기저기서 달그락거렸다.

무기가 필요했다.

그녀는 침상을 뒤적거려 소도 하나를 꺼냈다. 항상 베게 바로 밑에 있는 존재하는 짧은 검이었다.

"오랜만이다, 련."

아무런 장식도 안 돼 있는 옥으로 된 검집에 얌전히 있는 소도였지만, 오랫동안 같이 잠을 자온 지기였다. 언제부터인가 련이라 이름 붙인 이 소도가 없으면 잠이 오지 않았다.

"개구멍이 발견돼서 참 다행스러워. 그렇지, 련?"

사리는 련에게 볼을 비벼대며 속삭였다.

✳

사리는 흙을 털며 개구멍에서 나왔다. 개구멍을 통과할 때마다 궁녀 치마는 다리에 감겨 심하게 거치적거렸다. 생자 관에서 지급되었다는 이 옷은 활동하기에 꽤 불편했다.

"궁녀는 일을 많이 하니, 좀 편해야 하는 거 아니야?"

그녀는 거칠게 치맛자락을 들어 올리며 작게 투덜거렸다. 사실 이런 옷 따위 아무렇지도 않을 만큼 답답한 옷도 많이 입었다. 신주에 있을 때는 이런 옷보다 배는 하늘거렸고 죄어졌지만, 요 몇 달간 간소한 옷에 익숙해진 몸이었다.

사리는 재빨리 주위를 둘러보았다. 저번과 마찬가지로, 주위는 조용하기 짝이 없었다.

'목표는 어주(수라간)!'

여기가 어디인지 모르지만, 이곳이 황궁이라면 각각의 궁에 어주가 있는 게 틀림없었다. 그녀는 저번에 보았던 연못을 뒤로하고, 날렵하게 뛰어올라갔다. 저 멀리 병사들이 든 불빛이 보였지만, 작은 인기척은 가을 녘 풀벌레 소리에 묻혀 버렸다.

쭉 가다 보니 전각 하나가 보였다. 사리는 재빨리 마루 밑으로 숨어들었다.

'여기가 어느 전각일까.'

마루 밑으로 새어 나오는 빛이 많지 않았다. 그녀는 속으로 쾌재를 불렀다. 황제의 사랑이 높은 곳일수록 많은 나인이 있을 것이다. 빛이 얼마 없다는 것은, 이곳에 머무는 마마님이 별로 높지 않다는 것을 의미했다. 사리는 빛을 따라 기어갔다. 먹을 것이 있는 어주를 찾아야 했다.

슥슥—

점점 팔이 아파왔지만 멈출 수 없었다. 이 넓은 곳에서 어주를 찾기란 하늘의 별 따기였다. 하지만 그대로 굶어 죽을 수는 없지 않은가.

슥슥—

무엇인가 이상했다. 사리는 잠시 멈추었다. 어디선가 이상한 소리가 들렸다.

슥슥—

'쥐인가?'

가만히 멈춰 있으니 들리지 않았다.

'별거 아닌가?'

사리는 다시 기어갔다. 하지만 쥐 소리 같지는 않았다.

'마치 옷깃을 스치는 소리……!'

그때였다. 무엇인가 딱딱한 것에 엉덩이가 부딪쳤다.

"윽!"

기둥은 아까 지나왔을 때 봤었다. 그렇다면 이것은 무엇일까! 느낌이 좋지 않았다. 그녀의 경험으로는 이럴 때는 도망치는 게 최고였다.

"어딜!"

기어가던 사리는 그 자리에서 풀썩 엎어지고 말았다. 남자의 손이 그녀의 발목을 잡고 있었다. 필사적으로 앞으로 기어가려 했지만, 오히려 뒤로 끌려갔다.

"놔!"

"그럴 수 없다."

강한 힘에 점점 밑으로 끌려갔다. 남자의 다른 손이 어깨를 잡자, 발버둥을 쳤지만, 끝내 당해낼 수 없었다.

얼마나 시간이 흘렀을까. 어느 순간 남자의 몸이 자신 위에 완전히 올라가 꼼짝도 할 수 없었다. 얼굴이라도 숨기고 싶었지만, 옆으로 눕는 게 고작이었다.

"넌 누구냐."

남자는 사리의 얼굴을 거칠게 돌려놓았다. 희미한 불빛 사이로,

먼지와 흙투성이인 그녀의 얼굴이 드러났다.

남자의 눈이 가늘어졌다.

"오호라."

사리는 깜짝 놀라 눈이 휘둥그레졌다. 익은 목소리였다. 서둘러 얼굴을 확인하니, 정확하게 알 수 있었다.

"그때 기절했던 발정난 병사!"

남자의 얼굴이 순간 굳어졌다. 사리는 이때다 싶어 말을 이었다.

"비켜! 병사 주제에 궁녀를 겁탈하면 거열형이야!"

"궁녀가 야심한 밤에 이런 곳에 있는 것도 처벌대상이다."

"거열형보다는 나아. 뭐, 그것은 그쪽도 마찬가지 아니야? 병사가 이런 곳에 기어다녀도 돼?"

남자의 미간이 찌푸려지자, 그녀는 이때다 싶었다. 자고로 불리할 때는 협박과 협상이 최고였다.

"피차간에 좋을 거 없으니 놔주십시오, 나리."

남자는 사리의 얼굴을 찬찬히 살펴보았다. 그때 그 연못가에서는 하늘에서 내려온 선녀인 줄 알았다. 하지만 지금 자신의 밑에 깔린 모습은 흡사⋯⋯.

"부엌 강아지 같구나."

재를 잔뜩 뒤집어쓴 부엌 강아지. 율은 저번에 자신이 그렇게 느꼈던 것이 의심스러울 지경이었다.

"그것참 미안하군요, 발정난 개님."

사리는 남자를 흘겨보며 맞받아쳤다. 하여간 남자는 이래서 문제였다. 거동하기도 어려운 하늘하늘한 옷을 입고, 버들같이 살랑살

랑 움직이면 시선이 흐릿해지며 침을 질질 흘리지만, 본 모습으로
다가가면 눈을 비빈다.

"놔줄 수 없다."

남자는 고개를 저었다.

"연유가 뭡니까?"

"너는 수상한 자다."

사리는 고개를 끄덕였다. 맞는 말이었다. 지금 자신은 수상한 자
였다.

"야심한 밤에 이런 곳을 기는 연유가 무엇이냐."

"그 말 그대로 돌려 드리지요. 야심한 밤에 병사께서 이런 곳을
기는 연유가 뭡니까?"

일단 딱 잡아떼야 했지만 생각하면 이상한 일이었다. 자신이야
어전 가서 먹을 거라도 몇 개 가져올라 그러지만, 이 남자는 병사
주제에 왜 이런 곳을 기어다닌단 말인가.

"너부터 말해라."

"병사님부터 말씀하시지요."

피차 수상하기 이를 데 없었다.

"나는……."

율은 고민에 잠겼다. 저번에 보았던 여인이 신경 쓰여 또다시 병
사 차림을 하고 연못가를 거닐려 했다. 하지만 노상궁이 화가 났는
지, 호위를 두 배나 늘려 빠져나오기가 바늘구멍 통과하는 거마냥
힘들었다. 겨우겨우 숨다 보니 오게 된 곳은 이 마루 밑이었다.

여기서 황제라 밝히면 밑에 있는 궁녀는 황제를, 아니, 이 나라

전체를 어찌 볼까.

"그럼 제가 먼저 말하겠습니다."

사리는 배시시 웃었다. 마침 좋은 생각이 났다.

"내기를 했답니다. 밤중에 어전에 가서 먹을 것을 챙겨오기로
요."

"뭐라?"

"닷 냥이나 걸었습니다. 연유를 알았으면 이제 위에서 좀 내려오
는 게 어떻겠습니까."

자신이 생각해도 그럴듯한 이유였다. 하지만 남자는 위에서 도통
내려오지 않았다.

"그렇군. 내기였군."

남자는 고개를 끄덕였다. 수상했지만 타당한 이유였다. 하지만
밑에 있는 사리는 애가 탔다. 이 남자, 생각보다 이해가 느렸다.

"내려와요."

"알았다."

남자는 사리의 위에서 내려왔다. 누르고 있던 힘이 없어지니 살
거 같았다.

"위험한 내기로군."

"위험하니 내기지요."

사리는 자세를 바로잡고, 어전을 찾을 준비를 했다. 아무래도 전
각의 특성상 한쪽 끝에 있는 게 틀림없었다.

"갈 길 가세요."

사리는 남자를 뒤로한 채 다시 기어가기 시작했다. 하지만 뒤에

서 묘한 인기척이 느껴졌다. 사리는 재빨리 고개를 돌렸다.

"뭐 해요?"

남자는 똑같은 자세로 자신을 따라오고 있었다.

"따라간다."

"왜요?"

"짐…… 이 아니라, 궁금하다."

사실 율은 심심하기 그지없었다. 기껏 호위의 눈을 피해 나왔지만, 막상 나오니 할 일이 없었다. 그런 주제에 연못까지 가는 자신이 우습기 짝이 없었는데, 묘령의 여인이 불쑥 나타난 것이다. 그것도 꽤 재미있는 짓을 하면서 말이다.

"왜 궁금해요?"

"궁금한데 이유가 필요한가."

사리는 한숨을 폭 내쉬었다.

"따라오면 헤맬 텐데요? 저 어주가 어디 있는지 모르거든요."

"뭐?"

사리는 솔직하게 말했다. 물론 거짓말도 있지만 사실이었다. 사리는 어주가 어디 있는지 아까부터 필사적으로 찾고 있었다.

"어쩔 수 없군. 내가 알고 있다. 이쪽으로 쭉 가면 된다."

남자는 지금 사리가 가는 반대방향을 가리켰다.

"앞장서겠다."

거짓말 같지는 않았다. 하지만 수상하기 이를 데 없었다.

'담당구역이 이 전각인가…….'

사리는 고개를 갸웃거리며 남자의 엉덩이를 따라갔다. 어쨌거나 사리는 어주를 찾아야만 했다.

＊

율은 궁녀의 행동에 혀를 내둘렀다. 몸짓이 고양이보다 재빠르고 유연했다. 궁녀는 살금살금 걸어가 어주의 문을 열었다. 어찌나 조심스러운지 문 여는 소리가 나지 않았다. 그는 계속 궁녀를 따라갔다. 심심하기도 하고 신기하기도 했다. 궁녀는 어주에 들어가 큰 포대를 하나 꺼냈다. 그러고는 눈에 띄는 대로 '고기'만 집어넣었다.

"지금 뭐 하는 게냐!"

보다 못한 율이 물었다. 그러자 궁녀는 입가에 검지를 대고 한마디 할 뿐이었다.

"쉿!"

사리는 부지런히 돌아다니면서 오로지 고기만 집어넣었다. 요리조리 주워 담자, 곧 큰 주머니 하나가 가득 찼다. 만족스럽게 주머니 여민 그녀는, 이번에는 작은 주머니를 꺼내 하얀 가루를 담았다.

"뭐 하는 짓이냐 물었다."

"조용히 해요!"

사리는 꼼꼼하게 작은 주머니 머리를 메고는 재빨리 율의 팔을 잡았다. 그리고는 그대로 어전에서 끌고 나왔다.

"사람 말귀를 못 알아들어요? 조용히 하라 그랬잖아요."

사리는 이 답답한 양반에게 한소리 하고 싶었다. 남은 사활이 걸려 있는데, 이 남자는 마치 황궁이 자기 집인 듯이 느긋하기 짝이 없었다.

"왜 어전의 음식을 가져가지?"

"그걸 몰라서 물어요?"

참으로 수상하기 짝이 없는 여자였다. 처음에는 어전 음식에 독이라도 타나 싶었다. 물론 이 어전은 궁녀나 환관의 식사를 만드는 곳이어서 자신의 입 안으로 들어올 리 만무했다. 하지만 여자는 들어와 정신없이 고기를 챙기고, 자신을 밖으로 끌어냈다.

사리는 미간을 찌푸렸다. 이 남자 때문에 할 일 없는 거짓말만 늘어갔다.

"내기의 증거예요. 소금하고 고기가 내기의 증거였어요. 증거품을 보여야 할 거 아니에요."

율은 순순히 고개를 끄덕였다. 잘 납득하는 남자의 모습을 보고, 사리는 속으로 쾌재를 불렀다. 급하게 했지만 스스로 생각해도 훌륭하기 짝이 없는 변명이었다.

"나인들은 그런 내기를 하는군."

"왜요, 당신도 하고 싶어요?"

사리는 발목에 큰 주머니를 단단히 묶었다. 율은 곰곰이 생각했다.

내기라.

왠지 재미있어 보였다. 율의 잠자고 있던 승부욕에 불이 붙었다.

"좋다."

"네?"

"지…… 아니, 나하고도 내기 하나 하자."

사실 율은 어렸을 때부터 재미있는 것을 좋아했다. 그러고 보면 모후가 살아 계실 적, 서하와 함께 얼마나 나인들을 골렸는지 모른다. 모후는 어쩔 수 없다는 듯 한숨을 내쉬면서 '황궁에서 제일가는 장난꾸러기'라는 별명을 지어주었다. 그때는 하루하루가 재미있었다.

하지만 지금 율에게 남아 있는 것은 아무것도 없었다. 서하는 떠났고, 모후도 안 계셨다.

"어떤 내기를 할까요?"

사리는 골치가 아파왔다. 처음 만났을 때도 급하게 머리 굴렸었는데, 지금도 이렇다니! 남자는 머리 아프게 진화하고 있었다. 그냥 해본 말이었다. 그런데 이렇게 덥석 물것은 또 뭔가!

저절로 한숨이 나왔지만, 소소한 것에 안주하기로 했다.

'바로 다른 병사 안 부른 게 어디야.'

찾아보면 행복은 바로 옆에 있는 법이었다.

"너는 주로 어떤 내기를 하지?"

사리는 곰곰이 생각했다. 신주에 있을 때 사리는 왈패 전설을 만드느라, 저잣거리에 나가서 끊임없는 내기를 하곤 했었다. 하지만 내기라는 것은 그에 합당한 물건이 있어야 할 수 있었다.

"고수(高手)답(遝)이라든가, 주사위가 있어야 뭘 하든지 하지……."

사리는 남자를 아래위로 훑어보았다.

"그럼 수수께끼 하나 할까요?"

"수수께끼? 어린애들이 하는 거 말이냐?"

"원래 어린애들이 하는 게 더 어려운 법이에요."

"내보아라."

"내기는 그냥 할 수 없죠. 뭘 거시겠어요?"

사리는 방긋 웃으며 남자를 도발했다.

"큰 것 아니면 안 돼요."

율은 생각에 잠겼다. 내기에 걸 만한 것이 있던가. 율에게 재물이란 썩어 넘치는 것이었다. 아무리 귀한 것이라도 찾으면 가질 수 있었다. 꼭 지켜야 되는 것은 하연국밖에 없었다.

그는 꼭 지켜야 되는 나라의 상징 옥쇄 생각을 했다가 고개를 저었다. 옛 책에 보면 큰 뜻을 품은 남자는 통이 크다 했지만 율은 그것이야말로 바보라고 생각했다. 큰 것을 걸고 싶지 않았다. 한낮 궁녀와의 내기에서 무엇을 그리 크게 걸겠는가.

"좋아요."

남자가 넘어오지 않자, 사리는 자신이 직접 내기품목을 제시하기로 했다.

"맞추지 못한 쪽이 상대편 부탁 들어주기 어때요?"

"너무 세다."

"세지 않으면 안 되죠. 내기인걸요."

사리는 남자의 눈치를 살폈다. 남자는 정말 쓸데없이 깊이 고민하고 있었다.

'역시 순진해.'

쉽게 넘어오지 않았지만 당기면 넘어왔다. 사리가 생글생글 웃자, 남자는 미간을 찌푸렸다. 왠지 손해 보는 느낌이었다.

"자, 그럼 내가 먼저 낼게요."

사리는 남자를 살펴보았다. 뭔가 이상한 사람이었다. 병사치고는 군기도 안 잡혀 있고, 하는 행동도 수상했다. 물론 남자에게는 자신이 더 수상하겠지만 말이다.

그렇게 나쁜 사람 같지는 않았다.

"꽃의 의미가 뭘까요?"

"꽃의 의미?"

"네. 그게 수수께끼예요."

율은 어이가 없었다. 여태까지 다 터무니없지만, 이 수수께끼야 말로 어처구니가 없었다.

"꽃은 피고, 지죠. 사람이 보아도, 보지 않아도 피고 져요."

사리는 방긋 웃으며 밤하늘을 바라보았다. 금가루를 뿌린 것마냥 별들이 쏟아질 듯이 모여 있었다. 그중에 제일 밝은 것은 여전히 통통한 달이었다.

생각해 보면 웃기는 일이었다. 나체로 만난 것도 우습지만, 마루 밑에서 만난 것도 더 웃겼다. 그리고 지금 자신이 내는 수수께끼도 우스웠다.

율은 고개를 저었다. 통 알 수 없었다.

"다시 한 번 말하지만 맞추는 쪽이, 상대편 부탁 들어주기예요."

사리가 다시 쐐기를 박자 이번에는 한숨이 들렸다.

"자, 그럼 그쪽도 내세요."

"무엇을 말이냐."

"수수께끼요. 그쪽도 내야 하잖아요."

율은 생각해 보았다. 아는 것이 있었던가. 옛날에 노상궁이 '발 없는 말이 무엇일까요?' 라던가 '먹을 수 없는 버섯은 무엇일까 요?' 따위의 수수께끼를 낸 적 있었다. 하지만 여자가 낸 수수께끼 보다 어려운 것을 생각해야 했다. 결코 질 수 없었다.

"죄의 아버지 이름을 말해라."

그녀는 모르겠다는 듯 고개를 갸웃거렸다.

"그것이 내 수수께끼다."

율은 이것은 맞출 수 없을 거라 확신했다. 사리는 곰곰이 생각해 보았다. 무엇인가 잡힐 거 같은데 잘 잡히지 않았다.

"모르겠어요."

어디선가 들은 거 같긴 한데, 가물가물했다.

"그럴 줄 알았다. 내 수수께끼는 어렵다."

율은 자랑스러운 듯 어깨를 으쓱거렸다. 사리는 그 모습을 가자 미눈으로 흘겨보았다.

"그럼 당신은, 내 수수께끼 알아요?"

두 사람은 멀뚱히 서로 바라보았다. 스산한 바람이 둘을 스치고 지나갔다. 결국 서로서로가 모른다는 말이었다.

"좋아요. 기간을 두죠. 다시 만나서 확인해 보는 거예요. 생각하 다 보면 알게 되겠죠."

사리는 발목에 묶인 주머니를 확인하고, 다시 마루 밑으로 들어 갈 준비를 했다. 남자는 그런 그녀를 보며, 급하게 말했다.

"언제 다시 올 거지?"

"네?"

"다시 만나야 답을 맞힐 수 있다!"

남자는 더없이 진지했다. 사리는 속으로 아차 싶었다.

'얼렁뚱땅 안 넘어가네.'

남자는 은근히 쉽지 않았다.

"그럼 이튿날 밤, 연못에서 만나요."

그녀는 약간 일그러진 웃음을 지으며 말했다. 남자는 알았다는 듯 순진하게 고개를 끄덕였다.

"기다리겠다."

"그럼, 그때 봐요."

사리가 마루 밑으로 다시 들어가려 했을 때 남자는 또 발목을 잡았다.

"아앗! 또 왜요!"

"안 오면, 다른 병사에게 말하겠다."

안 올 생각을 하고 있던 그녀는 순간 뜨끔했다.

"갈 거예요! 그러니까 발목 좀 놔줘요."

사리의 확답을 받자, 남자는 발목을 놓아주었다. 그녀는 다시 마루 밑으로 기어갔지만, 이번에는 이상한 소리가 따라왔다.

"이봐요. 따라와요?"

"그렇다."

"왜 따라와요?"

"나도 이 방향이다."

순간 사리는 할 말을 잊었다. 뭔가 이상한 일임에도, 희한하다 말할 수 없는 미묘함이 느껴졌다.

"빨리 가라. 그대가 가야 나도 움직인다."

뭔가 이건 아니지 않을까.

사리는 다시 다리를 움직였다. 일단 가고 볼 일이었다.

풀벌레 소리가 사방에 들려왔다. 제법 쌀쌀해진 바람이 불어오는 가을 밤. 두 명의 젊은 남녀는 송충이처럼 마루 밑을 기어갔다.

"아, 엉덩이 좀 치지 마요."

"부딪쳤다."

이런 대화를 나누며 말이다.

*

춘란은 알고 있었다. 사리는 새벽잠이 없었다. 원래 주인이 늦게 일어나야지 시종들이 느긋한 법이건만, 그녀가 매일매일 재깍재깍 일어나는 바람에 송씨 가문에서 일하는 노비들은 통 아침잠을 잘 수 없었다. 화환족인 주제에 챙길 거 다 챙기는 아가씨 보며, 시종 들은 항상 투덜거렸다. 지금 생각하면 '일찍 일어나기' 는 시종의 필수품이고, 그냥 욕할 상대가 필요해서 그런 것일지도 모르지만, 하여간 사리는 일찍 일어났다.

"마마, 일어나셨……."

하지만 춘란은 사리의 방문을 열고, 그대로 굳어버렸다.

"흐—음"

사리는 낡은 모포를 덮고 뒤척였다. 그런 모습마저 참 아리땁고 귀여웠지만, 문제는 따로 있었다.

'왜 멀쩡한 침상 놔두고 바닥에서는 자는 거지?

아무리 깨끗이 청소했다지만 그래도 낡은 폐궁이었다. 그 바닥에서 사리는 쥐색 모포와 함께 대자로 뻗어 있었다. 그뿐만 아니었다. 발치에 큰 포대가 하나 있었는데, 그것은 사리의 발목과 튼튼히 연결되어 있었다.

"뭐지?"

춘란은 살금살금 다가가 주머니를 열어보았다. 주머니 안에는 불그스름한 것이 들어 있었다.

이것을 모른다는 말도 안 됐다. 안에 들어 있는 것은 고기, 고기, 고기였다. 태어나서부터 누군가를 섬겼던 노비의 전문 식견으로는 닭고기, 소고기, 양고기, 말고기였다.

폐궁에 갇힌 마마님이 자고 일어나니 고기 보따리를 매고 있었다.

"마마님!"

춘란은 낡은 모포를 걷고 사리를 흔들었다. 그녀는 온몸에 먼지를 묻힌 채 태평하게 뒤척거렸다.

"탄고기 너……."

"일어나요! 일어나요!"

"비계 따위가 어디서 상추를……."

"일어나란 말이에요!"

사리는 아무리 흔들어도 일어나지 않았다. 춘란은 더는 참을 수 없어서, 그녀의 머리를 쥐어박았다.

딱– 꽤 아픈 소리가 세영궁 안에 가득 울렸다.

"응?"

사리는 그제야 천 근 같은 눈꺼풀을 겨우 들어 올렸다.

"설명해요! 왜 이 꼴로 있는 거예요!"

정신이 든 사리는 깜짝 놀라 뒤로 물러났다. 자신을 내려다보는 춘란은 과히 무시무시한 표정을 짓고 있었다.

"왜, 왜 그래?"

"그건 제가 묻고 싶은 말이에요!"

춘란은 바닥에 있는 포대를 들어 올렸다. 그러자 사리의 다리도 같이 올라가 버렸다.

"이게 어찌 된 거예요?"

"응? 아, 가져왔어."

그녀는 아무렇지도 않게 배시시 웃으며 말했다.

"나 다리 좀 풀면 안 될까? 긁혀서 아파."

사리는 이상한 각도로 들어 올려진 다리를 손가락으로 가리켰다. 하지만 춘란은 지금 그거 볼 심정이 아니었다.

"지금 그게 문제예요! 어디서 뭘 했느냐고요!"

춘란의 격한 반응에, 사리는 다리를 들어 올린 채 그대로 굳어버렸다.

'무… 무서워.'

사람이 두려운 적은 많았지만, 이렇게 원초적으로 겁나는 적은 처음이었다. 당해낼 수 있을 거 같지 않았다. 어떻게 해야 할까. 사리는 다른 곳을 바라보며 딴짓을 했다. 피할 수 없을 때는 솔직한 것이 최고였다.

"개구멍으로 빠져나가서 다른 궁 어주 찾아서 훔쳐 왔어."

춘란은 눈을 가늘게 뜨고, 사리를 흘겨보았다.

"다른 궁 어전에서 허락 안 받고 가져왔어. 괜찮아. 황궁은 원래 풍족하잖아."

"그러니까, 세영궁을 빠져나갔다?"

"응. 개구멍으로."

"다른 궁에서 고기를 훔쳤다?"

"아, 소금도 가져왔어."

춘란은 아무 말 하지 않았다. 자그마한 침묵이 두 사람을 스쳐 지나갔다. 사리는 애써 미소 지었지만, 이 순간은 마치 폭풍전야 같았다.

"정신이……."

"응?"

"정신이 있는 거예요! 없는 거예요! 개구멍은 또 뭐야! 또 뭘 어떻게 했기에 빠져나가! 야, 너 나보다 나이 적지! 너 뭘 한 거야! 엉! 도대체 어떻게 생겨먹은 처녀가 한밤중에 구중궁궐을 빠져나가서 고기를 훔쳐와! 그러다가 병사나 나인들에게 들키면 어떻게 변명할래! 야! 또 한 번 이런 일 하면, 그때는 널 죽이는 게 가주가 아니라, 내가 될 거다!"

사리는 너무 놀라 눈만 깜박였다.

'사실 벌써 들켰는데…….'

진실을 말하면 어떻게 될까.

"춘란, 진정해."

"내가 진정하게 생겼어!"

모르긴 몰라도 가만둘 거 같지는 않았다. 그녀는 춘란의 목소리가 이렇게 큰지 처음 알았다.

"연유를 말해봐요. 왜 이런 미친 짓을 했어요?"

사실대로 말하면, 또 화를 낼까. 사리는 이렇게 무서운 역정은 처음이었다. 뭐, 가주나 유씨 부인이 무서운 적은 많았지만, 춘란은 화내는 것은 종류가 달랐다.

"그게……."

"네."

"조금씩 말라가니까."

"누가요."

"춘란이."

사리는 두려움에 춘란의 눈을 바로 쳐다볼 수 없었다. 그녀는 다음에 올 충격을 기다렸다. 소리를 지른다든가, 아니면 한 번도 맞아본 적 없지만 꿀밤이 한대 날아온다든가 하는 거 말이다(이미 아침에 맞았지만, 사리는 몰랐다).

"마음에 안 들어요."

어라.

사리는 고개를 들어 살짝 눈치를 보았다. 이번에는 춘란이 고개를 숙이고 있었다.

"춘란."

"마마님 따위 정말 마음에 안 들어요."

그녀는 배시시 웃으며 춘란의 뺨을 감쌌다. 춘란의 얼굴은 눈물로 범벅되어 있었다.

"마음에 안 들어요. 화환족은 화환족답게 행동해요. 왜 이렇게 스스로 매를 벌어요."

"화환족다운 행동이 뭔데?"

"그걸 내가 어떻게 알아요! 난 화환족이 아니에요!"

춘란은 빽 소리를 지르고, 다시 훌쩍였다.

"굶는 거 따위 옛날부터 질리도록 했어요. 아무렇지도 않아요."

"춘란, 진정해."

"진정하게 생겼어요! 그러다 죽으면 어쩌려고 그래."

그녀는 일부러 말을 아꼈다. 사실 그 뒤는 춘란이 더 잘 알고 있었다.

사리는 살아남기 어려웠다. 무슨 수를 써도 그녀는 죽을 것이다. 이 얼굴을 얼마 보지 못한다는 것도, 그래서 사리가 더욱 웃는다는 것도 알고 있었다.

물론 필사적으로 살려는 노력은 별개였다. 사실과 노력은 다르듯이 말이다.

"포기하는 거예요?"

이미 알고 있었다. 정 따위는 오래전에 들어버렸다. 처음 왔을 때 같이 밥을 먹고 같이 일해왔다. 천하의 원수라도 그 정도면 정들만 했다.

"글쎄."

무슨 말을 해야 할까. 사실 이런 적은 정말 처음이었다. 옛날부터 자신을 말리는 사람은 없었다. 사리도 처음 느끼는 감정이었다.

"춘란, 정들면 안 돼."

"시끄러워요."

춘란은 소매에서 수건을 꺼내, 눈물을 닦았다.

"내 감정 내 마음대로예요. 마마님이 상관하지 마세요."

"하지만 난 송사린이야."

"송사리라면서요."

"송사린도 돼."

"하여간 말 바꾸기는……."

춘란은 손수건에 코를 팽 풀었다.

"그러네."

"그래요."

"미안해."

춘란은 애써 웃는 사리를 매섭게 흘겨보았지만 눈물 젖은 눈으로 그리 보았자 아무런 위협도 되지 않았다.

"알면 잘해요."

옛날 유모에게 여식이 있다 했을 때, 언제나 미안하기만 했다. 유모는 그녀에게 퍽 잘해줬지만, 그럴수록 누군가를 떠올리고 있었다. 사리는 알지 못했지만 춘란이 있다는 소리를 들었을 때 이해할 수 있었다. 자식에게 자기 젖을 못 먹인다는 것은 어떤 기분일까.

사리는 천천히 고개를 끄덕였다.

"응. 잘할게."

잘해줄 수 있는 것이 과연 몇 개나 있을까. 사리는 춘란의 엉망이 된 모습을 보며 살짝 웃었다.

*

사고쳤다.

사리는 푸대에 담긴 고기들을 정리하며 한숨을 폭 내쉬었다. 춘란과의 투닥거림이 끝나고 서서히 머릿속이 맑아지자, 그제야 자신이 무슨 짓을 했는지 실감이 났다.

갈수록 첩첩산중이었다. 세영궁은 낡고 한로는 다가오고 고기가 필요해서 어주는 잘 털었는데, 뒷목은 찜찜하기 이를 때 없었다.

'그 병사 믿을 수 있으려나.'

연못에서 나자빠진 것은 낯 팔려서 상부에 보고를 안 했다 치더라도, 어주를 턴 것을 꼰지르면 당장에 목이 날아가지 않을까.

'그럴 인물로는 보이지 않지만……'

뭐랄까. 매일 학문에 몰두해야 하는 서생이 몰래 담 넘어서 저잣거리에 사탕을 빨아먹으며 좋아하는 느낌이 든다면, 그는 화낼까.

"하연국 병사들이 그렇게 훈련이 힘든가?"

이런 소소한 일탈을 좋아할 정도로?

주위에 병사가 없어서 물을 수 없었다. 하지만 신주에 있을 때 가문의 무사들은 몇몇의 수장만 빼고는 다들 자유롭게 지내고 있었다.

"황궁은 다르겠지?"

가문의 무사와 지엄한 황궁은 꽤 많은 차이가 있는 걸까.

"모르겠어."

사리는 쪼그려 앉아서 곰곰이 생각해 보았다. 아무리 헤아려 봐도 도통 결론이 나지 않는데 현실은 변하지 않았다.

"나 혹시 큰 사고 친 걸까."

대답해 줄 이가 없었다. 그녀는 머리가 복잡해지는 것을 느끼며 한숨을 폭 내쉬었다.

*

"훗."

가만히 있어도 웃음이 나왔다. 정무를 보고 있어도, 서책을 볼 때도 계속 싱글싱글이었다. 덕분에 떠는 것은 나인들뿐이었다. 환관과 궁녀들은 다들 노상궁만 바라보았다. 오로지 그녀만이 이 연유를 알 수 있었다.

"폐하, 이 늙은이가 하나만 물어도 되겠습니까?"

율이 식후에 차를 기울이고 있을 때, 노상궁은 조심스럽게 말을 꺼냈다.

"좋다."

"무슨 좋은 일 있으신 겁니까?"

율은 여유롭게 노상궁을 바라보았다.

"있어 보이는가?"

"예. 그리 보입니다."

율은 한과를 베어 물었다. 달콤한 꿀맛 입안에 맴돌았다.

"어제 재투성이 고양이와 내기를 하기로 했네. 수수께끼를 하자 하더군."

노상궁은 지금 율이 무슨 말을 하는지 통 알 수 없었다.

"무슨 말인지 모르겠습니다."

"그럼 단순한 농으로 알아두게."

율은 다 마신 찻잔을 내려놓고, 다시 서책에 고개를 돌렸다. 노상궁은 황제의 심기를 알려 했지만 도무지 감이 잡히지 않았다.

'무슨 일이 있으신 게야.'

심증은 있으나 물증은 없었다. 그녀는 빈 찻잔을 가지고 조용히 물러났다.

*

사리는 하늘을 바라보았다. 밤하늘의 달은 벌써 반쯤 가려져 있었다. 가을바람은 차가워지고, 볼에 닿은 공기는 제법 쌀쌀해졌다. 이제 곧 겨울이 다가올 것이다.

겨울이면 농작물을 재배할 수 없었다. 그녀는 남은 전각에 흙을 깔고, 농작물을 옮겨볼까 생각했었다. 하지만 천장에 햇빛이 들지 않기에 무리일 거 같아, 단념할 수밖에 없었다.

사리는 머리에 묻은 흙을 털어냈다. 오늘도 옷은 흙투성이였다. 사실 그다지 나오고 싶지 않았지만, 그 병사가 동료한테 불면 춘란과 자신은 완전히 끝장이었다.

그녀는 연못가에 있는 큰 나무 뒤에 숨어 한숨을 내쉬었다. 저번에도 느꼈지만, 이곳은 정말 인적이 없었다. 뜻밖에 황궁이 허술한가 싶을 정도였다.

어디선가 인기척이 들렸다. 그녀는 고개만 빼꼼 내밀어서 사람을 확인했다. 멀리서 봐도 한눈에 알 수 있었다. 왠지 병사 옷이 안 어울리는 남자였다. 저 남자의 얼굴은 너무 수려했다. 병사 옷만 벗으면, 귀공자처럼 보이지 않을까.

남자는 연못가에 와 두리번거렸다. 사리는 번개처럼 재빨리 그에게 다가갔다.

"진짜 나왔네요."

이왕이면 안 나왔으면 싶었다.

"난 약속은 꼭 지킨다."

"이런 약속까지 지킬 필요가……."

사리는 주위를 둘러보았다. 아무리 병사가 없어도, 이렇게 당당하게 얘기하는 것은 좀 그랬다. 그녀는 율의 옷깃을 잡고, 아까 자신이 있던 나무 밑으로 끌고 갔다.

"뭐 하는 짓이냐!"

"목소리 낮춰요!"

사리는 남자를 억지로 나무 뒤에 놓고, 다리를 굽히게 했다.

"들키면 끝이잖아요."

맞는 말이긴 했다. 그는 감히 황제의 다리를 굽히게 한 궁녀를 아래위로 훑어보았다. 그녀는 오늘도 여전히 흙투성이 꼴을 벗어나지 못하고 있었다.

율은 이 궁녀가 꼭 나왔으면 했다.

상대는 자신을 한낮 병사로 보는 궁녀라 신선하고 편했다. 들키면 번거로운 것은 그였다. 율은 이 작은 일탈은 쉽게 그만 두고 싶지 않았다.

"그렇군."

일단 수긍하기로 했다.

"그렇군이 아니에요. 댁 부자예요? 궁에서 나가면 먹고살 방법 있어요?"

사리는 자기도 모르게 가자미눈을 뜨고 남자를 바라보았다. 가끔 있었다, 저렇게 생계에 지장 안 받으며 천하태평으로 구는 사람이.

율은 고개를 저었다.

"없다."

그에게 있어, 황궁을 나간다는 것은 다른 의미였다.

반역이 성공하여 목이 잘려나가든가, 전장에 출전한다든가, 아니면 나라에 변이 일어나 피난을 간다든가. 아니면 소리 소문 없이 약에 중독되어 관으로 들어가 북쪽에 묻히던가.

셋 다 피를 부르는 일이었다.

"없으면 조심해요. 난 목숨 걸고 나오고 있단 말이에요."

사리는 뭔가 이상했다. 왠지 갈수록 혼자 방방 뛰는 거 같았다.

"알았다. 들키면 지…… 아니, 나도 곤란하다."

"알았으면 잘해요."

미심쩍긴 했지만, 뭐라 그럴 수는 없었다. 사리는 흙바닥에 아무렇지도 않게 앉으며 주위를 둘러보았다. 그는 그런 궁녀를 신기한 듯 가만히 내려다보았다.

"왜요?"

"아니다."

율도 바닥에 그냥 앉았다. 생각해 보면 어렸을 적 외에, 이리 앉은 적은 처음이었다.

"수수께끼의 답 알아내셨나요?"

그는 눈을 가늘게 떴다. 그 수수께끼! 참으로 미묘하기 짝이 없었다. 굉장히 뜬금없고 이상했다. 세상천지에 꽃의 의미를 아는 사람이 어디 있겠는가.

"어렵죠?"

율은 고개를 끄덕였다. 차마 황제의 체면에 모른다고 말할 수 없었다.

"너는 알고 있는가?"

그는 혹시나 해서 물어보았다. 궁녀는 당연하다는 듯 고개를 끄덕였다.

"어려워요?"

황제 체면에 차마 어렵다 말할 수 없었다. 그는 송사리처럼 곰실곰실되는 궁녀를 바라보았다.

"내 문제의 답은 알고 있는가?"

사리는 순순히 대답했다.

"물론이죠. 저 내기에 꽤 강해요."

내색하지 않았지만 짐짓 놀랐다. 충동적으로 내긴 했지만, 자신이 오랫동안 생각해 왔던 것이었다.

"정말인가?"

"정말이에요."

사리는 하늘을 우러러 한 점 부끄러움 없었지만 율은 도무지 믿을 수 없었다.

"죄의 아버지의 이름을 안다는 것인가?"

"생각보다 간단하던데요?"

죄의 아버지.

사실 그렇게 간단할 리 없었다. 열심히 생각하다, 무심코 상추한 포기를 완전히 망쳐 버릴 지경이었다. 춘란은 그다지 내색하지 않았지만, 가자미눈을 치켜뜨지 않았던가.

"간단하다?"

사리는 배시시 웃으면서 말했다.

"왜요? 모를 줄 알았나요?"

궁녀의 말이 맞았다. 짐짓 찔린 율은 아무 말도 하지 않았다.

"죄의 아버지의 이름은 욕심이죠?"

생각해 보면 간단했지만, 그런 생각까지 도달하기는 쉽지 않았다.

"잘 아는군."

"쉬웠다니까요."

쉽지 않았다. 율은 이 질문을 황후로 간택된 여인들에게 해보았다. 규방에서 곱게 자란 여자들은, 그의 질문에 대답하지 못했다.

덕분에 다 쫓아 보낼 수 있었지만, 조금 실망한 것도 사실이었다.

"답은 쉽지만 어렵네요."

그녀는 율을 쳐다보았다. 이 질문을 곱씹어보다가, 이 남자에 대해 궁금해졌다. 하찮은 병사가 할 질문이 아니지 않은가.

"무거운 답이에요."

얼굴만 잘난 병사가 아니었다.

"욕심이 없는 사람이, 사람일까요."

"무슨 뜻이지?"

"별말 아니에요. 욕심이 없는 사람이 과연 세상에 있을까 싶어서요."

지천에 풀벌레 소리가 가득했다. 사리는 나무를 쓸어보았다. 까칠한 감촉이 손가락에 닿았다 사라졌다.

"옛 성현들은 사람이 선하다 했다."

차가운 바람에 손가락이 차가워졌다. 사리는 손을 호호 불어보았지만, 따듯해진 손가락은 금세 차가워졌다.

"그래요? 난 안 믿어요."

"성현의 말을 믿지 않는다?"

"네. 아니, 애초에 선하다는 것을 모르겠어요."

"연못가에 노는 아이가 있다. 이 아이가 연못에 빠지려 하면, 천하의 악인이라도 말릴 것이다."

사리는 순순히 고개를 끄덕였다.

"저도 알아요. 그것이 선함의 증거라고 했어요. 좋은 뜻이에요. 눈에 핏발 세워가며 반박하고 싶지 않아요."

"넌 믿지 않는다 했다."

"네. 좋은 말이지만 믿지 않아요. 옛날부터 궁금했어요. 악인은 정말 그 아이를 위해서 말린 것일까? 그냥 자기가 보는 앞에서 죽으면 곤란하니까, 그럴 수 있지 않을까요?"

"무슨 말이지?"

"상황까지 생각해 보면 더 재미있어요. 악인이니까 나라에서 쫓고 있었겠죠. 관군에게 쫓겨 힘들게 도망치다 시골 연못까지 온 거예요. 그런데 그 연못에서 어린아이가 위험하게 뛰놀고 있던 거죠."

사리는 빨개진 손가락을 보았다.

"악인에게는 먹을 것과 잘 곳이 필요했어요. 그래서 아이를 말린 것이죠. 그렇게 해서 그날 밤 머물 곳을 잡을 수 있었어요. 뭐 그 아이의 부모가 관에 신고를 하는가 안 하는가는 다른 이야기겠지만 말이죠."

"재미있는 생각이군."

"네. 쓸모없는 생각이죠. 사실 잘 모르겠어요. 결론을 내릴 수 없는 다른 학자들은, 어쩌면 사람은 선하든 악하든 살아온 환경에 의하여 변한다 했지만, 소녀는 그것도 잘 모르겠어요."

"연유가 뭐지?"

"잘 먹고 잘살고, 좋은 부모 밑에서 귀여움 한껏 받아도 태연하게 다른 사람을 해하는 사람도 있잖아요."

궁녀의 말은 재미있었다. 율은 자기도 모르게, 그녀의 말에 빠져들었다.

"그럼 사람은 어떻다는 거지?"

"그냥. 사람이겠죠. 자연 속에 뛰노는 말하는 짐승일 수도 있고, 성현 말대로 선할 수도 있고, 악할 수도 있고, 기묘할 수도 있고, 변하지 않을 수도 있고, 변할 수도 있고, 복잡할 수도 있고, 단순할 수도 있는 그냥 그런 존재겠죠."

"네 말은 앞뒤가 맞지 않는다."

"결론은 나오지 않나요?"

"나오지 않는다."

"난 나와요."

사리는 생긋 웃으며 말했다.

"모르겠다는 거예요."

사리는 흐트러진 머리카락을 한곳에 모았다. 한 올 한 올 손가락 사이로 흘러내리는 머리카락도 흙이 묻어 있었다.

"그것이 답이 될 수는 없다."

"그런가요? 하지만 정말 모르겠어요. 사실 별로 상관없기도 하고요. 사람이 선하든, 악하든 알게 뭐예요. 그런 것은 시간 많은 학사나 고민하라 그래요."

사리는 머리에 묻은 흙을 살살 털었다. 세영궁에 가면, 당장 우물가로 가서 머리카락부터 씻어야 했다.

"우습군."

자기도 모르게 입가가 움직였다. 사리는 율에 말에 고개를 끄덕였다.

"그렇죠. 우습죠. 하지만 세상에 쓸데없는 것은 없다고 들었어요. 그래도 그런 학문은 꼭 필요한 것일 거예요. 당장에 쌀과 기름이 나오는 것은 아니지만, 누군가는 해야 할 일이니까요."

율은 고개를 저었다.

"쓸모없다 했다가, 쓸모있다 하다니……. 또 앞뒤가 맞지 않는다."

"생각해 보세요."

그를 바라보는 사리의 눈이 반짝반짝 빛났다. 맑은 눈동자에는 총기가 가득했다.

"사람의 본성은 선량하대요. 물론 전 이 말을 믿지 않아요. 하지만 선량하다고 생각하고 싶어요."

"이유가 뭐지?"

"그거야 그렇게 믿는 편이 나으니까."

그녀는 율을 바라보며 생긋 웃었다.

"악하다고 믿는 거보다, 모르겠다고 믿는 것보다, 선량하다고 믿는 쪽이 나아요. 그렇지 않으면 사람들은 길을 잃어요."

"복잡하군."

"네. 쓸모없지만 복잡하고, 중요하지만 하찮아요. 하지만 그 믿음이 깨진다면 사람의 삶은 하나둘씩 변하게 될 거에요."

"어떻게 변한다는 거지?"

"글쎄요. 좋든 나쁘든 미세하게 변하겠지만, 엄청난 결과를 가져올 수도 있어요. 역사 속에 금왕조가 사람을 취하게 하는 간악한 종교 백련교에 의해 멸망한 것처럼 말이죠."

"재미있군."

"병기를 만들고 말을 타서 창을 들어 사람을 헤하는 것보다 더 무서운 것이 이상이에요."

"누가 너에게 그런 것을 알려주었지?"

율은 궁녀의 스승이 궁금했다.

"글쎄요. 누군가가 알려주지 않았어요. 물론 이런 것이 있다고는 말했지만, 어느 쪽으로 갈지는 제가 정하라고 그랬어요."

"재미있는 스승이군."

"괴팍한 노인네긴 했지만 좋은 사람이었어요."

지금 생각하면 노 선생은 괴짜였다. 옛날에 시안에서 유명한 학사였다고 하나, 그 어느 것 하나 이렇다 저렇다 설명하지 않았다.

"죄의 아버지의 이름은 욕심이죠."

"그렇다."

"하지만 욕심이 없으면, 그게 어디 사람인가요."

그는 또 웃음이 나왔다. 궁녀의 이야기는 재치가 넘쳤다.

"선한 사람은 욕심이 없다."

"아, 그거야 기호의 차이죠."

"기호의 차이?"

"있잖아요. 세상에서 가장 귀한 음식이 있다 해봐요. 너무 진미라서, 누구든 먹으면 천상의 맛을 느낄 수 있어요."

"먹고 싶겠군."

"네. 누구나 먹고 싶겠죠. 그 진미의 음식을 가진 사람은 당연히 다른 사람에게 자랑할 거예요. 용용 죽겠지 하고 놀릴 수도 있어요."

"그렇군."

"그런데 음식이란, 먹고 나면 끝이잖아요. 물론 포만감과 행복감을 느낄 수 있지만, 또 배고플 뿐이죠."

참 이상한 일이었다. 율은 원래 여자 목소리를 싫어했다. 황궁의 여자들은 재잘재잘대고, 귀찮기만 했다. 하지만 궁녀의 작은 울림은 그렇지 않았다.

"그래서 시험 삼아 천상의 진미를 다른 사람에게 나눠 줘봤어요. 그런데 이상하죠? 왠지 허한 마음이 채워지는 거예요."

"선한 마음이군."

"네. 그래서 그 사람은 욕심이 생겼어요."

"뭐?"

"욕심이 생겼죠."

사리는 방긋 웃으며 율을 바라보았다. 총기가 흐르는 눈동자에, 많은 것이 담겨 있었다.

"남에게 무엇인가를 베풀고 싶다는 욕심이 생겼어요."

"……."

"죄의 아버지가, 들어와 버렸네요."

사리는 머쓱한지 다른 곳을 쳐다보았다. 그는 그런 궁녀를 보고, 자기도 모르게 웃어버렸다.

"그렇군."

한번 터진 웃음은 쉽게 가라앉지 않았다. 율은 아예 배를 잡고 웃기 시작했다. 단순한 말장난일 수도 있지만 그는 궁녀의 재치가 마음에 들었다.

"이봐요, 너무 크게 웃진 말아요."

남자의 웃음소리가 커지자, 사리는 황급히 뜯어말렸다. 병사야 들키면 징계 정도였지만, 자신은 목숨이 걸려 있었다.

"원하는 게 뭐지?"

그는 아직도 웃음기가 남은 목소리로 말했다.

"예?"

"내기는 내가 졌다. 원하는 것을 말해라."

사리는 눈을 동그랗게 뜨고, 병사를 쳐다보았다. 내기이긴 했다. 하지만 그것은 그저 얼버무리려고 한 말이었다.

"음……."

사리는 병사의 옷차림은 점검했다. 어디에서나 있는 병사의 옷이었다. 그 말은 이 남자가 그리 유복하지 않다는 것을 의미했다.

"꿀에 절인 유자. 그것이 필요해요."

자고로 부탁이란 너무 과해서도 안 되고, 너무 작아서도 안 되었다. 화환족으로 태어나 배운 처세술 중에 하나였다.

"그것이면 되나?"

생자관에서는 오로지 쌀만 보내주었다. 모종을 가져오지 않았다면, 진작 굶어 죽었을 것이다. 다행히 채소는 텃밭에서 일구었다. 하지만 그것도 가을이 끝나면 불가능했다.

"이왕이면 작은 단지에 여러 개로 주세요."

고기만 먹어도 살 수는 있었다. 하지만 한 가지만 먹으면 틀림없이 병이 생길 것이다. 남사는 고개를 끄덕였다.

조금 이상했지만, 그 정도쯤이야 들어줄 수 있었다.

그 정도쯤이라.

자신은 황제였다. 이 궁녀에게 궁 하나 통째로 넘겨줄 수도 있고, 삼대가 쓰고도 남은 재산을 줄 수도 있었다.

"안 돼요?"

사리는 조심스럽게 물어보았다. 시세를 잘 모르지만 그 정도쯤은 이 병사도 할 수 있을 거 같아 해본 말이었다. 하지만 남자는 너무 오래 생각했다.

"좋다. 내일 가져오마."

사리는 어색한 웃음을 지었다. 내일도 이곳으로 나오라는 말이었다.

'춘란한테 혼날 거 같은데⋯⋯.'

너무 자주 나오면, 아무래도 잡히지 않을까.

"저 몰래 나오는 것은 위험한 일이라⋯⋯."

"이쪽에는 병사가 별로 없다. 다들 이곳에는 가까이 안 오려 하지."

율은 연못을 가리켰다. 달빛을 받은 물결은 바람결에 살짝 흐트러졌다. 천상의 것들이 이럴까. 마치 이 세상이 아닌 거 같았다.

"시체가 들어 있다. 나라를 어지럽힌 요녀의 시체지."

사리는 그녀가 누군지 알 수 있었다. 어렸을 때부터 질리게 듣던 소리였다. 나라를 쇠락하게 한 화환족 요녀.

"화귀비?"

"맞다."

"놀랍네요."

화귀비의 시체가 버려진 곳이라.

온갖 감정들이 새어 나왔다. 정말 운명이지 않을까. 이 연못은 세영궁을 빠져나와 처음 본 곳이었다. 그런데 이곳이 화귀비가 죽은 곳이라니.

'기묘하다.'

끌림이란 것이 이런 것일까. 사리는 다시 한 번 연못을 돌아보았다.

"그러니 내일도 이곳으로 나와라."

율이 말했지만, 궁녀는 듣지 않았다. 그녀는 계속 연못을 보고 있었다.

"내 말이 들리지 않느냐."

그가 다시 한 번 말해보았다. 사리는 살짝 고개를 돌리고 율을 바라보며, 생긋 웃었다.

"있잖아요. 황제폐하 용안을 뵌 적 있어요?"

사리는 진지하게 물어보았다.

율은 난감했다. 뜬금없기도 했지만, 뭐라 말하기도 곤란했다. 황제 폐하를 본 적 있느냐니. 확실히 본 적은 있었다. 매일 본다는 것이 문제였지만 말이다.

"본 적 있다."

"송구스럽지만, 아뢰옵기 황송하지만, 그분 광증 있으신 거 아니죠?"

"무, 무슨 말이냐!"

그는 자기도 모르게 소리 질렀다. 율의 격한 반응에, 사리는 재빨리 그의 입을 막았다.

"조용히 하라니까요! 누가 댁보고 미쳤대요? 왜 이래요!"

율을 슬쩍 사리의 눈치를 보았다. 왠지 모르게 억울했다. 자신이 황제지만 밝혀서 뭐 하겠는가. 만약 정체를 얘기한다면 이 궁녀는 매우 놀라 하며, 바들바들 떨며 고향에 내려갈 것이다.

그녀는 남자가 진정되자, 입을 막은 손을 내려놓았다. 왠지 남자의 눈은 억울함을 가득 담고 있었다.

"저기 봐요."

사리는 손가락으로 연못을 가리켰다. 율은 가리킨 곳을 따라 멀뚱히 연못을 바라보았다.

"뭐 느끼는 거 없어요?"

"연못이군."

그게 다였다. 그녀는 율의 대답에 고개를 끄덕였다.

"네. 연못이에요. 그것도 잘 가꾼 아름다운 연못이에요."

연못가에 심어놓은 꽃은 향기롭기 그지없었다. 바람따라 영롱한 소리를 내는 보탁(커다란 풍경)은 맑았고, 수면은 잔잔하지만 은빛 떨림이 있었다. 보면 알 수 있었다. 황제는 이 연못을 아름답게 꾸며놓았다.

"세상천지에 원수의 무덤을 아름답게 꾸며놓은 사람이 어디 있어요."

만약 있다면 그것은 악취미 중 악취미였다.

"하나는 알 수 있네요."

연못에 놓인 조각상은 섬세하기 그지없었다. 정말 이곳이 화귀비의 무덤일 줄 누가 알겠는가.

"황상께서는 화귀비를 정말 미워하는군요."

연못이 아름다운 만큼 황제는 화귀비를 증오했다. 사리는 깊은 한숨을 내쉬었다. 이래서야 살 수 있을 확률이 희박하지 않는가.

"존재 자체를 지우고 싶었는지도 모른다. 요망한 화귀비의 이름은 먼 훗날까지 남아 있지만 이 연못은 그저 아름답기만 하니까."

그녀는 손뼉을 쳤다.

"기억마저 남기고 싶지 않은 거군요."

"그렇다."

사리는 살 방법이 더욱더 희미해지는 것을 느꼈다. 살고 싶으면 뭐 하나. 발 하나 잘못 디디면 남방 낭떠러시인네.

"기운 빠지네요. 나라님께서는 악취미가 지대하세요."

"화, 황제도 인간이다."

"황제가 인간이어서 어떻게 해요!"

사리는 병사를 흘겨보며 말했다.

"황제 주제에, 이러니까 병신 같은 놈들이 옥좌를 탐내지."

이러니까 죽었다 깨어나도 욕심밖에 없는 가주 같은 놈들이 반역이니 뭐니 준비하는 거였다.

그녀는 툴툴거리며 자리에서 일어났다.

"갈게요. 내일 보는 거지요?"

"아, 그렇다."

"내기 잊지 마세요."

"그러도록 하지."

사리는 계속 뭐라 중얼대며, 앞으로 걸어나갔다. 율은 여전히 흙바닥에 철퍼덕 앉아, 그런 그녀의 뒷모습을 바라보았다.

"악취미…… 광증……."

그의 마음은 은근히 여렸다. 하연국의 황제 율은 왠지 서러움을 느끼며 천천히 자리에서 일어났다.

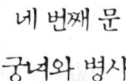

네 번째 문
궁녀와 병사

　신주는 수도 시안에서 멀고도 가까운 곳이었다. 시안의 동쪽, 질 좋은 철광석이 나는 산지와 가까워 무기를 만드는 대장간이 많았다.

　하연국의 황제는 대대로 전략적 입지인 신주에서 눈을 떼지 못했다. 몰래 무기를 생산할 수 있다면 그것만큼 무서운 것이 없기 때문이었다.

　밥 짓는 냄새가 나는 저녁, 노을 지는 장터는 찬거리를 사러온 사람들로 분주했다. 이리 보면 그가 방랑하며 지나쳤던 곳과 다를 바 없어 보였다.

　서하는 한량처럼 느긋하게 거리를 걸었다. 아이들은 소리치며 뛰어다녔고, 처마 밑으로는 햇살이 부서졌다. 왜 이렇게 더없이 평온해 보이는 걸까.

'그럴 리 없지.'

짙어진 가을 녘이었다. 더운 여름도 아닌 날씨에 땀 흘리는 사람이 유난히도 많았다. 대장간에서 일하는 일꾼들이 많다는 증거였다.

일이 많은지 자세히 보면 집으로 돌아가지 못하고 간단히 요기하는 사람 천지였다.

'병장기를 만들고 있군.'

그것도 꽤 많이.

멀리서 보면 굴뚝 위에서 더운 연기가 펄펄 끓고 있었다. 한눈에 봐도 신주는 이미 전장을 예비하고 있었다.

'관은 벌써 포섭해 뒀겠군.'

신주의 병장기를 감찰하는 것이 관의 주된 업무였다. 하지만 저렇게 대놓고 만들 정도면 이미 짜고 치는 내기나 다름없었다.

그저 사람 냄새 많이 나는 바쁜 장은 곧 피로 범벅이 될 것이다. 황제께서 어찌 처리할 줄은 모르지만, 이들 중 많은 이가 목이 베일 것이다.

서하는 눈가를 꾹꾹 매만졌다. 장을 지나치는 사람들은 그런 운명을 아는지 모르는지 일상 속에서 부유하고 있었다.

서하는 계속 주위를 둘러보았다. 얼마나 지났을까. 노을이 다 질 때쯤 뱃속에서 유난스럽게 꾸르륵거리는 소리가 났다. 요깃거리가 필요한 것이다.

'정말 정직하네.'

그때 어디선가 맛있는 냄새가 났다.

"이보게, 웅이 파전 하나 더 주게."

"알았습쇼!"

와자지껄한 소리가 들렸다. 서하는 고개를 빼꼼 내밀어 보았다. 그리 멀지 않은 곳에 허름한 주막이 보였다. 이제 슬슬 닫아가는 장에서 저렇게 손님이 넘칠 정도면 맛은 확신할 수 있지 않을까!

언뜻 보니 얼기설기 만든 문 뒤로 스무 살 정도 되어 보이는 남자가 열심히 상을 나르고 있었다.

서하는 귀신에 홀리듯 그곳으로 들어갔다. 낡은 문이 열리자, 술 단지를 든 나이 든 남자가 씩씩하게 말했다.

"어서 옵쇼!"

그 청년의 아비일까. 남자는 수건으로 상을 치우며 안으로 서하를 안내했다. 낡은 평상 위로 몇몇 사람이 옹기종기 앉아 있었다.

"여기서 제일 맛있는 게 뭡니까?"

"우리 집은 아들놈이 만드는 파전이 유명합쇼. 멀리서 오셨나 봅쇼."

"부산에서 왔습니다. 이왕 온 김에 아내 줄 은침이나 구하러 왔는데, 유명한 데 있습니까?"

나이 든 남자는 부지런히 상을 치우면서 말했다.

"요 앞에 비단 집 옆에 가게가 은침이나 바늘을 잘 만듭쇼."

"감사하오. 그럼 파전과 탁주 하나 부탁하오."

"맛있게 드십쇼. 어이 아들놈, 여기 탁주랑 파전!"

맛있는 냄새를 맡으니 뱃속은 더 요동이 쳤다. 치익. 소리마저 먹음직스럽게 보였다.

한 가지 이상한 것이 있었다.

"여기는 안주인이 없어 보입니다."

"어쩌다 보니 그렇습죠. 여편네는 오 년 전에 죽고 그 뒤에 아들 놈과 함께하고 있습죠."

"장사는 잘되십니까?"

"저놈이 생긴 것은 곰 같아도 손길은 제법 여뭅니다. 이래 봬도 알짜배기로 통합 습쇼."

노인은 기분 좋은지 껄껄껄 웃었다.

"노인네, 손님 앞에서 무슨 말을 하는겨."

어느덧 먹음직스러운 파전과 탁주가 상에 올라왔다. 더운 불길 속에서 땀을 닦는 청년은 서하를 보며 말했다.

"맛있게 드십쇼."

서하는 웃으면서 젓가락으로 파전을 찢어보았다. 조갯살과 익힌 파가 모락모락 김을 내고 있었다. 한점 먹어보니 파와 마늘, 그리고 고소한 무언가가 함께 씹혔다.

"파전 하나는 천하제일입쇼."

시안에서는 먹을 수 없는, 과연 진미였다. 서하는 개 눈 감추듯 파전 하나를 날름 먹고는 한마디 했다.

"하나 더 주십시오."

*

숙식을 겸하는 주막이란 것을 안 것은 파전 세 개를 다 먹어치운

뒤였다. 서하는 부른 배를 두들기며 오늘 밤은 여기서 묵기로 다짐했다. 결코 내일 파전을 더 먹고 싶어서 한 결정이 아니었다. 하룻밤 자고 가겠다 하자, 주인은 싱글벙글 웃으며 작은 방으로 안내했다. 침상 하나와 작은 상 하나만 덜렁 있는 방이었지만 구석구석 깨끗해 보였다.

"정말 손이 여물군."

덩치는 산만 한 남정네가 알뜰살뜰 쓸고 닦는 것을 생각하니 저절로 웃음이 나왔다.

서하는 침상에 벌러덩 누웠다. 배도 채우고 탁주도 한잔했는데, 이상하게 잠이 오지 않았다.

'반란이라.'

신주의 송씨 가문이 어디서 그런 세력을 모았을까. 슬슬 일어날 거라 생각하긴 했지만, 시기가 별로 좋지 않았다.

'그래서 하나 남은 화환족을 보낸 겐가.'

참 염치도 없는 이들이었다. 율이 어떤 심정으로 화귀비를 베었는지 그들은 과연 모르는 것인가.

서하는 침상에서 뒤척이면서 이런저런 상념에 휩싸였다. 꼬리에 꼬리를 무는 생각들은 정리할 수 없을 정도로 흩어져 버렸다. 걱정과 염려 속에서 정신을 차리니 이미 날은 어두워져 있었다.

'목이 마르군.'

그는 자리에서 일어나 문을 살짝 열었다. 가을밤 시원한 바람이 끊임없는 상념을 조금 흩트려 놓았다.

'깨우기도 뭐하고…….'

어두운 밤하늘에 부엉이 소리가 울려 퍼졌다. 차를 마시고 싶지만, 이미 잠든 부자를 깨우기도 뭐 했다. 서하는 우물이라도 있나 싶어서 흐트러진 옷을 바로 할 때였다.

"아무래도 난은 확실한 거 같슈."

"가주가 미쳤나. 웬 반란이야."

"그러게 말이유."

남자 둘의 목소리가 두런두런 들려왔다. 서하는 몸짓을 멈추고 목소리에 귀를 기울였다.

"사린 아씨는 잘 계실까. 듣자 하니 가주가 보냈다 카던데."

"가주는 자기 딸 사지로 보내고도 남을 놈이지."

"인사도 못 드린 게 한이유."

"그러게 말이다. 아씨 귀한 몸 상하지 않아야 할 텐데."

꽤 흥미로운 대화였다. 송사린이라면 그 하나 남은 화환족으로 시안으로 간 송씨 가문의 여식이 아닌가.

"참으로 답답하유. 아씨가 화귀비도 아닌데 왜 그리 미워할까유."

"이놈아, 네 녀석도 처음에는 아씨께 칼을 들이대지 않았냐."

"그랬슈. 생선 썰던 칼이었지만, 그때는 어미 죽인 요망한 년이라 생각해서 눈에 보이는 게 없었슈."

"아씨 은혜가 아니었으면 지금 네놈 사지가 부러졌을 것이다."

"사린 아씨는 잘 피했지만, 그대로 가주 사병에게 끌려가서 맞았을 때 황천길에서 어미 보는 줄 알았슈. 아씨가 몰래 감옥에서 풀어 주고 의원에게 보이라 은전까지 줬을 때는 무신 꿈인 줄 알았슈."

"덕분에 네놈이 뛰질 못하지."

"그래도 다행이지 않슈? 병사는 못될 거 아뉴."

손끝이 여물고 덩치가 커다란 아들은 뛰는 것을 하지 못하는 듯했다.

"평생 부엌데기로 사는 게 좋냐?"

"좋슈. 비단집 향월이에게 딱지 맞고 아부지에게 구박받아도 난 요렇게 살아 있는 게 좋기만 합슈."

부자는 서로를 보며 한차례 껄껄 웃었다.

"지는 상상도 못하겠슈. 세상 사람들이 다 미워한다는 게 어떤 기분인지 아부지는 아슈?"

서하는 숨을 들이켰다. 아들의 말끝은 살짝 떨리고 있었다.

"모른다, 이놈아."

그러고 보면 참 이상한 일이었다. 요망한 화귀비가 나라를 어지럽혔지만, 지금 시안으로 간 송사린은 화귀비가 아니었다. 하지만 사람들은 당연하듯 송사린을 보면 고개를 돌렸다.

"지도 화귀비 때문에 약 한 첩 못쓰고 어미를 잃은 놈이유. 화환족이 밉긴 마찬가지유. 그래도 아씨는 죄가 없슈."

"고단할 게다. 살고 싶은 마음 그대로, 죽고 싶겠지."

어느덧 부자의 목소리에는 울음이 섞여 있었다. 서하는 문 꼬리를 잡고 바닥에 주저앉은 채, 송사린을 떠올려 보았다.

하나 남은 화환족, 절세 미인. 신주가 난을 일으키기 시작한 때에 시안으로 온 여인.

율이 얼마나 그녀에게 분기를 풀지 안 보아도 선했다. 자신이 아는 친우라면 산채로 굶기는 것은 아무것도 아닐 것이다.

그렇게 생각하자 가슴이 이상하게 아릿했다. 그러게 왜 아무렇지도 않게 그녀를 미워했을까. 왜 어떤 이도 저 부자처럼 그 생각을 안 하는 걸까.

자신도 이 대화를 듣기 전까지 한 번도 생각해 보지 않았다.

"아씨가 너무 안됐슈."

결국 아들은 엉엉 울어버렸다. 아비는 그런 남자를 달래는 듯했지만, 한번 터진 울음은 그치기 어려워 보였다.

서하는 이 말을 율에게 해야 할지 갈피가 잡히지 않았다. 영특한 친우라면 자신의 말을 한 번에 알아듣겠지만, 그렇다고 무언가 나아질 거라는 것은 결코 기대할 수 없었다.

'그래도 말을 해볼까.'

열린 문틈으로 부엉이 소리가 울려 퍼졌다. 서하는 긴 한숨을 내쉬며 상념에 빠졌다.

＊

춘란은 물에 젖은 땔감에 불을 붙였다. 희미하게 사그라지던 불은 엄청난 연기를 내며 타올랐다.

사리는 옆에서 멀뚱히 바라보았다. 뭐라도 도우려 하니, 춘란은 냉랭하게 말했다.

"가만히 있는 게 도와주는 거예욧!"

춘란은 사리가 가져온 보따리를 열었다. 고기들은 원래 모양을 잃은 채 주머니 안에서 꽈리를 틀고 있었다.

"이렇게 피가 뚝뚝 떨어지는 걸 잘도 들고 오셨네요."

"그래? 피 떨어지는 고기는 먹을 수 없는 거야? 어라, 못 먹을 것이 어전에 있을 리 없는데…… 혹시 피 떨어지는 고기는 맛없어?"

그래 바로 이럴 때 그랬다. 춘란은 조용히 사리를 바라보았다. 거룩한 분노는 종교보다 깊고, 불붙은 정렬은 연정보다 강했다.

'한 대 때리고 싶다.'

춘란은 진심으로 그렇게 생각했다. 한때 동경했던 아가씨의 모습이 이렇게 점점 무너져 내려갔다.

"뭐 하려는 거야?"

세영궁에 와서 사리에 대해 잘 알게 되었다. 그녀는 호기심이 강해서, 뭐든 해봐야 직성이 풀렸다. 그러다 넘어져 다쳐도 벌떡벌떡 일어나 일단 해봐야 했다.

그래, 다 좋았다. 그런 점이야, 그럭저럭 좋은 점이었다. 하지만 문제는 따로 있었다.

'귀찮아!'

이렇게 곰실곰실 다가와서 자잘한 사고 치는 것은 귀찮기 짝이 없었다. 춘란은 사리의 어깨를 꾹 밀었다. 분명히 재미있어 보여서 히고 싶어 할 게 뻔했다.

"고기가 많으니, 훈제하는 거예요. 이렇게 연기를 쐬게 하면 오래 저장할 수 있어요."

생각해 보면 오래전에 해본 일이었다. 어미와 함께 송씨 가문에 목숨을 의탁하기 전, 춘란은 산을 벗 삼아 생활했다. 넉넉한 산에는 먹을 것이 많았다. 하지만 하얀 겨울이 오면 상황이 달라졌다. 춘란의 아비는 사냥꾼이었다. 어머니는 겨울을 대비하여 아버지가 잡아온 고기를 이런 훈제로 만들었다.

"우와! 신기하다!"

역시. 춘란은 한숨을 폭 내쉬었다. 제발 마마님은 자신의 처지 좀 자각해 주었으면 싶었다.

"안 돼요. 이래 보아도 섬세한 작업이에요."

사리는 촉촉한 눈으로 춘란에게 엉겨 붙었다. 하지만 그런 것은 이미 면역이 되어 있었다.

"안된다니까요!"

단호한 말에 그녀는 더더욱 덩굴처럼 엉겨 붙었다. 그런데 힘이 좀 과했던지, 두 사람은 그대로 뒤로 넘어갔다.

"으악!"

"아파라……. 으아, 춘란, 미안해! 괜찮아?"

그러니까, 저놈의 눈이 문제였다. 사리가 반짝반짝 빛나는 눈으로 쳐다보면, 춘란은 없는 거라도 내주고 싶어졌다.

"미안한 줄 알면 좀 비켜요!"

춘란은 사리를 억지로 옆으로 밀어냈다.

"어디 다친 거야? 아프지 않아?"

"괜찮아요."

동경하며 지냈을 때는 이런 모습은 몰랐다. 춘란은 자책감이 들었다. 내가 왜 그랬을까. 한 꺼풀 벗겨보면 이 인간은 이런 식이었는데!

"어떻게 해!"

정말 아무렇지도 않았다. 사실 그깟 노비출신 시종이 아파봤자 그게 그거였다. 하지만 사리는 마치 세상 무너진 듯 오두방정이었다.

"괜찮으니까 좀 가만히 있어요."

사리는 춘란이 괜찮은 것을 확인하자 안도의 한숨을 내쉬었다. 춘란은 그 모습을 가만히 지켜보았다.

어설퍼서 마음에 들었다. 그것이 문제였다. 어차피 자신 따위 명령 하나로 어쩔 수 없음에도 마음에 들어버렸다.

"정말?"

이런 자신을 아는지 모르는지 그녀는 귀엽게 미소 지을 뿐이었다.

"그럼, 나 한번 해봐도 돼?"

춘란은 조용히 주먹을 들어, 그대로 내리꽂았다. 꽤 아파 보이는 소리가 텅 빈 세영궁 안에 가득 울렸다.

*

개구멍을 통해 나가는 것은 점점 익숙해졌다. 흙투성이가 되는 것은 여전했지만, 몸에 닿은 면적을 많이 줄일 수 있었다.

사리는 옷깃에 묻은 흙을 털었다. 어두운 밤이라 잘 보이지 않겠지만, 손바닥에 묻는 흙은 여전했다.

'후세에는 송충이가 될 거 같군.'

사리는 연못가를 향해 나아갔다. 어쩌다 보니 밤마실도 벌써 세 번째였다. 적은 숫자였지만, 상황을 생각해 보면 대단한 것이었다. 저절로 한숨이 나왔다. 도대체 이게 무슨 팔자인가.

'한가하게 내기나 하고 있을 때가 아닌데…….'

머리를 짜내서 어떻게든 살아남아야 했다. 그것도 춘란과 함께 말이다.

'도움이 안 되는 것은 아니지만…….'

생각해 보면 남자가 있어서 유리한 점도 많았다. 병사는 궁의 지리를 알고 있지 않은가

'꾀어내서, 좀 어떻게 해볼까.'

사리는 고개를 저었다. 짧은 시간이었지만 알 수 있었다. 그는 은근히 만만치 않았다. 혹시 이상한 짓 하다 정체가 밝혀지면 황제가 얼씨구나 하며 칼을 휘두를 것이다.

"진퇴양난이구나…….."

어떻게 해야 할까. 사리는 나무 뒤로 걸어가며 한숨만 내쉬었다.

"일찍 왔군."

"힉!"

깜짝 놀란 그녀는 하마터면 자리에 주저앉을 뻔했다. 병사는 그런 사리를 보며 의기양양한 표정을 지었다. 참 이상한 일이었다. 별것 아닌 일이지만, 이 궁녀가 하면 재미있기 그지없었다.

"애 떨어질 뻔했어요!"

"……애가 있었군."

"농담이죠?"

"아닌가?"

사리는 병사를 흘겨보았다.

"기다리고 있었다. 여기 내기에 진 값이다."

남자는 커다란 보자기를 앞으로 내밀었다. 그녀는 그 보자기를 들다가 하마터면 또 주저앉을 뻔했다.

"무거워라. 말 좀 해주고 줘요!"

"무거운 것인가."

"들어보면 모릅니까?"

"나에겐 별로 무겁지 않았다."

그가 생긋 웃으며 말했다. 사리는 저 웃는 수려한 얼굴을, 한 대 때려주고 싶었다. 그러고 보면 저렇게 웃는 것은 자신의 역할 아니던가.

'하룻강아지 범 무서운 줄 모르고 갸르릉거리는군.'

강아지는 갸르릉거리지 않지만, 지금 병사는 딱 그래 보였다.

"연약한 여인에게는 무거운 짐입니다."

"그대는 연약하지 않다."

그는 궁녀의 수도를 생각하는 듯했다.

"한순간 정신을 잃을 정도로 대단하더군."

"저번부터 생각했습니다만……."

사리는 고개를 갸웃거리며 물었다.

"하연국 병사들은 별로 단련을 안 하나 봐요?"

병사의 표정이 굳는 게 느껴졌다. 사리는 이때다 싶어, 이차공격을 감행했다.

"연약한 여자의 수도 한방에 떨어지다니, 꽤 추태가 아닐 수 없어요. 어디 전쟁 나가서 칼 한번 휘두르겠어요?"

"방심해서 그렇다."

"네. 했겠죠. 여인의 나신이 거기 있는데 어찌 방심을 안 하겠어요."

입이 열 개라도 할 말이 없었다. 사리는 그런 율을 보며, 더없이 달콤한 미소를 지었다.

"바보. 반성하시죠."

그는 순간 발끈했지만, 뭐라 말할 게 없었다. 확실히 그 일은 남자의 추태이자 범죄였다.

"미안하다. 그날의 너는 하늘에서 내려온 천녀인 줄 알았다. 변명은 하지 않겠다. 만약 그대로 갔다면 어떻게 멈추었을지 모르지."

만약 황제인 자신이었다면, 이렇게 순순히 사과할 수 없었을 것이다. 사리는 남자의 사과를 듣고 고개를 끄덕였다.

"당신의 사과를 받아 드립니다."

사리는 웃으면서 남자의 등을 두들겼다.

"서로 간에 잊도록 하고, 이제 다시는 안 만나도록 하죠."

"뭐?"

사리는 보자기에 싼 단지를 훑어보며 말했다.

"만남이 있으면 헤어짐도 있는 법."

"난 그대가 준 수수께끼에 답하지 못했다."

"그런 거 그냥 잊어버려요."

사리는 씁쓸하게 웃었다. 꽃의 의미라. 사실 쓸데없는 말이었다.

"못한다!"

남자는 사리의 팔을 휘어잡았다.

"난 그 답을 꼭 알고 싶다!"

율은 필사적이었다. 황제라 밝히고 이 궁녀를 탐해서 후궁이든 어디든 넣으면 끝이지만, 왠지 모르게 그런 관계는 싫었다. 난생처음 그런 생각이 들었다.

황제가 아닌 자신은 무엇일까.

하연국에서의 황제, 백성의 황제, 신하의 황제.

알고 있었다. 자신은 황제였다. 부정하지 않았다. 맞다 여겼다. 자신은 하연국이란 나라 자체였고, 그렇게 살아가고 있었다.

하지만 때때로 기억 속에 휩쓸린다.

강해진 자신과 어린 날의 자신. 그리고 그 모든 율 자신.

이 궁녀에게는 무엇인가 특별한 것이 있었다.

"진지하시네요."

사리는 병사의 박력에 자기도 모르게 침을 삼켰다. 그것이 그렇게 궁금한 것일까. 그래. 웬만하면 나오고 싶었다. 하지만 자신은 송사린이지 않은가. 지금쯤 박 터지게 반란군을 조직한 가주의 딸. 알고 있었다. 송사리가 송사린인 이상 죽음은 피할 수 없다. 살아가려고 다짐했지만, 현실을 부정할 수는 없었다.

어쩌면 하루하루가 마지막이었다. 이럴 시간이 없었다.

"그렇다. 난 진지하다. 그러니 그대는 언제든 내가 원하면 이곳으로 나와야 한다."

"들키면 어쩌려고요."

"여기는 사람이 잘 없다. 내가 안다."

"담당구역이 여기예요? 그때 그 전각이 아니고요?"

"그 전각부터 쭉 저쪽까지 담당은 나 하나다."

사실 며칠 전 이곳 담당 병사를 줄였다. 이 궁녀 때문은 아니었다. 반군에 의한 대비책이었다.

"와, 도둑이 활동하기 적기겠어요."

"황제를 적으로 돌리면 가능하겠지. 죄의 값은 목숨이겠지만 말이다."

사리는 재빨리 머리를 굴렸다. 잘하면 이 험한 구중궁궐을 빠져나갈지도 모르는 일이었다. 혹시 아는가! 개구멍 열몇 개 뚫으면 밖으로 나갈지!

그녀는 병사를 바라보았다. 뜻이 있는 곳에 길이 있었다.

"자, 당신의 부모님은 어떤 사람이죠?"

병사는 무슨 귀신 씻나락 까먹는 소리를 하냐는 표정을 지었다. 순간 아차 싶었다. 자고로 호구조사는 은밀히 해야 하는 법이거늘, 너무 급하게 나가 버렸다.

"아니. 궁금해서요."

사리는 필사적으로 밝게 웃었다. 지금 그녀는 살아갈 방도가 필요했다. 사람 일은 모르는 법. 혹시 궁 지리를 잘 아는 저 병사가, 자신에게 길을 내줄지 어찌 아는가!

"아비 말이냐."

사람을 아는 데는 자라온 환경조사가 최고였다. 율은 의심 없이 순순히 대답했다.

"버러지 같은 자식이었다. 여자 하나에 휘둘리다 아들에게 칼 맞은 바보지."

사리는 깜짝 놀라 아무 말도 할 수 없었다. 알콩달콩 금슬 좋은 부부였습니다, 까지는 아니어도 이것은 좀 너무 하지 않는가. 이런 잔혹한 가족사는 들어본 일 없었다.

"에, 그 아들이 병사님이신가요?"

그럴 리 없었다. 아마 그런 일이 벌어지면, 그 자식은 즉시 하옥되었을 것이다. 율은 그녀의 얼굴을 보며, 방긋 웃었다.

"그럴 리가."

"그, 그렇죠?"

"난 그저 처음부터 끝까지 지켜보기만 했다."

사리는 왠지 오싹한 느낌이 들었다.

"형, 형님이셨나요, 아우셨나요?"

"굳이 말하면 아우였지만, 별 차이는 없다. 우린 쌍생아였으니까."

오싹함이 점점 진해졌다. 정말 잘못 건드렸다는 느낌이 온몸을 휘감았다. 이런 남자에게 무슨 궁의 정보인가!

"마치 한 몸처럼 지켜보고 있었다. 피가 터져 나가고, 내장이 흐르고, 마지막에는 머리가 잘라졌지."

그녀는 아무 말도 할 수 없었다. 그저 속으로 비는 것이 유일하게 할 수 있는 일이었다.

'먼저 돌아가신 어머니, 말 좀 해봐요. 왜 이런 시련을 내리신 겁니까. 이미 가진 시련만 해도 엄청나다고 믿고 있는데, 왜 여기서 덧붙여 주신 거예요.'

그는 방긋 웃고 있었지만 사리는 울고 싶었다.

"고생이 심하셨네요."

겨우 이 말을 꺼냈지만, 율은 고개를 저었다.

"재미있는 것이 하나 있지."

사리는 더는 그의 말을 듣고 싶지 않았다. 하지만 그것이 어디 마음대로 되는 일이던가.

"어머님에 비하면 난 아무것도 아니었다."

"어, 어머님께서는 어찌 되셨나요."

"죽었지. 돌아서는 아비를 말리려다 죽어버리고 말았다."

거기서부터 시작이었다. 모든 것이 다 무너지고 새롭게 덧칠되어 버렸다.

결과적으로 옥좌에 오르며 하연국의 주인이 되었다. 그래서 황제가 어떤 존재이며, 하연국은 어떤 나라인지 잘 알고 있었다. 무겁고 차가운 짐이었다. 얻는 순간 야차가 되었지만 그것은 아무것도 아니었다. 문제는 그 뒤였다.

뭐라 할 수 없는 찝찝함이 남아버렸다. 후회하지 않음에도, 그 느낌은 없어지지 않았다.

"모르게 돼버렸다."

죽이고 싶어서 죽였다. 그것이 다였다. 하지만 기억은 묘하게 흐릿했다.

죽어가는 어미의 눈. 죽어가는 아비의 눈.

율이 기억하는 모후는 다정한 분이었다. 누군가를 해할 인물도, 그런 심성도 없었다. 하지만 화귀비의 간악한 간계에 금비는 죽어 버렸다.

나중에 들었다. 모후가 죽은 이유는 화귀비를 해하려 했다는 모함 때문이라고. 그 말을 들은 황제는 진상도 조사하지 않은 채 그렇게 처참히 죽여 버렸다고.

"우습지 않은가."

사람의 감정은 애달기만 했다. 엉켜진 실이 풀리다 끊어지는 느낌은 과히 좋지 않았다.

문득, 스승의 말이 기억났다.

"선하게 사셔야 됩니다."

율은 묻고 싶었다. 도대체 그 선함의 기준이 무엇입니까. 도대체 악한 것과 선한 것이 어떤 것입니까. 제가 선하게 살려면, 그때 칼을 뽑지 말아야 했던 것입니까.

선하게 살아서는 나라를 지킬 수 없었다. 선하게 살아서는 살아남을 수 없었다. 죽으면 다 끝이었다. 세상은 살아 있는 사람의 것이었다.

"우습지 않아요."

사리는 고개를 저었다. 처음에는 거짓말인 줄 알았다. 하지만 남자의 표정과 눈빛으로 알 수 있었다. 거짓말이 아닐 것이다.

"우스울 리가 없잖아요. 난 알고 있어요."

그녀는 작은 돌을 들어 누런 흙바닥에 낙서했다.

"슬프죠."

어찌 보면 당연한 말이었다. 누군가가 죽으면 당연히 슬프고, 그 슬픔은 겪어봐야 알 수 있었다.

사람이 죽으면 그 사람을 다시 보지 못했다. 세상 어디를 가도 다시 만날 수 없다.

"네 부모는 어떤가."

사리는 깜짝 놀라 되물었다.

"어떤 부모에게서 자랐지?"

그녀는 곤란함을 느끼며 웃었다. 저 병사의 호구조사를 위해 한 질문이었는데, 설마 자신도 답하게 될 줄 몰랐다.

"글쎄요."

사리는 흙바닥에 그려진 낙서를 손으로 지웠다.

"어머니는 천한 신분이셨어요."

굳이 요녀 화귀비가 아니더라도, 화환족이라는 민족은 하연국 내에서 천대받기 일쑤였다. 그들이 아무리 아름답고 신비한 것을 전한다 해도 그랬다.

"날 낳으시다 돌아가셨다고 들었어요."

얼굴도 모르는 어머니였다. 유모에게 친절하시고 상냥하신 분이라고 들었을 뿐이었다.

"사이는 좋으셨나?"

"부모님 금슬이요? 글쎄요."

눈으로 확인해 본 적은 없었다. 하지만 화환족을 부인으로 맞을 정도면 사랑하지 않았나 싶었다.

사랑했을까. 그랬을까.

야망만 크고 피도 눈물도 없어 보이는 가주가 과연 사랑을 한 것일까. 화환족인 여자를 정부인으로 둘 만큼, 그때는 애정이 넘쳤던 걸까.

사리는 자신에게 흐르는 피의 반이 가주라는 것이 재미있었다. 그리고 딱 그만큼 이해할 수 없었다.

"사랑하셨다면 왜 날 그리 미워했을까요."

가버린 어머니 몫까지는 바라지도 않았다. 그저 딸자식으로만 여겨주면 족했다.

"금방 다른 부인이 왔고, 그 부인이 다른 자식을 잘 낳아줘서 그럴까요."

자신을 어떻게 생각한 것일까. 번거롭다고 느낀 걸일까. 단지 그런 이유만으로 그리 미워할 수 있는 것일까.

사리는 알 수 없었다.

"사실 말이죠."

그녀는 애써 미소 지었다. 벌써 몇 년 전 일이었다.

"옛날에는 제가 나빠서인 줄 알았어요."

나쁜 아이, 멍청한 아이라 아무것도 할 줄 몰라 그렇게 미워한다 믿었다. 그래서 공부도 기예도 열심히 배웠다. 그때는 웃음이 날 정도로 필사적이었다.

"아니었어요."

그런 이유가 아니었다. 사리는 그것이 너무 가슴 아팠다.

"결국 아무 연유도 알 수 없게 돼버렸어요. 아마 죽을 때까지 그 이유를 알 수 없겠죠."

"물어보면 되지 않느냐."

"제 몸이 궁에 있잖아요."

저 먼 신주에서 무슨 일이 벌어지고 있을까. 가주는 반란을 준비하고 있겠지. 떠날 때 돌아본 신주에는 연병장에 군사들이 득실거리고, 창고에는 군량미가 쌓여 있었다.

그곳 사람들은 괜찮은 걸까. 고향을 생각하면 씁쓸함과 걱정이 한꺼번에 몰려왔다.

어쩌면 지금 춘란과 함께 세영궁에 있는 것은 축복인지도 몰랐다.

"나가고 싶은 것인가?"

"궁 생활은 나쁘지 않아요. 녹봉도 꽤 받잖아요."

사실 사리에게 궁 생활은 정말 나쁘지 않았다. 춘란과 지내는 것도, 밭일도 정원 일도 다 좋았다. 물론 굶지만 않는다면 말이다. 살고 싶었다. 하지만 그것보다 더 참을 수 없는 것은 또 다른 누군가가 자신 때문에 죽는 일이었다.

그것만큼은 피하고 싶었다. 그런 것을 보며 또다시 견딜 수 없었다.

"그대는 이상하군."

"병사님도 이상해요."

둘의 눈이 마주쳤다. 사리는 방긋 웃었고, 율도 밝게 웃고 있었다. 하지만 둘 다 알고 있었다. 서로의 웃음은 훌륭한 거짓이었다.

"새로운 수수께끼를 내지."

사리는 전리품을 품에 안고 자리에서 일어났다.

"변하지 않는 것의 이름을 대라. 천년만년 세월이 지나도 변하지 않는 것이다."

사리는 고개를 갸웃거렸다.

"어렵네요."

"기대하지."

"제가 맞추면, 또 제 부탁을 들어줘야 하는 데도요?"

"그것 또한 기대되는군."

병사는 입매만 호선을 그리고 있었다. 눈은 웃고 있지 않았다.

'억지웃음 한번 훌륭하네.'

웬만하면 안 만나고 싶지만, 이제 이 병사가 필요한 것은 사리 자신이었다.

"그렇군요. 그럼 이튿날 밤에 또 보죠."

아무리 봐도 녹녹치 않은 자였지만 어쩔 수 없었다.

남자도 자리에서 일어났다. 스산한 가을바람이 두 사람 사이에 맴돌았다 사라졌다. 옷자락을 고치며 언뜻 보게 된 요녀의 유해가 있는 연못은, 달빛에 은빛으로 물들었다.

"그러도록 하지."

사리는 뒤돌아서서 조금 웃었다.

*

사리는 두레박 한가득 물을 퍼 올렸다. 서늘한 우물물이 요란한 소리를 내며 나무 대야에 부어졌다. 잠시 젖힌 허리를 펴고 숨을 고르자, 등 뒤에 있던 고기들이 힝힝거렸다.

"시끄럽다."

사리는 그런 고기들을 날카롭게 흘겨보았지만 말들은 들은 척도 하지 않았다. 그녀는 이 미물들의 건방짐에 슬슬 화가 났다. 오랜 만이 시간이 나 마구간 좀 청소하려 했더니 이 모양이었다.

"짐승 주제에."

짐승은 사람의 말을 알아듣지 못했다.

"먹어버릴 거다! 비계! 너부터 먹을 거야!"

비계는 발길질 한 번 할 뿐 들은 척 만 척이었다. 순간 열이 머리끝까지 오른 사리는 대야에 들어 있는 물을 말에게 부어버렸다.

히이잉!

깜짝 놀란 말들은 난리도 아니었다. 그녀는 흡족한 미소를 지었다.

"사람의 말을 들을지어다, 짐승들이여."

"사람 말은 사람만 알아들어요, 마마님."

춘란은 싸리비를 옆에 두고, 감정없는 어조로 말했다. 사리는 순간 당황해서 대야를 놓칠 뻔했다.

"있었어? 어디서부터 봤어?"

"먹어버릴 거다부터서요."

그녀는 허겁지겁 다시 물을 받았다.

"말을 하지 그랬어. 조금 부끄럽잖아."

"부끄러워요?"

두레박이 우물 속으로 툭 떨어졌다.

"쟤네 건방지잖아! 화나지 않아?"

"짐승은 사람 말 못 알아들어요."

춘란은 사리가 받아놓은 물을 들었다. 그녀는 춘란은 도우며 고기들을 흘겨보았다. 마마님의 눈빛은 '너 때문이잖아' 였다.

춘란은 한숨을 내쉬었다.

'은근히 단순해.'

그녀를 조용히 바라보았다. 웃는 모습도, 덜렁대는 모습도, 춤추는 모습도, 그리고 저 마음도. 이토록 아름다운데 봐줄 이가 자신뿐이란 것은 슬픈 일이었다.

날씬하게 뻗은 팔다리가 움직였다. 드러난 살결은 여전히 고왔다. 잘도 이 험한 궁생활에서 미모를 잘 유지한다 싶었다.

"옷 만들어도 돼요?"

이때였다. 춘란은 대야를 내려놓고, 사리의 손을 잡았다. 둘 다물에 젖어 있어서인지 차가웠다.

"마마님의 옷을 만들고 싶어요."

생자관에서는 금은보화와 비단이 끊임없이 들어왔다. 하지만 먹을 것은 서민조차 먹지 않는 최하품이었다. 춘란은 황제의 뜻이 무엇인지 알 수 있었다.

─금은보화 속에서 죽어라.

무서운 분이셨다. 춘란은 가주와 황제, 두 존재가 다 무서웠다.

비단과 장신구들은 하릴없이 쌓여갔다. 매일 밭일하는 사리가 장신구를 찰 리 없었다.

"왜?"

사리가 고개를 갸웃거리며 물었다.

"제 꿈이에요."

춘란은 자신의 손을 바라보았다. 어렸을 때부터 고된 일을 많이 해서 이미 까칠해진 손이었다. 옛날부터 옷 만드는 것을 좋아했다. 사실 그녀를 동경하게 된 것도 그 탓이었다.

저렇게 아름다운 사람이 내가 만든 옷을 입어주면 얼마나 좋을까.

신주에서 춘란이 만든 옷들은 거의 다 유씨 부인 손에 넘어갔다. 애써 만들었지만, 입어주는 사람이 썩 마음에 들지 않았다.

"무슨 옷? 이런 옷?"

사리는 양팔을 벌려, 지금 입은 옷을 바라보았다. 실용을 중시하는, 지나치게 단출한 복장이었다.

"전 농담 아니에요."

화가 나서 목소리가 갈라졌다. 지금 자신은 진지했다.

"그럼 하늘하늘거리는 거?"

"네. 고운 의에 피백에, 치마까지! 제가 만들게 해주세요."

사리는 고개를 갸웃거렸다. 그 옥죄는 옷으로 돌아가기 싫었다. 매일같이 안 꾸미고 사는 것도 세영궁 생활 중에 기쁜 것 중의 하나였다.

"여기는 아무도 안 오잖아. 누구 보라고?"

"제가 보려고요."

순간 사리는 춘란에게서 몇 걸음 멀어졌다.

"우리 부적절한 관계는 맺지 않는 게 좋지 않을까? 나 그런 취미 없는데?"

춘란은 주먹을 치켜들었다. 사리가 말하는 것이 어떤 것인지 알 수 있었다. 어떻게 이해해도, 저렇게 열받는 쪽으로 하다니! 사리는 춘란의 주먹을 보자 황급히 도망쳤다.

"사람을 어떻게 보고 그래요! 나도 그런 취미 없어요!"

"첫 경험은 남자랑 하고 싶단 말이야!"

"무슨 말이에요! 내가 마마님 입은 거 보고 즐기겠다는데!"

"헉, 내 몸을 농락하겠다는 거야!"

사리는 두 손으로 몸을 가리고 다람쥐마냥 재빨리 달아났다. 잡힐 듯 잡히지 않는 마마님 때문에, 춘란의 분기는 더욱 터져 갔다.

"아! 좀 입히겠다는데 무슨 말이 그렇게 많아!"

"안 돼, 춘란. 먹고살기도 어려운데, 내 몸을 노리다니! 안 돼요. 부인, 우린 이루어질 수 없는 사이……."

춘란은 화가 끝까지 나 마침 옆에 있던 장작 하나를 던져 버렸다. 장작은 포물선을 그리며 사리의 등을 맞고 튕겨져 나갔다.

"아야!"

"거기 가만히 있어요."

춘란은 성큼성큼 다가가 사리의 옷을 하나씩 벗겼다. 그녀는 필사적으로 저항했지만, 춘란은 무자비했다.

"얼굴! 가슴! 허리! 허벅지! 종아리!"

춘란은 속옷차림이 된 사리의 부위를 하나하나 가리켰다.

"창작력이 샘솟는단 말예요. 만들 거예요. 입어요!"

이런 사람을 지칭하는 말이 있었다.

'옷 만드는 예인이라 말하고, 육체를 탐하는 괴인이라 읽는다더
니……'

의(衣) 대자이녀(玳茨彝女).

"알았어. 입을게."

사리는 순순히 고개를 끄덕였다. 춘란은 만족스러운 웃음을 지으
며, 그녀의 옷소매를 끌었다.

"일단 치수부터 재죠. 안에 들어가서 벗어주세요."

"옉?"

사리는 춘란이 점점 무서워졌다. 이런 이가 아니었다. 무엇이 그
녀를 이렇게 변하게 하는가! 세영궁에 각박한 삶인가, 아니면…….

"나?"

어디선가 정답이라고 외치는 소리가 났다. 사리는 고개를 떨어뜨
리고 순순히 끌려갔다.

＊

사리는 새까만 밤하늘에 떠 있는 달을 보았다. 여인의 눈썹 같은
달은 손가락이 베일 거 같이 날카로웠다. 사리는 손가락으로 달의
가장자리를 쓸어보았다. 금빛 곡도에 상처가 생길 거 같아도, 그럴
리 없었다. 사리는 자신이 한 행동이 어이없어서 피식 웃어버렸다.

달은 저 멀리 있다. 닿을 리 없었다.

"재미있는 행동을 하는군."

병사는 불쑥 튀어나왔다. 사리는 이제 놀라지도 않았다. 어느덧 남자의 목소리와 행동이 아주 익숙해졌다.

"바보 같은 행동이었죠."

"아니, 재미있어 보였다."

율은 사리처럼 손을 들어 쓸어보았다.

"베이지 않는군."

"당연하죠."

남자는 옆자리에 털썩 앉았다. 사리는 물끄러미 그를 바라보았다. 왠지 너무 가까이에 있었다.

"재미있군."

사리는 조금 옆으로 갔다. 남자는 그 모습을 보고는 사리가 간만큼, 옆으로 옮겼다.

"이봐요."

"왜 부르느냐."

"몰라서 물어요?"

사리는 조금 더 옆으로 가 남자를 흘겨보았지만, 아무렇지도 않게 다시 가까이 다가왔다.

"왜 그래요?"

율은 그녀를 바라보았다. 그러게 왜일까.

"나는 네 목소리를 좋아한다."

궁녀의 목소리는 낮지도 높지도 않아서, 듣고 있으면 기분이 좋아졌다. 율은 재잘거리는 그 작은 울림을 계속 듣고 싶었다.

"지식도 해박하다."

궁녀는 많은 것을 알고 있었지만, 뽐내지 않았다. 율은 그런 이야기가 좋았다. 재미있고, 따듯했다. 재치있었지만 나대지도 않았다.

사리는 고개를 끄덕였다. 조금 미묘했지만 뭐, 붙어 있으면 춥지는 않을 것이다.

"날도 추워지니까요."

두 사람은 나무에 기댄 채 가까이 붙어 앉았다. 율은 씩 웃으며 말했다.

"수수께끼는 풀었느냐?"

"아직요. 기다려요."

"네겐 어려웠느냐?"

"기다리라니까요. 당신도 제 수수께끼 못 풀고 계시잖아요."

"그렇군."

그는 고개를 끄덕였다. 그러고 보면 궁녀가 준 수수께끼가 있었다.

"꽃의 의미가 있는 것이냐? 그런 수수께끼를 준 연유가 뭐냐?"

사리는 방긋 웃으며 그를 보았다.

"맞추지 못할 거 같으니까요."

율의 미간이 조금 찌푸려졌다. 그 모습을 보니, 더욱 고소했다. 역시 이 병사는 도발에 약하기 그지없었다.

"맞추고 말겠다."

"노력해 보세요."

"너도 노력해 보거라."

"그러지요."

그녀는 도발을 부드럽게 넘겼다. 율은 그 모습이 썩 마음에 들지 않았다.

"누구에서 학문을 배웠느냐. 너는 분명히 학문을 배운 이다."

사리는 고개를 끄덕였다. 매일매일 질리도록 배웠다.

"괴짜 늙은이였어요."

자신이 아는 노 선생은 그랬다. 언제나 책상에 누워서 설렁설렁 학문을 가르쳤다. 하지만 그의 말속에는 지고한 뜻이 있었다.

"세상의 진리를 생각해 보라 그러셨어요."

"재미있는 분이시군."

"전 쓸데없다고 했더니 그것도 진리라 하셨죠."

화로에 구워지는 밤. 고소한 냄새와 스승의 느긋한 목소리. 겨울이 다가오는 길목에 항상 그가 있었다. 그래. 신주에서도 이런 날이면 이렇게 붙어 앉아 달을 보기도 했다. 그렇게 노 선생은 사리에게 주어진 유일한 스승이자, 친구였다.

"예전에는 선해지라고 가르쳤대요. 하지만 절 보는 순간 그런 것은 가르치고 싶지 않다 하셨어요."

마지막 남은 화환족에게 선함이란 어려운 개념이었다. 스승은 사리에게 선해지라고 하지 않았다.

"선해지라 하지 않았다?"

"예. 대신 찾으라는 말을 했어요. 어디에서 와서, 왜 살며, 무엇을 하는지 모르지만, 그래도 찾아라."

"어렵군."

"어려워요. 결국 저도 못 찾았어요."

하지만 그 가르침은 가슴속 깊이 남아 있었다.

"계속 생각해 봤어요. 내가 원하는 것은 무엇인지, 바라는 것은 무엇인지, 포기해야 하는지, 포기하지 말아야 하는지, 용서해야 하는지, 분개해야 하는지……."

"어떤 결론이 나왔지?"

"나오지 않았어요. 모르겠다는 결론만 나왔어요."

하루하루 숨을 쉬는 찰나가 순식간에 지나갔지만 그녀는 도무지 알 수 없었다. 이렇게 생각할 시간도 얼마 남지 않았는데, 시간이 지날수록 더욱 알 수 없게 돼버렸다.

"전 부족해서인지 사람이라… 모르겠어요. 죽을 때까지 답을 찾을 수 있으면 참 좋겠죠? 생각해 보면 조금 재미있지만요."

"무엇이 말이냐."

"여러 가지가요. 그거 알아요? 사람이 진심으로 바라는 것은 굉장히 의외예요."

율은 궁녀의 말에 가만히 귀 기울였다.

"많은 여인. 재물. 권력 대표적으로 이런 것일 수도 있지만……."

사리는 그를 보며 방긋 웃었다.

"그저 외로움을 달래줄 단 한사람, 온화한 가족과의 저녁식사. 뭐 이런 것일 수도 있어요."

나직한 목소리가 작게 울려 퍼졌다. 율은 궁녀의 얼굴을 뚫어지리라 바라보았다. 참 이상한 일이었다. 아무런 치장도 하지 않은 여자가 마음속에 깊이 새겨졌다.

"자신이 진심으로 원하는 것은, 지금 가진 것과 많이 다르더라고요."

"얼마큼 말이냐."

"많이요."

사리는 기지개를 켰다. 율과 너무 붙어 있어서인지 한쪽 어깨가 저릿했다.

"사람의 진심은 잔혹하다."

율은 아버지를 생각했다. 사실 그는 굉장히 노력했던 황제였다. 모든 것을 참고 인내했고, 사실 여인도 그리 좋아하지 않는다 들었다. 그는 이상적인 황제가 되고자 언제나 심신을 다스리려고 했다.

하지만 그것은 화환족 화귀비를 만나고 무너졌다.

"탐욕이다."

아버지는 처음부터 그런 분이지 않았을까. 다들 화귀비를 만나 변했다고 하지만, 원래 그는 그런 자이지 않았을까.

"결국, 자기밖에 모르고, 좋은 옷, 좋은 음식만 찾는 탐욕 덩어리들이다."

밖에 있는 백성은 죽든지 말든지 신경 쓰지 않았다. 오로지 화려한 연회만 펼쳐질 뿐이었다. 신하들의 충언은 피로 답했다.

"그럴지도 모르겠네요."

사리는 고개를 끄덕였다. 사람은 이기적이었다. 자신밖에 모르고, 남의 고통은 모른다.

"하지만 내 대답은 저번과 똑같아요."

율은 사리를 바라보있다.

"선하다고 믿는다?"

"예."

"이왕이면 좋은 것만 보고 싶어요."

꿈같은 얘기라는 것은 사리도 잘 알고 있었다. 하지만 믿는 것만큼은 마음대로 하고 싶었다. 꽃이 피고 지는 것처럼, 언젠가 이 목숨이 끊어진다 해도 그래도 믿고 싶었다.

'언제까지 이런 마음을 간직할 수 있을까.'

사리는 씁쓸하게 웃었다. 과연 죽는 날까지 믿을 수 있을까. 험하게 죽을 수도 있는데, 계속 이 마음을 끝까지 가져갈 수 있을까.

그러나 이런 꿈을 꾸었다. 그것마저 없으면, 자신이 자신일 수 없게 되지 않을까.

"그렇군."

율은 웃으며, 궁녀를 바라보았다. 그녀의 눈은 여전히 총기로 빛나고 있었다. 문득 그런 생각이 들었다.

'이 궁녀의 눈으로 세상을 보고 싶군.'

같은 것이라도 그녀의 눈으로 보면 어떨까. 불어오는 바람의 냄새도, 들리는 풀벌레 소리도 지금 자신이 보는 것과는 다를까.

'옆에 둘까.'

이 궁녀가 옆에 있으면 어떨까. 순간 흥미가 동했다.

"아, 맞다. 물어보고 싶은 게 있어요."

"물어보아라."

"병사님 성함이 무엇인가요?"

율의 행동이 순간 멈칫했다. 그리고 보면 이 궁녀에게 이름을 알려준 적이 없었다.

"아, 알아서 뭐 하러 그러느냐."

"폐가 되나요?"

사리는 순순히 마음을 접었다. 싫다면 어쩔 수 없었다.

"죄송해요. 잊어주세요."

갑자기 그의 마음속에 무엇인가가 꿈틀했다.

'왜 이렇게 쉽게 포기하는가!'

율은 이해할 수 없었다. 굳이 폐는 아닌데, 그녀는 당연하다는 듯 접어버렸다.

"내 이름을 알고 싶지 않다는 것인가."

그는 왠지 울컥했다.

"포기하면 판돈을 잃는 거라 했다! 포기하지 마라!"

사리는 고개를 갸웃거렸다.

"기분이 나빠 보이시고, 별로 궁금하지도 않고요."

율은 미간이 험악하게 일그러졌다. 궁녀는 별로 궁금하지 않다 했다, 자신의 이름이 말이다!

"련이다! 성은 알려줄 수 없지만 이름에 련이 들어간다."

율이라는 이름은 전 황제가 지어준 것이었다. 하지만 모후는 다른 이름을 지어주고 싶다고 어린 날 베갯머리에서 한탄했다. 어떤 이름이냐 물으니 잇닿을 련(連) 자는 넣고 싶다 했다. 사내답지 않다며 고개를 저었지만, 지금은 그때를 생각하면 가슴이 아팠다.

"련이요? 정말 련이세요?"

"그렇다."

사리는 자기도 모르게 배를 잡고 웃었다. 련이라니! 지금 자신이

지닌 소도와 이름이 같지 않은가!

"왜 웃는 거지?"

"아니, 아는 사람과 이름이 같아서요."

율은 바닥을 구르며 웃는 궁녀를 못마땅한 얼굴로 바라보았다.

"내 이름이 우스운 것인가."

사리는 눈물을 훔치며, 고개를 저었다.

"제 오랜 지기와 이름이 같으시네요."

아직도 소매에는 련의 감촉이 느껴졌다.

"언제나 날 지켜주는 지기였어요. 항상 함께 있었어요. 잠을 잘 때도, 밥을 먹을 때도 늘 곁에 존재했죠."

"친한가 보군."

"네. 어쩌면 련이 있었기에 살아 있는지도 몰라요."

화환족인 어머니가 남긴 유일한 물건이었다. 사리는 항상 련을 베개맡에 두고 잤다. 몸에 지니지 않으면 잠이 들지 않았다. 하지만 시안에 온 뒤로는 련을 침상에 두는 일은 별로 없었다. 굶겨 죽이려는 황제는 있어도, 세영궁 안에서 자신을 헤칠 이는 없었다.

"소중한 이인가?"

"네. 영원히 저와 함께 있어줄 아이예요."

"영원히?"

"죽는 날까지 함께 있을 거예요."

율의 미간은 더욱 험악하게 일그러졌다. 궁녀의 표정이나 몸짓이 마음에 들지 않았다. 거기다 저 눈빛은 무엇인가.

"여자인가, 남자인가? 그 련이라는 사람 말이다."

사리는 왜 이 병사가 화나는지 알 수 없었다. 율은 뭐랄까…….

"그, 글쎄요."

"대답해라!"

꼭 동생을 더 좋아해서 삐진 첫째 같았다.

"굳이 말하면 늠름하니 남자겠지요. 몸은 굉장히 가늘지만, 숨어 있는 패기는 어떤 사내보다 커요."

"그자와 혼인을 약속했나?"

"예?"

"평생을 함께한다고 하지 않았나. 그러려면 혼인하는 것은 당연 하겠지."

사리는 이 상황이 걷잡을 수 없이 굴러간다는 것을 깨달았다. 지금 남자의 표정은 너무 무시무시해 보이지 않는가.

"그, 그렇지는 않을 거예요. 고향을 등지고 올 때 이미 결심했어요."

사람은 물건을 끝까지 지고 갈 것 같지만, 사실은 그것이 아니 다. 죽을 때는 모든 것을 놔두고 간다. 예쁜 옷도, 금 팔지도, 쌓여 있는 비단도…….

아마 자신도 련을 두고 갈 것이다.

"짜증나는군. 내일 다시 오도록. 난 이만 돌아가겠다."

그녀는 도무지 연유를 알 수 없었다. 오늘 자신이 '예?'를 몇 번 했는지 셀 수도 없었다.

"남자는 어렵네."

사리는 고개를 저으면시 병사의 뒷모습을 비리보았다. 아직도 화 가 나는지, 발걸음마저 험악했다.

"련이라……."

사리는 소매에서 련을 꺼냈다. 하얀 상아 외에 아무런 장식도 되어 있지 않았다. 오로지 련이라는 글자가 새겨져 있을 뿐이다.

"너에게 기대어 사는 삶이 계속될까, 끊어질까."

한탄 같은 목소리가 밤하늘에 녹아 사라졌다. 사리는 련의 감촉을 느끼며, 자리에서 일어났다. 오늘도 이렇게 아름답기 그지없는 날이었다.

*

율은 도무지 마음을 진정할 수 없었다. 벌써 찻잔을 세 개나 깨트리고, 서책을 다섯 번 떨어트렸지만, 가슴 한구석이 간질간질해서 도저히 가만히 앉아 있을 수 없었다. 노상궁은 그런 율을 송구스럽지만 한심한 눈으로 바라보았다. 자신의 폐하는 이런 분이 아니셨다. 변방 오랑캐족이 몰려온다 해도 굳건하셨는데, 어찌 저리 뭐 마려운 강아지마냥 돌아다니는 것인가.

"쳇."

율은 잘하지도 않는 질 낮은 신음성을 내뱉고, 의자에 앉았다. 질 좋은 단목으로 만든 의자는 거친 소리를 내며 바닥에 끌렸다.

"노상궁."

율은 지금 자신의 감정을 자제하지 못했다. 별일 아니었다. 그 흙투성이 궁녀에게 소중한 사람이 있다는 그 말 한마디 들었을 뿐인데, 가슴이 타들어갔다.

"짐은 심기가 불편하다."

"그래 보이십니다."

"노상궁, 짐은 화가 난다."

"그래 보이십니다."

"이상한 일이다. 짐의 마음을 헤아려 보아라."

노상궁은 황송하여 고개를 더욱 숙였다.

"짐이 아끼는 고양이가 있는데, 그 고양이는 다른 이를 더 좋아하는 거 같다."

"먹이를 줘보시지요."

"몇 개 줬는데도 짐을 따르지 않는다."

몇 개는 아니고 유자 단지도 내기의 결과였다. 사실 율은 누군가에서 무엇을 직접 줘본 적이 없었다. 물론 하룻밤 지냈던 궁 안의 여인들에게 심심치 않게 패물과 비단을 내렸지만, 그것은 다 생자관에 언질한 일이었다.

"어찌하면 좋을까."

"그럼 귀여워해 주십시오."

"아주 귀여워해 주고 있다."

물론 율은 귀여워해 준 적 없었다. 한번 덮칠 뻔해서 기절하고 옆에 붙어 앉아 있는 게 다였다. 하지만 궁 안의 모든 여인은 그가 원하지 않아도 알아서 붙어왔다.

"아뢰옵기 황송하오나, 하찮은 미물이라도 진심은 통하는 법입니다."

노상궁은 지금 매우 귀찮았다. 그래서 그냥 지나가는 듯이 얘기했다.

"한번 말이라도 해보지 그러십니까. 폐하의 진심을 전하십시오."

"진심을 전하라······."

분접을 못하던 율이 순식간에 차분해졌다. 노상궁은 고개를 더욱 깊게 숙였다.

"황상께서 고양이를 많이 좋아하시나 봅니다."

"짐이?"

"예. 그래 보입니다."

율은 궁녀의 모습을 생각했다. 총기 넘치는 눈동자, 부드러운 몸짓, 듣기 좋은 목소리. 이왕이면 그 목소리로, 오래도록 옆에 있어주었으면 했다.

"좋아한다······."

율의 얼굴이 순식간에 불그스름해졌다. 두 번째 만남이 너무 인상 깊어 잊고 있었지만, 그는 궁녀의 나신을 알고 있었다.

안고 싶어졌다. 하지만 저번 같은 욕망은 아니었다. 지금은 그 가녀린 몸을 안고 오랫동안 자신의 품안에 두고 싶었다.

"그렇군."

율은 천천히 고개를 끄덕였다. 자각하는 동시에 깨달아 버렸다.

자신은 사내로써 그녀가 좋았다. 그래서 만나서 잘해주고, 아끼고 싶었다.

그 생각을 하는 순간, 율은 또다시 발을 동동 굴렀다. 빨리, 빨리 생각해 내야 했다. 마음이 걷잡을 수 없이 타올랐다.

어떻게 하면 그녀가 자신을 좋아할까.

'고백!'

그래. 방금 노상궁도 진심을 전하라고 했다. 자신의 진심을 전하면, 그 련이라는 사내를 잊을지도 몰랐다. 진심은 통하는 법이니까 말이다.

율은 서둘러 옆에 있던 환관에게 물었다.

"진심을 전할 때 무엇이 필요한가? 짐은 급하다. 무엇이 필요한가? 너는 아는가? 너도?"

그는 옆에 있던 상궁과 궁녀의 팔을 잡으며 말했다. 나인들은 영문을 몰라 식은땀만 흘려댈 뿐이었다.

율 자신도 몰랐지만, 그는 자각하면, 꽤 급해지는 편이었다.

＊

사리는 농작물을 해치는 간악한 존재 잡초를 뽑았다. 뽑아도 뽑아도 질기게 나는 것들이었다. 평소 같으면 그냥 단순노동이었겠지만, 지금은 왠지 웃음을 참을 수 없었다. 자꾸만 병사의 표정이 생각났다. 남동생 주가 어렸을 때 먹던 유과를 뺏어 먹으면 그렇게 심통난 표정을 했지. 그런데 남자는 왜 화를 낸 걸까.

'그런데 왜 그렇게 심통이 난 거지?'

자신이 뭘 뺏어 먹은 적 있던가?

사리는 고개를 갸웃거렸다. 요리조리 생각해 보아도 그런 적이 없었다.

'재미있어.'

그를 만나는 게 좋아서 밤이 기다려졌다. 만남이 점점 목적에서 멀어져도, 그냥 얘기하는 것이 좋았다. 같이 있던 순간은 순식간에 지나가고 온기는 따듯했다.

저절로 웃음이 나왔다. 사리는 잡초를 뽑으며 방긋 웃었다. 참 이상한 일이었다. 요즘 들어 계속 병사 생각이 났다.

*

사늘하다 싶던 바람이 이제는 추워졌다. 사리는 겉옷격인 대금반 비를 하나 걸치고 왔지만. 그래도 느껴지는 한기는 막을 수 없었다.

'딱딱한 개구멍은 괜찮을 거 같은데…….'

이제 완전히 익숙해진 개구멍은, 하도 들락날락 한 탓에 더 넓어지고 쾌적해졌다. 하지만 이렇게 추우면 이 연못가에서 남자를 기다리는 것도 힘들 것이다.

"이름이 련……."

사리는 자기도 모르게 풋 웃음을 터트렸다.

"왔군."

등 뒤에 남자 목소리가 들리자, 그녀는 서둘러 올라간 입가를 지웠다.

"또 오셨네요."

"또 왔다."

사리는 남자가 좀 이상하다는 것을 깨달았다. 벌써 이렇게 사늘해졌는데, 얼굴이 약간 붉어져 있었다. 거기다 옷도 좀 헐렁하게 입은 거 같았다.

"무슨 일 있었나요?"

"무슨 일 없었다."

남자는 성큼성큼 다가와, 자신의 손을 덥석 잡았다.

"아니, 무슨 일 있다."

"에?"

"그대가 좋다."

사리는 지금 귀를 의심했다. 하지만 남자의 행동과 표정은 더없이 진지했다.

"하루 종일 그대만 생각했다."

련이라는 이름이 있는 병사는 진심이었다. 그러나 사리의 머릿속은 까만 먹구름이 가득했다. 아닌 밤에 날벼락도 아니고 도대체 갑자기 이게 무슨 일인가! 사리는 재빨리 머리를 굴렸다. 그녀의 경험상 이럴 때는 어렸을 때부터 보아왔던 서책을 참고 하는 게 좋았다.

'보통 이런 경우는 서, 설마 고백?'

염정소설에서 보통 이런 식으로 마음을 말해 연인이 되지 않는가!

'꼬, 꼬실려 했긴 했는데…….'

궁의 대한 정보를 줄까 싶어서 꾀고 싶은 것은 사실이었다. 하지만 그 꾀임은 '정보를 넘겨주어도 될 정도로 편한 자' 수준이었지 '연인'은 아니었다.

뭔가 잘못 걸린 느낌이었다. 하지만 문제는 따로 있었다.

'기분 나쁘지는 않네.'

남자의 얼굴은 준수한 편이었다. 콧대도 반듯하고 눈매도 부리부리했다. 사리의 일생에서 가장 '준수한 남자'를 꼽으라면, 이 남자를 말할 수밖에 없었다. 무엇보다 사리는 규중규방에 갇혀 지냈다. 물론 저잣거리야 나갔지만 화환족과 송씨 가문의 딸이라는 것 때문에 멸시와 지탄만 받았다.

"원하는 것이 무엇인가?"

남자의 눈빛은 점점 뜨거워졌다. 사리는 그 눈을 물끄러미 바라보았다.

"그대가 원하는 것은 무엇이든 들어주고 싶다."

율은 황제가 되어 처음으로 바라는 것이었다. 그동안 몇 명의 여인들과 동침했지만, 이렇게 간절히 옆에 있길 바라는 여자는 처음이었다. 황제로써가 아니었다. 순수한 율로써 간절히 원했다.

"내가 할 수 있는 일이라면 뭐든지 해주고 싶다."

사리는 눈을 깜박였다. 이것은 기회였다. 지금이라면 남자는 자신의 어떤 한 부탁도 들어줄 것이다. 궁의 정보도, 병사의 불침번 시간도 다 말이다. 입이 바싹 말라왔다. 물어볼까, 물어 보지 말까. 두 가지의 마음이 흩어졌다 사라졌다.

"제가 원하는 것은 뭐든지 말이죠?"

사리는 조심스럽게 반문했다.

"그렇다."

남자의 눈은 진심이었다. 성심으로 애정을 고백하고 있었다. 그렇게 생각하니 갑자기 가슴 한구석이 따뜻해졌다.

짧은 침묵이 두 사람을 감돌았다. 사리에게도 율에게도 이 찰나의 시간이 꼭 영원 같았다.

"추, 추워요."

먼저 침묵을 깬 것은 사리였다.

"우리 좀 따듯한 곳에 들어가 있으면 안 되나요?"

어째서 이 말이 나왔을까. 그녀는 낮게 한숨을 쉬었다. 기회를 뻥 차버리고 말았다.

'하지만 진심인데…….'

기뻤다. 그리고 좋았다. 그렇게 생각하자, 왠지 얼굴이 붉어졌다. 사리는 깨달았다. 자신도 이 남자를 싫어하지 않았다.

처음 만났을 때는 결코 아니지만, 아니, 두 번째 만났을 때부터 묘하게 기분 좋은 남자였다.

율은 그녀의 말에 주위를 둘러보았다. 그리고는 재빨리 손가락으로 한 곳을 가리켰다.

"저기로 가자."

사리는 그가 가리킨 곳을 바라보지만 어둠에 가려 잘 보이지 않았다. 곧 율은 궁녀의 팔을 끌었고, 사리는 그대로 끌려갔다.

'이런 게 있었나?'

사실 밤에 나왔고 등이 없어서인지 지리에 밝지 못했다. 사리와 남자는 작은 외채로 들어왔다.

"황궁 안에 이런 곳이 있었나요?"

"예전부터 있던 곳이다."

남자는 등불을 켰다. 곧 주위가 밝아졌다. 그녀는 주위를 둘러보았다. 먼지가 좀 있었지만 안은 생각보다 쾌적했다. 하지만 사리는 깜짝 놀랄 수밖에 없었다.

"저, 저것은 무엇인가요!"

그녀는 겹겹이 쌓여 있는 포대를 보고 주저앉을 뻔 했다. 병사는 당연하다는 듯 말했다.

"곡기다."

"예? 아니, 왜 곡기가……."

"여기는 곡기를 저장해 두는 창고다."

사리는 고개를 끄덕였다. 아무래도 여기는 가까운 전각을 위한 식량창고인 듯싶었다.

'그…… 그러면 묵은쌀에서 해방인가?'

사리는 겹겹이 쌓인 포대를 둘러보았다. 이 정도의 양이라면 하나 슬쩍해도 괜찮을 듯싶었다. 꼼꼼한 나인들이 수를 셀 수도 있지만, 원래 황궁 사람들은 느긋한 편이었다.

"대단하네요."

저절로 입가에 웃음이 걸렸다. 이제 하얀 쌀밥 배부르게 먹을 수 있었다.

"기분 좋아 보이는군."

"아, 예, 따듯하니까요."

남자는 또 사리의 손을 덥석 잡았다.

"그대가 좋으니, 나도 좋다."

뜨거운 온기가 느껴지자, 자기도 모르게 얼굴이 또 붉어졌다. 약간 밝은 곳에서 보니, 남자의 얼굴이 더욱 준수해 보였다.

"제가 왜 좋으시죠?"

그녀는 그 점을 통 알 수 없었다. 지금 자신은 아무런 치장도 하지 않았고, 옷도 남루한 궁녀복이었다. 물론 궁녀 옷이 여염집 여인의 복식보다는 화려하겠지만, 궁에서는 흔하기 짝이 없지 않을까.

"연유를 묻는 게냐?"

사리는 병사의 물음에 고개를 끄덕였다. 그러자 갑자기 저잣거리에서 본 염정소설이 기억났다. 소설 속에서도 귀한 신분의 여인은 이리 물어 보았다. 그러자 하찮은 신분의 남자는 이리 대답했다.

'모든 게 다 좋습니다.'

"그대의 모든 것이 다 좋다."

나의 모든 것ㅡ

그녀의 가슴은 갑자기 뜨거워졌다. 자신의 모든 것이었다. 사리는 한 번도 자신의 모든 것이 다 좋은 적이 없었다.

율은 사리를 바라보았다. 궁녀의 눈빛은 흔들리고 있었다.

처음에는 여인의 나신에 혹했다. 그다음에는 목소리였고 차츰 그녀의 생각이 좋았다. 그리고 지금은 모두 다였다. 차분한 말투와 총명한 눈빛 조심스러운 태도와 아픔을 참으며 웃는 것까지, 율은 이 궁녀의 모든 것이 다 좋았다.

"내 고백이 그대에게 닿길 원한다."

까만 눈동자의, 사리 자신의 모습이 비추었다.

사실 나오지 않으려면 나오지 않을 수 있었다. 어차피 불러가 문초를 당한다 해도, 손해 보는 것은 병사였다. 이런 일은 보통 퍼져

나갈 것을 흉흉히 여겨, 적당한 선에서 잘리기 마련이었다.

그럼에도 불구하고 사리는 나갔다. 다른 일을 신경 써야 된다며 투덜거렸지만, 마음 한 구석에서는 알고 있었다.

가슴이 두근거렸다. 사리는 남자가 잡고 있는 손을 끌어 자신의 가슴에 대었다.

"방금 여기 닿았어요."

사리는 이제야 저잣거리에서 보았던 소설을 이해할 수 있었다. 소설의 말이 맞았다. 기뻤다.

율은 사리의 흘러내린 머리카락을 뒤로 넘겨주었다. 궁녀는 웃고 있었다. 그 모습을 보니, 어찌할 수 없는 뭉클함이 올라왔다. 율은 자신도 모르게 이 궁녀를 꽉 안아버렸다. 곱고 사랑스러웠다.

"네가 작은 새처럼 느껴진다."

손안에 가두어 쓰다듬고 싶었다. 언제나 옆에 두고 사랑해 주고 싶었다. 역시 노상궁 말이 맞았다. 진심은 통하는 법이었다.

'이제 그 련이라는 사내는 잊겠지.'

율은 이제야 안심이 되었다.

사리는 팔을 어찌지 못했다. 그러다 천천히 남자의 허리에 손을 얹었다. 처음 안겨 보는 남자의 품은, 따듯하고 넓었다. 왠지 이순 간은 자신이 화환족이라는 것도, 송사린이라는 것도 잊을 거 같았다.

'몰랐어.'

설마 이런 사람을 만날 줄이야.

"처음이다."

수많은 여인을 안아봤지만, 이렇게 사랑스러운 이는 처음이었다.

"저도, 처음이에요."

기회도 없었고 바라지도 않았다. 남자는 그녀의 뺨을 쓸어보았
다. 부드럽고 따듯했다.

사리는 눈을 감았다. 영원히 이 순간이 계속 되었으면 간절히 바
랐다.

다섯 번째 문
배신

　사리는 통 잠을 이룰 수 없었다. 생각만 하면 얼굴이 화끈거렸다. 가슴속에는 사랑의 달콤함이 뜨겁게 샘솟았지만, 더불어 차가운 현실 속 혹한의 빙설도 늘어갔다. 그 온도가 어느 정도 균형이 맞았을 때, 그녀는 침상에서 벌떡 일어났다.

　"내가 미쳤지!"

　머리는 마구 헝클어지고 침상은 엉망이 되었지만, 이 머리카락이라도 죄 뜯고 싶었다.

　"네 모든 것이 좋다."

　자신이 느끼는 모든 것과 율의 느끼는 모든 것은 다를 것이다. 그것을 지금에서야 깨닫게 되었다.

사리는 이불을 잘근잘근 씹어댔다. 문제는 너무 좋았다는데 있었다. 머리가 어떻게 되었는지, 그때만 생각하면 황홀해졌다.

'냉정을 되찾아야 해.'

하지만 온몸이 따로 노는데, 무슨 냉정인 것인가!

"아악!"

생각만 하면 너무 좋았다. 지금 자신의 처지를 잊을 만큼 좋았다. 사리는 지금 어찌해야 될지 알 수 없었다. 가슴은 콩닥콩닥 뛰었고, 목에서는 괴성이 나왔다.

도저히 가만히 있을 수 없었다. 한숨도 못 잤지만, 몸은 아주 가뿐했다. 그녀는 유연한 몸놀림으로 침상을 내려와 살금살금 춘란의 방으로 향했다. 이 엄청난 소식을 빨리 전해서 춘란한테 잔소리라도 듣고 싶었다. 그렇지 않으면 도저히 마음이 안정될 거 같지 않았다.

사리는 거칠게 춘란의 방문을 밀었다.

"춘란, 뭐……."

그녀는 끝까지 말을 이을 수 없었다. 춘란이 작은 환을 뜯어서 찻잔에 넣고 있었다. 갑자기 들어온 사리 때문에 너무 놀랐는지 온몸을 경직된 채, 그대로 있을 뿐이었다. 사리는 가만히 그녀를 바라보았다.

춘란은 찻잔을 떨어트렸다. 자기로 된 찻잔은 바닥에 부딪쳐 깨져 버렸다.

사리는 웃었다.

"뭐 해?"

춘란은 대답하지 않았다.

그녀는 깨져 버린 찻잔을 바라보았다. 찻잎 속에 이질적인 것 하나가 찻잔 밖으로 떨어져 있었다.

"다섯 번째……."

목이 메여 왔다. 하지만 머릿속은 순식간에 차가워졌다.

"그 환을 본 거 다섯 번째야. 거의 소용없어. 하도 옛날부터 조금씩 마셔 온 거라 내성이 생겼거든."

천천히 발걸음을 옮겼다. 자신이 좋아하는 춘란의 이마에 땀이 송골송골 맺힌 채, 사시나무 떨 듯이 떨고 있었다.

그래. 현실은 이것이었다. 사리는 꿈에서 깨어난 거 같았다.

"가끔 생각했어."

누군가는 자신이 송사린이란 것을 알아도, 좋아해 줄까.

"나에게 남아 있는 것이 무엇일까."

세영궁에 남아 있는 초라한 자신. 아무리 사는 것을 생각해도 그 뒤에 남은 것이 없었다.

운 좋게 기회가 닿아서 나갈 수 있다면, 시안이고 신주고 다 벗어나 관군에게 평생 ◎기면서 살고, 살고, 또 살고.

화환족이란 거 들키면 몰매 좀 맞다가, 하연국 밖으로 나가 헤매다, 또 헤매다…….

부귀영화를 바란 것은 아니었다. 하지만 그런 삶이 어떤 의미가 있는지 혼란스러웠다. 사람의 온기가 그리웠다. 하지만 송사린으로써 받지 못하는 온기가, 송사리로써 받는다고 해도 무슨 의미가 있겠는가.

"그래서 춘란이 좋았어."

폐를 끼치고 싶지 않았다. 최선을 다해서 살리고 싶었다. 자신에게 있어준 사람은 춘란밖에 없었다. 물론 걱정해 준 사람은 신주에 꽤 되었다. 저잣거리에서 친해진 사람도 그랬고, 스승님도 있었다.

하지만 그들의 이해를 바라지 않았다. 알고 있었다. 그들 마음속에는 '그래도 화환족이니까' 란 마음이 숨어 있었다.

"미안해."

깨진 찻잔을 주워, 탁자에 올려놓았다. 사실 익숙했다. 누군가가 죽이려는 것도, 그것을 목격한 것도. 그것을 막은 것도, 또 방치한 것도, 다.

너무 익숙해서 문제였다. 어느 순간 포기하고 있었는데, 그것조차 잊고 있었다.

'어째서 생각하지 못했을까.'

신주에 있을 때는 그렇게 하루하루를 보냈는데, 세영궁에 오고나서 잊고 있었다.

"가주의 명이지? 그 사람이라면 인질 하나쯤은 있을 테고, 춘란에게 소중한 사람이라면 유모밖에 없는데……."

사실 처음 왔을 때부터 생각했었다. 가주가 시안에 첩자를 안 심어놓을 리 없다. 곁에 있는 유일한 사람이 춘란임으로, 어느 정도는 예상하고 있었다.

"이제 이런 거 안 해도 돼."

사리는 웃으면서 점점 멀어졌다.

춘란은 그런 그녀의 뒷모습을 그저 바라보기만 했다. 어떤 말도 나오지 않았다. 저 뒷모습을 동경했었다. 신주에 있을 때부터 항상 저 뒷모습만 보았다. 하인들과 수군거리면서, 밥을 지으면서, 때로는 바닥을 닦으면서……

지금에서야 알 것 같은데, 차마 입이 떨어지지 않았다.

그녀가 자신의 방문을 열고 나갔다. 문은 곧 닫혔다.

사리의 힐난은 그게 다였다. 춘란은 차라리 그녀가 소리쳤으면 좋겠다는 생각이 들었다. 욕을 하고, 볼기를 쳤으면 이런 마음이 들지 않았을 것이다.

하긴 자신이 아는 사리는 그럴 리 없겠지만 그래도…….

그래도.

춘란은 자리에 주저앉았다. 차마 그녀의 눈을 바라볼 수 없었다. 어찌 본단 말인가. 춘란은 깨달았다.

자신이 아는 사리는 호기심 많고 일도 열심히 하고, 가끔씩 동물과 싸우며 천방지축 달리다가 넘어지고, 노비가 좀 야위면 먹을 거 찾으러 나가는 사람이었다.

이제 그런 그녀를 볼 수 없겠지.

눈물이 방울져 떨어졌다. 이럴 자격이 없었다. 춘란은 눈물을 훔치고 이를 악물어보았지만, 그래도 참을 수 없었다.

아침 녘 붉게 물든 세영궁의 하늘은 엉성한 격자 위로 드리웠다. 가슴까지 닿은 붉은색은 바닥에 떨어진 눈물방울 위에 닿았다.

*

사리는 의자에 앉아, 생각에 잠겼다.

참 재미있는 일이었다. 아까까지만 해도 춘란에게 '나 정신 좀 차리게 좀 혼내줘!' 라고 말하려 했다. 그 말은 못했지만, 정신은 확실히 차리게 되었다. 오히려 너무 확실히 차려서 웃음이 나올 지경이었다.

"이러면 안 되는데……."

왠지 기운이 쫙 빠졌다. 춘란은 사심으로 그럴 사람은 아니었다. 알고 있었다. 가주가 협박 비슷한 것을 한 것이겠지. 거기다 춘란에게는 훌륭한 인질 모셔야 하는 어머니가 계시니까. 알고 있다. 그런데 왜 가슴이 아픈 걸까.

'슬퍼?'

앞으로 춘란의 얼굴을 어찌 봐야 할지, 또 어떤 말을 해야 할지 감이 서지 않았다.

'화나?'

그저 송곳을 찌르는 것처럼 고통스러운 것뿐이었다. 둘 중 어느 것도 아니었다.

'너무 괴로워하지 않았으면 좋겠는데.'

사람이 소중한 것을 지키는 것은 당연했다. 비록 그것을 지키다가 다른 것을 헤칠 수 있게 되어도 어쩔 수 없는 일이다.

'난 누군가의 소중한 사람이 되고 싶었는데…….'

사리는 그를 생각하며 씁쓸하게 웃었다. 그를 만나지 않았다면 몰랐을 텐데, 이제 알아버렸다.

'소중한 것이 생겨 버렸어.'

가을밤의 대화는 영혼을 나누는 거 같았다. 그렇게 싫다면 나가지도 않았겠지. 물론 중간에 궁에 대한 정보나 캐내려 했지만, 결국 관두고 말았다. 그녀는 그렇게 남을 잘 속이지 못했다.

다짐했던 것들이 무너져 버린다. 한번 닿은 감정은 이제 사라지지 않는다.

'나도 춘란처럼 되겠지.'

소중한 것을 위해서 남을 해칠 수 있다. 그것이 소중한 것이었다. 다른 것은 다 어떻게 되어도 좋았다.

사리는 창문을 바라보았다. 닳은 철격자 사이로 파란 하늘이 보였다. 낡은 궁의 갇힌 하늘은 눈부시도록 아름다웠다.

'나도 그렇게 될 거야.'

시간이 얼마 남지 않았다. 이야기할 순간도, 서로 체온을 나눌 수 있는 시간도 그녀에게는 부족하기 짝이 없었다. 곧 있으면 가주가 군대를 이끌고 시안으로 내려올 것이다. 그렇게 되면, 어떤 명목으로도 죽을 수 있었다.

'어째서 지금일까.'

이제 막 그를 사랑한다는 것을 알았는데, 아직 황홀함이 가시지도 않았는데 시간은 너무나 빨리 지나갔다.

"힘들다."

사리는 쓰러지듯 침상에 누웠다. 온몸에 힘이 다 빠져 아무것도 할 수 없었다.

또 모르게 돼버렸다.

'이제 어떻게 해야 할까.'

막막한 좌절 속에서 발걸음은 여전히 제자리였다. 전에도, 그전에도 이 생각을 했는데 상황은 변한 것이 없었다. 눈앞으로 다가온 까만 어둠은 점점 더 아득해진다. 깊은 절망은 넘실대며 겨우 기어가는 발등을 잡아당겼다.

'지쳤어.'

꿈틀거리는 어둠을 느끼며, 사리는 눈을 감았다.

*

금목서의 향기가 화귀비가 죽은 연못을 가득 메웠다. 사리는 꽃의 향기를 느끼며 그때 그가 데려갔던 곡물 창고로 향했다. 벌써 가을의 끝자락에 성큼 다가와 있었다. 날씨가 얼마나 쌀쌀해졌는지 흙마저 조금 굳어 있었다.

눈이 오면 아무래도 낭패지 않을까

만약 겨울에 나오려면 어떻게든 세영궁 담을 기어오를 방법을 찾아야 했다.

나올 수 있을까. 그는 이 주위에 병사가 자신밖에 없다 했지만, 과연 가능할까.

조금 웃음이 나왔다. 어떻게 보면 궁의 정보는 이미 얻었다. 하지만 더 웃긴 것은 따로 있었다.

그를 보지 않을 생각을 전혀 하지 않고 있었다. 어떻게 될지 모르는 목숨인데, 웃기게도 그 생각은 전혀 하지 않았다.

그는 자신의 모든 것이 좋다 했다.

사리는 더더욱 웃음이 나왔다. 자신이 생각하는 모든 것이 아닐 것이다. 알고 있었다. 하지만 그래도 괜찮았다. 어차피 정체가 발각될 시간도 없었다.

그래. 시간이 없었다.

사리는 창고 문을 열었다. 남자는 이미 등불을 켜놓은 기다리고 있었다. 그녀는 웃으면서 남자에게 다가갔다.

"보고 싶었다."

남자는 사리가 가까이 다가오자, 덥석 안아버렸다. 정말 이 향기와 온기를 느끼고 싶어서 정무가 손에 안 잡힐 지경이었다.

"그대에게 줄 것이 있다."

율은 사리의 손가락에 옥가락지를 껴주었다. 가락지는 맞춘 듯이 사리의 손가락에 들어갔다. 율은 환하게 웃으며 말했다.

"돌아가신 어머니의 것이다."

"이렇게 값진 것을 제가 받아도 되나요?"

"그대를 위해서라면 황궁의 보물도 가져다줄 수 있다."

사리는 손가락에 있는 가락지를 등불에 비추어보았다. 귀한 옥은 아닌 듯 보였지만, 너무나 따뜻해 보이는 영롱한 빛을 품고 있었다.

"어머니의 것을 나 같은 궁녀에게 줘도 돼요?"

"그대는 누구보다 귀한 자다. 이 가락지를 기억해 낸 순간 그대에게 주고 싶었다."

사리는 율의 몸에 팔을 둘렀다.

"어떤 보답을 원해요?"

"난 그대에게 어떤 보답도 원하지 않는다."

율은 그저 이 궁녀를 이렇게 안은 게 흡족했다.

"약조하지."

태어나서 처음 생긴 소중한 이였다.

"그대가 어떤 이든지, 난 그대를 사랑할 것이다. 그러니 그대도 내가 어떤 이든지……."

"당신이 어떤 사람이든 내 마음은 변하지 않아요."

시리는 율의 준 가락지에 입을 맞추었다.

"그러니까……

사리는 생긋 웃었다.

"우리 하죠."

율은 화들짝 놀라는 게 고스란히 느껴졌다. 사리는 방긋 웃으며 다시 또박또박 말했다.

"인연을 맺죠."

그녀는 율의 어깨를 툭툭 쳤다.

"너무 긴장하지 마세요."

"긴, 긴장은 하지 않는다."

율은 이건 뭔가 아니라 생각했다. 물론 사내로 태어나, 사랑하는 이를 안고 싶은 것은 당연하지만, 이 궁녀와는 호화로운 침상에서 귀한 향을 맡으며, 세상 어느 이도 부럽지 않게 천천히 나가고 싶었다.

"제가 별로인가요?"

그녀가 고개를 갸웃거리며 살짝 올려다보았다. 맑은 눈동자가 반짝이자, 거칠 정도로 아껴주고 싶었다. 저 아름다운 눈가에 입 맞추고, 온몸 구석구석을 쓸어내리며 말이다.

"싫을 리가 있겠느냐. 단지 우리에 인연이 이런 곳에서 너무 쉽게……."

율이 뭐라 하든, 사리는 허리띠를 풀고 대금반비를 벗었다. 겉에 있는 의를 헐겁게 하자 매끄러운 피부를 타고 천 자락이 살짝 쓸려 내려갔다. 순식간에 하얗고 뽀얀 어깨가 달빛에 드러났다.

"정말 싫어요?"

사리는 다시 한 번 물어보았다. 그는 얼굴이 발갛게 익은 채 고개를 저었다. 그녀는 배시시 웃으면서 율의 손을 가슴에 가져갔다.

"당신의 마음이 닿았어요."

손바닥의 온기 틈으로, 심장을 두근거렸다. 율은 그제야 이 궁녀가 조금 떨고 있다는 사실을 알아챘다.

"무슨 일이 있던 게냐?"

"아니요."

사리는 천천히 고개를 저었다. 무슨 일이 있던 것은 아니었다. 그저 모르고 있던 일을 알게 된 것뿐, 가려진 것들이 수면으로 드러난 것밖에 없지 않은가.

"그냥 조금……."

어떻게 살아야 할지 길을 잃어버렸다.

"깨달았어요."

앞에 있는 사람이 소중해서, 소중해서.

그래서 하찮은 각오를 한 것뿐이었다. 그것밖에 없었다.

"싫은가요?"

율은 천천히 사리의 뺨을 쓸었다. 등불 위로 비치는 그녀는 쥐면 꺼질 듯한 연기처럼 금방이라도 사라질 거 같았다. 어째서 이토록 가련하게 흔들리는 걸까. 율은 사리를 세상에서 제일 귀한 보물처럼 아끼고 싶었다.

"그럴 리 없지 않으냐."

율은 갑옷의 끝을 풀렸다. 철갑으로 된 무거운 병사의 갑옷이 풀써 바닥에 떨어졌다. 유와 삼을 차례로 끌자, 탄탄한 남자의 나신이 드러났다.

여자와는 다른 몸이었다. 처음으로 보는 남자의 맨몸이기도 했다.

사리는 율의 어깨를 손가락으로 천천히 쓸어보았다.

"단단해요."

그는 느릿하게 사리의 치마끈을 풀었다. 긴 치맛자락이 천천히 바닥으로 가라앉자 여인의 몸을 가리는 것은, 얇은 나삼밖에 없었다.

사리의 여태는 눈부셨다.

그때, 이 모습이었다. 연못에서 보았던 신비로운 여인. 이 바닥에 깔린 세상이 아닌, 아무런 굴레가 없는 자유로운 천녀.

율은 자기도 모르게 사리의 팔을 잡았다. 이렇게 잡지 않으면 금방이라도 사라질 거 같았다.

사리는 하나하나 나삼의 끈을 풀었다. 옥 같은 피부가 점점 드러났다. 율은 천천히 그 피부를 입가로 가져갔다. 여인의 살 내음은 매끄럽고, 꿀처럼 달콤했다.

"읏!"

사리는 순간 몸을 비틀었다. 무엇인가 야릇한 느낌이 등줄기를 타고 흘렀다. 한 번도 느껴본 적 없는 촉감이었다. 그는 멈추지 않았다. 아니, 이제 멈출 수 없었다. 달디단 피부를 조금 더 맛보고 싶었다.

율의 손길이 좀 더 미끄러져 내려갔다. 그녀는 더는 서 있을 수 없었다. 무릎에 힘이 빠지고, 온몸이 통제에서 벗어났다.

설익은 돌기를 조심스럽게 매만지자 여린 빛이던 피부가 점점 붉게 물들었다. 입에 대고 맛을 보자 가녀린 등줄기가 연어처럼 휘어졌다.

만지면 그대로 반응하는 몸이었다.

"미칠 거 같다."

남자가 미치는 몸이 이렇지 않을까. 느릿하던 손길이 점점 급해졌다.

천천히 매만지던 손길이 여인의 수풀 속으로 기어가자, 그녀의 무릎이 바닥으로 내려앉았다. 율은 그녀를 조심스럽게 옷가지 위에 눕혔다. 현 같은 몸이었다. 예민하고, 매끄러운 피부에 천상의 소리가 울렸다.

"아…… 앗!"

사내에게 익숙지 않다는 것은 대번 알 수 있었다. 율은 사리의 서투른 몸짓에 더욱더 갈증이 생겼다. 많은 여인을 안아보았지만, 이렇게 해갈이 간절한 여인은 처음이었다.

천천히, 천천히.

아끼는 이였다. 귀한 이였다. 괴롭게 하기 싫었다.

하지만 그녀의 어쩔 줄 모르는 몸짓을 보는 순간, 방금 전 그 마음은 점점 사라져 갔다. 한번 생긴 갈증이, 타오르는 불길로 변했다. 손가락을 감아오는 따듯한 여인의 꽃이 율을 참을 수 없게 했다. 여린 잎을 펼치고 조심스럽게 휘저었다. 자신의 손길에 그녀의 몸은 튕겼다가 가라앉았다. 율은 멈출 수 없었다. 여인의 돌기도 자신의 중심도 점점 단단해지고 솟아올랐다. 그는 사리의 꿀물을 혀로 핥아보았다. 그녀의 체취가 깊이 느껴졌다.

조금 더.

율은 부푼 중심을 살짝 깨물었다. 허리가 휘어지고, 달콤한 신음성이 들렸다. 남자로서 너무나 기뻤다. 이 몸은 이제 자신의 것이었다. 온몸에 자국을 남기고, 깃발을 세울 것이다. 천하가 이 여인의 몸에 있었다.

"미칠 거 같다."

율은 손가락으로 그녀의 뺨을 매만졌다. 촉촉이 젖은 피부에 아릿한 열이 느껴졌다.

그는 입술을 천천히 쓸어내렸다.

"미안하다."

참을 수 없는 흉포한 욕정이 몰아쳤다.

"원래 이런가요?"

율은 조금 미소 지었다.

"확인해 보거라."

사리의 몸은 흠뻑 적셔져 있었다. 그는 조심스럽게 음경을 가까이 가져갔다. 따뜻하게 옥죄는 내벽이 끝에서부터 천천히 감싸 안았다.

"웃……."

아릿한 고통에 그녀는 도리질 했다. 하지만 율은 더는 참을 수 없었다. 천천히 시작했던 움직임은 결국 거칠어졌다.

사리는 눈을 감았다. 처음 느끼는 아픔에 정신을 차릴 수 없었다. 그의 손길은 부드러웠지만, 강하고 둔탁한 통증이 온몸을 헤집었다.

그때였다.

생전 느껴보지 못한 묘한 둔통이 온몸을 채워 나갔다. 작게 시작했던 쾌락이 중심에서 점점 퍼져 갔다.

이 느낌이 커지면 어떻게 되는 걸까. 사리는 도리질을 했지만, 벗어날 수 없었다.

달빛을 가린 남자의 그림자가 더욱 짙어졌다. 흐르는 땀방울이 여린 가슴 위로 떨어지자, 생경한 희열이 더 강해졌다.

"아!"

난생처음 느끼는 쾌락이 한계 끝까지 올라섰다. 습한 접합부터 발끝까지, 움텄다 점점 퍼져 나간다.

온몸이 부들부들 떨려왔다. 내벽의 떨림을 느끼며 율은 그대로 파정했다. 뜨거운 것이 안쪽에 퍼져가는 것을 느끼며 사리는 눈을 감았다.

"사랑한다."

낮은 울림이 숨결 사이로 녹아들었다.

*

바람결에 등불이 흔들렸지만 용케 꺼지지 않았다. 율은 조심스럽게 자리에서 일어나, 초 심지를 확인했다.

"상을 줘야겠네요."

율이 등불을 보고 있을 때, 등 뒤에서 익숙한 목소리가 들렸다. 그는 자기도 모르게 눈을 감았다. 평소의 목소리도 좋지만, 약간 쉬어 있는 목소리도 좋았다.

"어떤 상이지?"

눈을 뜨자 조금 전까지 끈질기게 사랑한 나신이 나삼 하나만 걸친 채 웃고 있었다. 율은 다시 한 번 팔 안에 사리를 가두었다.

"어떤 상을 원해요?"

"방금 천하를 얻었다. 아무것도 필요하지 않다."

그녀가 율의 체취를 느끼며 탄탄한 가슴에 볼을 비벼댔다. 그는 자신이 큰 새가 된 기분이었다. 어렸을 적 서하와 올라가서 본 새끼 새들이, 저렇게 어미 새에게 비벼대곤 했다.

'어미 새라 여겼지만, 아비 새인지도 모르겠군.'

그녀에게라면 어미 새든 아비 새든 다 좋았다. 그러다 율은 고개를 갸웃했다. 뭔가 이치에 맞지 않았다. 만약 아비 새라면 그녀를 이렇게 안을 수는 없지 않은가.

"무슨 생각 해요?"

"커다란 날개 생각을 했다."

차마 참혹한 금기인 어미 새와 아비 새의 얘기를 할 수 없었다. 그의 말에, 사리는 몸짓이 멈추었다.

"커다란 날개······."

사리는 고개를 들어, 율을 바라보았다.

"그런 날개가 있으면, 어디로든 갈 수 있나요?"

율은 대답 대신 사리를 으스러지듯 안았다.

"정말 무슨 일 없는 것인가?"

"방금 무슨 일 생겼잖아요."

사리는 주위를 둘러보았다. 마른 볏짚 냄새가 기분 좋았다. 설마 곡식창고가 초야 집이 될 줄이야. 물론 곱게 시집가는 것도 생각할 수 없었지만, 이건 뭐랄까······.

야사에서 나오는 물레방앗간 같지 않은가.

"날개가 있으면 좋겠어요."

사리는 눈을 감았다. 자신이 디딜 수 있는 땅은 없었다. 바닥은 산산이 부서져 흩어지고, 닿을 수 없는 자신은 항상 나락으로 떨어졌다.

쭉 그런 느낌이었다.

사람들은, 다 제 갈 곳이 있어 보였다. 하지만 자신은 그들 사이를 스쳐 지나가는 것일 뿐, 돌아갈 곳은 보이지 않았다. 어디든 갈 곳은 없었다.

"아무리 각오하고, 일어서도 역시 모르겠어요."

몇 번을 다 잡아도, 결국 손안의 모래처럼 다 빠져나가 버렸다.

사리는 이제 자신이 없었다.

"괴로운 것인가?"

그녀는 고개를 저었다.

"익숙해요."

맞는 말이었다. 이 절망감도, 허무함도 다 익숙한 일이었다. 사리는 다시 율을 바라보았다.

"사랑해요."

욕심이라는 수많은 죄의 아버지가, 마음속을 점령해 버렸다. 율은 낮은 한숨을 쉬었다. 정말 이 궁녀는 어찌할 수 없을 만큼, 모든 것을 달아오르게 해버렸다.

"내게 상을 준다면……."

율은 나비가 꿀을 찾듯, 사리의 붉은 입술을 찾아 가두어 버렸다.

"그대가 영원히 내 옆에 있는 것이다."

그의 말에, 사리는 작게 미소 지었다. 율은 자신에게 이루 말할 수 없는 행복을 주었다. 하지만 자신을 율에게 줄 수 있는 것이 있던가.

"답을 알려 드릴게요."

"무엇을 말이냐."

"수수께끼 말이에요."

사리는 율의 눈가를 매만지며 말했다.

"옛날에 정말 어떻게 할 수가 없어 엉엉 울고 있는데 꽃잎이 떨어졌어요."

너무 슬퍼서 정말 아파하는 것밖에 할 수 없어서 무릎에 얼굴을 묻고 한참이나 울었다. 얼마나 그렇게 있었을까. 문득 어깨 위에 가벼운 것이 스쳤다. 눈물을 훔쳐보니, 어깨 위로 꽃잎 하나가 내려왔다. 그렇게 눈물로 흠뻑 젖은 얼굴로 고개를 들어 보고는 나지막하게 신음을 내뱉었다. 올려다본 곳에 꽃잎은 하나가 아니었다. 하늘에서 마치 눈처럼 내려왔다.

　　사리는 두 손을 그러모았다.

　　"이러고 있으면 손에 떨어질 정도였어요."

　　손안에 들어온 꽃잎을 봤을 때, 사리는 우는 것을 멈추었다. 난생처음 느끼는 감정이 밀려 들어왔다.

　　감동이면 감동이고, 경탄이면 경탄이었다. 기쁘고 좋았지만, 그것이 다가 아니었다. 머리끝부터 발끝까지 알 수 없는 감정에 뒤덮였다.

　　"그때 이후로 꽃이 좋아졌어요."

　　어떻게 보면 자신과 꽃은 어울리지 않았다. 하지만 잡초만 무성한 세영궁에 처음 왔을 때부터, 그곳을 꽃으로 뒤덮고 싶었다.

　　'할 수 있을까.'

　　그때까지 살아 있을 수 있을까.

　　비가 오면 조금씩 무너지는 처마가 자신이 살아갈 수 있는 날이 얼마 남지 않다는 것은 알려주었다. 세영궁에 처음 들어왔을 때, 아니, 철격자가 있는 가마에 갇혀 시안으로 왔을 때부터 이럴 줄은 몰랐다. 어떻게 보면 이렇게 돌아다닐 수 있는 것도 우연히 만들어낸 기적이었다.

"어떤 느낌이었지?"

"글쎄요. 잘 모르겠어요."

사리는 손을 내밀었다. 지금은 아무것도 빈손이었지만, 그때는……

"꽃은 져요."

그녀는 그렇게 말하며 쓸쓸히 웃었다.

손안에 떨어진 꽃잎을 쥐었을 때, 왠지 뭐든지 할 수 있다는 생각이 들었다.

"허무할 뿐이라고 생각했지만, 아니에요. 그냥 꽃은 꽃이니까, 나도……"

사리는 율의 가슴에 머리를 기대었다.

"이렇게 져도 괜찮구나."

아련한 향기는 아직까지 가슴속에 맴돌았다.

"있잖아요. 살다가 죽는 것은 어쩌면 아무것도 아닌지 몰라요. 하지만 꽃은 지기 때문에 아름답잖아요."

홀로 살아가는 것도, 자신이 살아가야 할 나날도 왠지 괜찮을 거 같았다.

"의미를 찾았어요."

명예나 부귀영화, 비단옷과 장신구. 멋진 낭군과 똑똑한 아이들. 그 모든 것을 다 이룬 사람은 드물 거로 생각했다. 보통 사람들이 원하는 그런 것을 원하지 않았다. 물론 힘든 굶주림을 못 느껴서 그런 것일 수도 있지만, 그래도 자신이 원하는 것은 많이 달랐다. 사리는 꽃이 되고 싶었다. 그때 살 수 있었던 것처럼, 그렇게 누군가를 살 수 있게 만든다면 그것으로 족했다.

"그대의 생각이 참 곱군."

"아니에요."

"그래. 그것이 꽃의 의미인가."

율은 꽃을 싫어했다. 꽃을 보면, 화귀비가 생각났다. 하지만 오늘 사리의 말에, 꽃이 새로운 의미를 갖게 되었다.

"사라져 가는 아름다운 것들."

사리는 자리에서 일어났다.

"그래서 아름답지 않나요."

손을 내밀면 아직도, 그때의 꽃들이 잡힐 거 같았다.

"져가는 것은 가슴 아프다."

율은 자기도 모르게 일어나 사리를 잡았다. 왜일까. 사막의 신기루처럼 이 여인이 그대로 사라져 버릴 거 같았다. 이렇게 필사적으로 잡지 않으면 금방 사라질 거 같았다.

"해가 뜨기 전에 가야죠."

그녀는 율에게 잡힌 그대로 바닥에 흩어진 옷가지를 주웠다. 등 뒤에서 느껴지는 뜨끈한 체온이 마치 커다란 가방을 멘 거 같았다.

"련도 가야 하지 않나요?"

사리는 그의 옷가지도 주워 건네주었다. 율은 옷가지를 대강 팔에 걸쳐 놓으며 내심 섭섭한 마음을 지울 수 없었다. 아마 궁녀는 이렇게 필사적으로 잡는 자신의 마음을 모를 것이다.

'언제 말해야 할까.'

같이 있고 싶었다. 이렇게 헤어지기가 싫었다.

하지만 그러려면 많은 것이 필요했다. 그는 조금만 더 신분을 숨기고 싶었다. 적당한 때가 되면 조처를 할 것이다. 궁녀의 신분이 눈에 걸리지만, 곁에 둘 수 있었다.

물론 후궁은 만만한 곳이 아니었다. 살아남으려면, 후원자가 있어야 했다.

어떻게 하면 될까. 율은 이 궁녀가 영원히 옆에 있기를 원했다.

'적당한 사람이 있군.'

이런 일에 딱 맞는 사람이 있었다.

대충 걸쳐둔 옷가지 사이로 주머니 하나가 뚝 떨어졌다. 이음매가 헐거웠는지, 안에 있는 것이 조금 보였다.

'금빛?'

사리는 그것을 주웠다. 제법 크고 딱딱하고 각 져 있는 것이 손 안에 잡혔다.

"이거 떨어졌어요."

율이 재빨리 주머니를 받아 들었다. 사리는 내색은 안 했지만 무엇인가 수상하다는 것을 느꼈다. 그답지 않게 지나치게 허둥댔다.

그는 아무렇지도 않게 웃으며 인사했다.

"내일 밤도 그대를 보고 싶다."

"내일도 올게요."

사리도 미소 지으며 율의 인사에 화답했지만, 주머니 속에 든 물건의 감촉을 잊을 수 없었다. 그것은 마치…….

'도장 같았어.'

커다란 도장 같았다. 하지만 그 감촉과 색깔은 금이었다. 그렇게 귀한 것이 어디서 난 걸까. 사리는 율의 뒷모습을 바라보았다. 언제나 같았다. 병사의 옷이었다.

병사가 가지고 있기에는 너무 큰 금 조각이었다.

'금빛 도장.'

사리는 순간 굳어버렸다. 금으로 된 도장은 하연국에 하나밖에 없었다.

'옥새!'

*

어째서 몰랐을까.

사리는 침상에 앉았다. 세영궁에 들어오자마자, 아무것도 할 수 없었다.

어째서, 생각지 못했을까.

병사치고는 묘하게 하대하는 말투였다. 몸짓에도 기품이 있었고, 지나치게 높은 패기가 있었다. 하는 행동도 모습도 병사라고 할 수 없었는데, 어째서 아무런 의심도 하지 않았을까.

'옥새를 사사로이 가지고 다닐 사람은……'

사리는 고개를 저었다. 이미 답은 나와 있었지만, 차마 인정할 수 없었다. 어떻게 믿으란 말인가! 그가…….

그가, 황제인가?

침상을 주먹으로 내리쳤다. 모든 행동이 그렇게 생각하면 딱 맞아떨어졌다. 그녀는 율의 준 옥가락지를 꺼내 보았다. 영롱한 옥빛은 맑기 그지없었다.

옥가락지를 꼭 쥔 채, 그의 대화를 하나하나 곱씹어 보았다.

"여자 하나에 휘둘리다가 아들에게 칼 맞은 바보지."

선황은 회귀비의 유혹에 빠져, 정사를 내팽개쳤다. 그 결과 탐관
오리들이 날뛰고, 국고는 텅 빈 채 백성은 헐벗고 굶주렸다.

결국 황자인 권율은 지나친 폭정으로 쓰러져 가는 나라를 위해
마음에 맞는 대신들을 모아 회귀비의 목을 치고 아비의 배를 갈랐
다. 인륜으로서 잔혹한 일이지만 현 황상에게는 그만큼 길이 없었
다.

"그 아들이 병사님이신가요?"
"그럴 리가."
"그, 그렇죠?"
"난 그저 처음부터 끝까지 지켜보기만 했다."

황제 본인이라면, 처음부터 끝까지 보고 있을 것이다.

"마치 한 몸처럼 지켜보고 있었다. 피가 터져 나가고, 내장이 흐
르고, 마지막에는 머리가 잘라졌지."

이 말을 듣는 순간, 왜 황상을 생각지 못했을까. 사리는 다시 한

번 침상을 내리쳤다.

"죽었지. 돌아서는 아비를 말리려다 죽어버리고 말았다."

황상의 모후를 죽인 것은, 화귀비의 간악한 모함 때문이라 했다.

하나하나가 맞아떨어진다. 병사는, 아니, 황제는 자신에게 거짓말을 하지 않았다. 단지 자신이 황제라고 밝히지 않은 것뿐. 마치사리 자신처럼 말이다. 우습기 짝이 없었다. 도대체 이것이 무슨일인가. 사랑한다 말하며 서로 속이고 있다니.

사리는 자기도 모르게 헛웃음을 지었다.

"모르게 돼버렸다."

황제의 상처, 병사의 상처.

"우습지 않은가."

무릎에 얼굴을 묻었다. 생각할수록 마음 한구석이 부서지는 거같았다.

황제는 화환족을 매우 증오한다 들었다. 그 연못이 확실한 증거였다. 사람들 기억 속에 송두리째 잊게 하고 싶을 만큼, 황제는 화환족을 증오했다.

'당신이 황제입니까?'

어떻게 해야 할까. 이제 눈앞이 깜깜했다.

'어째서 당신이 황제입니까.'

사랑하고 있었다. 사랑하게 되었다. 자신의 모든 것을 잠시 잊을 정도로, 사랑하고 있었다. 하지만, 처음부터…….

처음부터 아니었다. 아주 처음부터, 자신이 화환족으로 태어났을 때부터…….

'새삼스럽다.'

애초에 자신에게 무엇이 있었던가.

애초에 허락된 것이 있었던가.

줄곧 그곳에서 웃자고 다짐했다. 꽃이 떨어질 때부터, 아니, 꽃이 자신의 손안으로 들어왔을 때부터.

세상은 이처럼 아름다우니, 언젠가는 화환족도, 가주도 벗을 날이 올 것이라고.

무너지고, 부서져도 다시 쌓아 올렸다. 하지만 그마저 자신을 증오하고 끊어버리면 더는 살 수 없었다.

숱한 사람에게 배신당해 봤다. 많은 사람의 증오를 아무 방패 없이 받아내야 했다. 흔한 일이어서 자연스럽게 넘길 수 있었다. 하지만 이번에는 그럴 수 없었다. 견딜 수 없고 상상조차 하기 싫었다.

사리는 떨리는 손으로 구석에서 내팽겨져 있는 첩지를 들었다. 하연국을 상징하는 옥쇄와 황제를 상징하는 옥쇄가 나란히 찍혀 있었다.

손을 들어 쓸어내리자, 마음속 한구석이 무너졌다. 습관처럼 조각을 모아 다시 쌓았지만 이제 그 남은 잔재들마저 희미해졌다.

어제 본 그것이, 지금 눈앞에 있는 이것일까.

사리는 알 수 있었다. 이제 아무것도 남지 않아졌다. 모든 것이
텅 비어버렸다. 시안으로 올 때도, 춘란의 독살을 알 때도 번번이
무너져 버렸지만, 이렇게 아무것도 남아 있지는 않았다.

'그렇구나.'

사리는 고개를 들었다. 이제 알 거 같았다.

'아무것도 남지 않았다는 것은, 이제 자유롭다는 거구나.'

의미를.

의미를 생각해 보라 했다. 그녀는 이제 의미를 알 수 있었다.

이제 거리낄 것이 없었다. 이제 자신을 지키지 않아도 되었다.
사리에게 이제 짐은 없었다.

여섯 번째 문
겨울과 봄

　서하는 거칠게 문을 열고 들어왔다. 지엄한 황궁에서 저리 들어
올 이는 서하밖에 없었다. 율은 느긋하게 상소를 처리하며, 격해진
친우에게 한마디 건넸다.
　"오랜만이군. 선물은?"
　서하는 나인들이 말릴 틈도 없이, 율의 어깨를 거칠게 잡았다.
　"오는 길에 금군을 봤다."
　"그렇군."
　"어찌 된 거야?"
　그는 싱긋 웃으면서, 친우의 팔을 풀었다.
　"가주가 야망이 있는 자라면 대의명분을 찾고 있겠지 싶었다."
　"알고 있어."
　"그 중간에 화환족 송사린이 있다."

율은 상소장을 옆으로 치우고, 나인을 물렸다. 금군을 신주에 보낸 일로 상소는 수두룩하게 올라와 있었다. 어차피 읽어도 매한가지였다. 굽어 살피소서, 덕으로 나라를 다스리소서 같은 말도 안되는 것만 잘도 쓰여 있었다.

"그래서 먼저 보내 버렸다. 명분이야 가서 하나 찾으면 돼. 기마병은 지금 한창 중이고, 보병은 내일쯤 도착하겠군."

서하는 눈을 가늘게 떴다. 그래. 어찌 보면 난이 일어날 때까지 기다리는 것보다, 선수 치는 게 나을 수 있었다.

"가봤으니 알겠군. 상황은 어떻지?"

서하는 순간 말을 주저했다. 그 부자에게 들었던 송사린의 말이 뇌리를 스쳐 지나갔다.

말을 해야 할까. 네가 생각하는 것보다 가련한 과거를 가진 이라고, 전혀 관계없는 타인인 자신마저 눈시울이 시큰할 정도라고.

"관마저 가주의 편에 들어갔다는 말을 들었다."

결국 하지 못했다.

"그런 거 같더군."

율은 미심쩍은 눈으로 지기의 얼굴을 살펴보았다. 서하는 뭔가 복잡한 표정을 짓고 있었다. 그는 서하의 저 모습을 알고 있었다.

'오줌 싸고 숨겼을 때 딱 저런 표정이었지.'

약간 꿍한 눈빛이 그때 그 모습이었다. 이런 자신의 마음을 아는지 모르는지, 서하는 찡한 마음을 숨기고, 애써 고개를 돌렸다.

"최대한 피를 줄이고 싶다."

그들 대부분은 자신의 의지가 아닐 것이다. 하지만 그들이 제일 많이 죽어나갈 것이다.

전장이란 원래 그랬다.

"너에게 부탁이 있다."

서하는 깜짝 놀라, 율을 바라보았다. 율이 황제가 된 뒤로, 자신에게 무엇인가 부탁한 적은 매우 드물었다.

"네가 봐줬으면 하는 여인이 있다."

이번에는 서하가 눈을 가늘게 떴다.

"무슨 의미야?"

"한 여인을 평생 내 곁에 두고 싶다."

서하는 깜짝 놀라, 눈이 커졌다. 율의 저런 말을 하다니 너무 의외였다.

"네가, 여인을?"

자신의 친우는 여자에게 쉽게 마음을 열지 않았다. 여인의 미색과 지성은 그다음 일이었다. 서하는 알고 있었다. 율의 마음속에는 항상 요녀 화귀비가 있었다. 그래서 여자로 말미암아 정사를 그르치는 것을 병적으로 혐오했다.

"후궁싸움이 어떤 것인지 알고 있다. 그럼에도 그 여인은 조력자가 없다."

힘이 되어달라고 말하고 있었다. 서하는 자기도 모르게 웃음이 나왔다.

"이거 웃기네. 와, 어떤 규수이기에 철옹성 같은 얼음장을 녹인 거야?"

서하는 우스움에 눈물을 훔치며 물었다. 율은 순순히 대답했다.

"아름답고 총명한 여인이다."

"흐음. 그동안 수많은 아름답고 총명한 여인을 봤으면서……."

율은 고개를 저었다. 그런 것과는 거리가 멀었다.

"그녀의 목소리가 좋다. 표정도 눈빛도 다 좋다. 무엇보다 같이 있으면 재미있고 편안하며 따듯하다."

서하는 어이가 없어서 아무 말도 할 수 없었다. 뭐랄까, 결국 다 좋다는 말 아닌가! 한간에서는 저것을 콩깍지라 부른다. 서하는 사랑의 콩깍지에 해태 눈이 되어버린 율을 무심한 눈으로 바라보았다.

'평생 안 그럴 거 같더니만…….'

좀 심한 말이지만, 여인을 거의 애 낳는 도구 취급하던 율에게 이 일은 천지개벽이나 다름없었다.

"그녀 아니면 안 될 거 같아?"

율은 순순히 고개를 끄덕였다.

"계속 보고 싶고?"

"그렇다."

"계속 안고 싶고?"

"잘 아는군."

"계속 만지고 싶고?"

"아침까지 안고 싶다."

"빠졌군."

"그런 거 같다."

율은 순순히 인정했다. 서하는 머리를 짚었다. 어이쿠야, 완전

큰일이었다.

"하지만 문제가 있다. 그녀는 나를 일개 병사로 알고 있다."

이것은 또 무슨 말일까. 서하는 친애하는 황상을 아래위로 훑어 보았다. 뭔가, 이상했다.

"왜 그런 눈으로 짐을 보는 거지?"

"내가 아는 놈이 맞나 해서."

무슨 팔자에도 없는 풍속소설인지. 서하는 고개를 절레절레 저었다. 이놈이 그놈이 아닌 거 같았다. 이런 서하의 태도에, 율은 자기도 모르게 발끈했다.

"어쩔 수 없었다."

"어쩔 수 없었겠죠."

"처음에는 이런 연이 될 줄 상상도 못했다."

"못했겠죠."

"말꼬리 잡지 마라."

"싫겠죠."

그는 잔뜩 골난 표정으로 서하를 바라보았다. 하지만 친우는 그런 율을 넉넉하게 넘겨 버렸다.

"뭐 하시는 것입니까. 황제 폐하라는 분이 변장놀이라니, 입이 열 개가 아니라 수백 개라도 할 말 없으실 것입니다."

서하는 생글생글 웃으며 말을 이었다. 이렇게 그를 놀린 것은 참으로 오랜만이었다.

"난 그녀를 사랑한다."

율은 얼굴을 붉힌 채 고개를 푹 숙였다. 서하는 그 모습을 보니 저절로 한숨이 나왔다. 막 거시기에 털 나는 아들을 보는 심정이었다.

"미색은?"

"그리 아름답진 않지만, 내 눈에는 누구보다 아름답다."

전형적인 콩깍지 대사였다. 서하는 약간 기가 막혔다.

"좋으십니까?"

"좋아."

"얼마큼?"

"천하를 다 얻은 듯하다."

그녀를 생각하면 자기도 모르게 표정이 풀어졌다. 서하는 고개를 숙였다. 완패였다.

"만나보고."

서하는 고개를 들어, 방긋 웃었다.

"만나보고 결정하겠습니다."

"뭐?"

"아무리 친우의 부탁이라도, 마음에 안 들면 안 할 거야."

율은 자신만만한 말투로 말했다.

"걱정 없다. 그녀는 누구에게나 마음에 드는 여인이다."

듣고 있기가 점점 거북해졌다. 아까는 사랑자랑이더니, 이번에는 애인자랑? 참으로 콩깍지는 강하기도 했다.

"언제 어디로 가면 됩니까?"

"밤에 자적궁 구석에 있는 곡식창고로 가면 된다."

"그런 곳에서 만나셨습니까."

서하는 머리가 아파졌다. 참 대단한 분이셨다. 낮에는 신주일을 처리하고, 밤에는 연애질이라니. 참으로 영민한 황제였다.

"내일 만나보겠습니다. 오늘 밤 내일 보겠다 전해주세요."

자신의 말에, 황제의 표정은 대번 좋아졌다. 서하는 혀를 차면서, 말을 이었다.

"대신 따라오지 마십시오. 단독 대면을 해야겠습니다."

"뭐라?"

"폐하가 계시면 제대로 된 판단을 못 내릴 것입니다."

그는 고개를 끄덕였다. 자신있었다. 자신의 궁녀는 슬기롭고 아름다웠다. 서하의 마음쯤은 한순간에 녹여 버릴 것이다.

'너무 녹이면 안 되는데⋯⋯.'

사실 다른 것이 더 걱정이었다. 자신의 아리따운 궁녀가, 친우의 마음에 무척 들어 보이면, 그것은 그거 나름대로 더 걱정이었다. 그런 율의 마음을 아는지 모르는지, 서하는 한숨만 내쉬고 있었다.

＊

사리는 그를 보고 조용히 웃었다. 어디를 봐도, 참 수려한 남자였다. 율의 정체를 알고, 그제야 겉모습이 제대로 보였다. 어색하게 붙어 있는 병사갑옷 안에는 최고급비단이 있었다.

'옷 벗을 때 알아챘어야 하는데.'

사리는 고개를 지었다. 아니, 이미 그때는 늦었을 것이다.

"왜 웃고 있지?"

그녀는 율의 어깨에 머리를 기댔다. 따뜻한 온기가 느껴졌지만 마음까지 닿지 않았다. 율은 무엇인가 이상하다는 것을 깨달았다.

작은 궁녀에게 떨림이 느껴졌다. 율은 서둘러 그녀의 손을 잡았다. 손끝이 차가워져 있었다.

"몸이 아픈 것인가?"

사리는 고개를 저었다.

그럴 리가 있을까. 단지 어떻게 그를 봐야 할지 몰라서 온몸이 긴장하는 것뿐이었다.

"그대에게 할 말이 있다."

정체를 밝혀야 할까. 아니면 모든 것을 포기하고 이대로 지속되길 바라야 할까. 사리는 율의 손을 더욱 꽉 잡았다.

"무슨 말인데요?"

생각만 해도 너무나 두려웠다.

"내일 내 친우를 만나줬으면 좋겠다. 출세길이 보장된 녀석인데, 꼭 그대를 보고 싶다고 한다."

피하고 있었다. 차마 말이 떨어지지 않았다.

"무섭네요."

알고 있었다.

"그대가 두려워할 일은 없을 거다. 내가 가장 믿는 녀석이다."

만약 말하게 된다면, 영원히 이 온기를 놓치게 될 것이다.

"잘 보여야 하겠어요."

사리는 문득 가주가 한 말이 생각났다.

"황제를 유혹해라."

어떻게 이렇게 돼버린 걸까. 사리는 그를 다시 보았다. 그의 눈
이 자신을 바라보고 있었다. 눈빛만 봐도 알 수 있었다.

'유혹한 것이 돼버렸나.'

웃지도 못하는 농담이었다. 사리는 가주의 저주스러운 혜안에 가
슴 깊이 찬사를 보냈다. 아무리 우연히 라도 이런 우연을 없을 것
이다.

"병사님."

"이름을 불러라. 병사는 싫다."

병사가 아닌 황제는, 귀엽게 투덜거렸다. 사리는 웃으면서 그가
가르쳐 준 이름을 말했다.

"련님."

"님이라고 붙이지 마라. 련이면 족하다."

"련."

사리는 율을 바라보았다. 아마 황제 권율도 조만간 정체를 밝힐
것이다. 련과 율. 어쩌면 련도 그런 생각을 하고 있을지 모른다. 송
사린과 송사리처럼 그 두 사람이 다른 것이라고 말이다. 하지만 이
제야 알게 되었다.

두 사람은 같았다. 떼어낼 수 없었다.

그러니까.

그러니까 련도 율인 것이다.

"련, 련은 황상을 어떻게 생각하세요?"

율의 눈이 가늘어졌다. 사리는 방긋 웃었다.

"그럭저럭 능력있는 자라 생각한다."

떨리는 마음을 애써 무시했다.

"그럼, 화환족은 어떻게 생각해요?"

사리는 물끄러미 율의 얼굴을 바라보았다. 그의 표정이 굳어졌다
풀어졌다. 가슴이 순식간에 무거워졌다.

'아…….'

후회가 물밀듯이 밀려왔다.

"증오하고 있다. 나도 그러니 황제는 더 심할 것이다."

사리는 아무렇지도 않게 고개를 끄덕였다.

"화환족 하나가 황궁에 들어왔다고 들은 적 있다."

율은 미간을 찌푸리며 말을 이었다.

"우스운 일이다."

사리는 떨리는 가슴을 부여잡고, 작게 물어보았다.

"미워하세요?"

"당연히 미워하고 있다. 아니, 증오하고 있다."

그렇구나. 사리는 고개를 끄덕였다. 율은 미워하고 있었다.

"이 피가 다 증오로 검게 물들 정도로 증오하고 있다."

사리는 주먹을 꼭 쥐었다. 어찌나 세게 쥐었든지 피가 나올 거
같았다.

'괜찮아. 이미 부서져 버렸어.'

이미 텅 비어 있었다. 이제 쌓아올릴 것도 없었다. 그러니까, 괜
찮았다. 버틸 수 있었다.

'곧 죽일 거라면……'

그때까지. 아주 조금만. 그래, 아주 조금만 버티면 되었다.

"왜 그러지?"

사리의 손끝이 점점 더 차가워지는 것이 느껴졌다. 율은 사리의 어깨를 감쌌다. 아직도 떨고 있었다.

"고뿔 끼가 있나 봐요."

사리는 꽃같이 미소 지으며 말했다.

"당신이 준 유자차라도 마셔야 할까 봐요."

율은 따뜻했다. 사랑했다. 아직도 사랑하고 있었다. 하지만 알아버렸다.

'그대가 어떤 이든지, 난 그대를 사랑할 것이다. 그러니 그대도 내가 어떤 이든지……'

'당신이 어떤 이든지 내 마음은 변하지 않아요.'

그래도 좋았다. 그러니까 괜찮을 것이다. 변하지 않을 것이다. 그래. 자신은 변하지 않았다.

"그대를 일찍 보내기 싫다."

"늦게 가도 괜찮아요."

"난 성인군자가 아니다. 그대를 보면 안고 싶은데……"

율은 사리를 바라보았다. 가뜩이나 말라서 안았을 때 부서질 거 같았는데, 지금 몸조차 안 좋아 보였다.

"그대가 아프면 슬프다. 아프지 마라."

사리는 어떻게 할 수 없었다. 그래서 그냥 웃어버렸다.

귀한 실이 엉켜 있었다. 풀어보고 싶었다. 필사적으로 손을 움직이니, 어느 정도는 풀어졌다. 하지만 풀어졌다 생각한 실은 더 단단히 뭉쳐 버렸다. 어찌할 바를 몰라, 조금 당겨보니 귀한 실은 마침내 끊어져 버렸다.

"당신이 아프면 저도 아파요. 그러니 아프지 마요."

련이 얼마나 슬퍼할지 알면 차마 말할 수 없었다.

'내가 당신을 위해 어떻게 해야 할까.'

떠나야 할까. 헤어져야 할까. 답이라는 것이 과연 있는 걸까. 이대로 쭉 늘리다 보면 어떻게 될까.

끊어질까?

사리는 율의 옷깃을 바로 해줬다. 만약 끊어지게 된다면, 그것은 자신 쪽이었으면 했다. 다치게 하기 싫었다.

"이만 가볼게요."

사리는 웃으면서 자리에서 일어났다.

꿈을 꾸고 있었다. 당신과 영원히 함께하는 꿈을. 서로에게 실망해 싸우기도 하고, 토라지기도 하고, 어이없는 것으로 다시 화해하고 마는 그런 꿈을.

영원히 잠들었으면 싶었다. 당신이 병사 련이 아닌, 황제이듯 자신도 궁녀 송사리가 아닌 화환족 송사린이었다.

이런 것은 익숙지 않았다. 사리는 담장 너머 그가 있는 곳을 바라보았다. 화려한 궁의 모습이 보였다. 황궁의 주인은 그였다. 그리 생각하니, 이 황궁이 싫지 않았다.

어쩌면 괜찮을지도 모른다. 송사린으로 쥐도 새도 모르게 사라져도, 쉽게 잊어버릴지 모른다. 하지만 그렇게 잊히는 게 좋은 것인지, 잊히지 않는 것이 좋은지 알 수 없게 돼버렸다. 둘 중 어느 하나도 가슴 아프기는 매한가지였다.

'부디……'

엉겨 있는 바람은, 하늘 아래 흩어졌다. 사리는 나지막한 한숨을 겨우 뱉어내었다.

*

춘란은 고개를 들었다. 벌써 몇 시간째 바느질만 하고 있었다. 고급스러운 비단결이 거친 손가락에 감겼다. 보드라운 천이었다. 눈부신 색깔은 가슴마저 시릴 정도였다.

춘란은 도저히 손을 놓을 수 없었다. 마치 호흡이 가쁜 폐병 환자처럼, 시간만 남으면 바느질만 했다.

그러지 않고는 살 수 없었다.

언젠가는 비단가게 하나 운영하고 싶었다. 고운 비단결에 쌓여 어미와 나물을 먹으며 살고 싶었다. 그렇게 사는 게 춘란의 원이었다. 혼인을 못해도 좋았다. 예쁜 자수와 실, 바늘만 있으면 되었다.

춘란은 다시 수를 놓았다. 손끝에서 여러 가지 무늬가 만들어져 갔다. 하지만 아직 옷이 되기에는 모자랐다.

그때 춘란은 깨달았다. 자신이 수를 놓는 것은, 사리의 치마였다. 그제야 기억났다. 그녀의 옷을 만들고 있었다.

'이제 소용없는데……'

만들어도, 입어주지 않을 텐데. 그녀가 이 옷을 입을 기회도 없을 텐데.

춘란은 고개를 저었다. 그래도 그만둘 수 없었다. 멈추면 죽어버리릴 거 같았다. 가슴이 메어왔다. 울 자격이 없어 더는 울지 않았지만, 몇백 일이라도 가슴을 치고 싶었다.

눈부신 하얀 비단 사이로, 금색수가 놓아졌다. 이 색과 수가 사리에게 눈부시게 잘 어울릴 것이다.

춘란은 작게 숨을 내쉬었다. 눈부신 빛이 꼭 그녀 같았다. 너무 아름다워서 슬퍼졌다.

그래, 그래서…….

춘란은 고개를 저었다. 순간 들었던 생각을 지웠다. 지워야 했다. 계속 생각한다면 이번에야 말로 울어버릴 것이다. 그러면 바늘 땀이 보이지 않을 것이다.

'안 돼.'

춘란은 다시 필사적으로 바느질만 계속했다. 더는 참을 수 없었다.

*

사리는 창고 밖에 있는 달을 바라보았다. 련을 만났을 때 차오르던 달은, 가늘어지다 이제 다시 더해져 갔다.

그녀는 눈을 감았다. 이렇게 눈을 감고 있으면 저절로 느껴졌다. 세상에 변하지 않는 것은 없었다. 시간은 확실히 가고 있었다.

'변하지 않는 것.'

사리는 율의 수수께끼가 기억났다. 사리는 손을 그러모았다. 그때의 꽃잎은 너무 부드럽고 향기로웠다. 너무 아름다워서, 그래서 영원히 기억하고 싶었다.

하지만 시간이 지나갔다. 이제 그 기억은 점점 희미해졌다. 대신 다른 것이 마음속에 있었다.

사리는 눈을 떴다.

변하지 않는 것은 없었다. 이제 율의 수수께끼를 알 수 있었다.

손으로 달을 가려보았다. 이제는 버릇이 된 행동이었다. 하지만 여전히 손가락 사이로 달빛이 새어 나왔다.

눈부신 금빛. 너무 아름다워서 자신과 어울리지 않았다. 세상에서 가장 고귀한 색. 이런 색은 그와 어울렸다.

문득 보고 싶다는 생각이 들었다. 사리는 율이 황룡포를 입은 모습을 본 적 없었다. 웃음이 나왔다. 분명히 어설픈 병사 옷보다 잘 어울릴 것이다. 아마 가릴 수 없을 것이다. 마치 새어 나오는 저 달빛처럼, 그가 황상이라는 것을 숨길 수 없겠지.

어디선가 인기척이 들렸다. 사리는 서둘러 손을 거두었다. 곧 창고 문이 열리고, 누군가가 천천히 걸어 들어왔다.

"저······."

서하는 주위를 둘러보았다. 등불 아래 궁녀가 오도카니 앉아 있었다. 그녀는 자신을 보자, 서둘러 일어나 고개를 숙였다. 깔끔하고 군더더기없는 몸짓이었다.

"아, 서하입니다."

궁녀는 살짝 웃으며 말했다.

"이름을 밝히지 않겠습니다."

서하는 궁녀를 찬찬히 살펴보았다. 그리고는 친우의 말을 곱씹었다.

"그리 아름답진 않지만, 내 눈에는 누구보다 아름답다."

서하는 저절로 한숨이 나왔다. 저 궁녀는 어딜 봐도 미인이었다. 율의 말을 들었을 때는 그냥 그런 줄 알았는데, 저 흐르는 기품과 목소리가 알려주었다. 한눈에 알 수 있었다. 궁녀는 총명하고 아름다웠다.

'네 눈은 해태 눈이냐. 딱 봐도 지 이상형이구먼.'

저기다 무예까지 합하면 완벽한 율의 꿈속의 여인이지 않을까.

"처음 뵙겠습니다."

서하는 궁녀를 보고 싱긋 웃었다. 주워 입은 병사 옷이 어색하기 짝이 없었다.

"왜 이름을 밝히지 않으십니까?"

사리는 살짝 웃으며 답했다.

"비밀입니다. 무엇보다 련에게도 알려주지 않았으니까요."

서하는 눈을 가늘게 뜨고 물어보았다. 갑자기 배알이 꼴려왔다. 련이라? 그거 누구의 이름이란 말인가. 물론 그의 이름에 관한 이야기는 잘 알고 있었다. 하지만 련이라니! 완전히 여자 이름 아닌가. 하여간 짜증 나고 번거로운 친우였다.

"연유가 무엇입니까?"

하지만 그건 그것이었고, 이건 이것이었다. 자신도 몰랐지만, 서하는 조금 집요했다. 사리의 붉은 입술이 호선을 그리자, 서하는 조금 숨을 들이마셨다. 살짝 웃으니 범상치 않은 요염함마저 살풋 보였다.

"여인의 비밀은 최고의 장신구랍니다."

서하는 자기도 모르게 웃음이 나왔다. 재치가 넘치는 여인이었다. 과연 율이었다. 어째 만나도, 꼭 그 자식 같은 것과 만났다. 과실에 비유한다면, 이 여인은 열두 가지 맛이 나는 과실이었다.

이 궁녀의 지지자가 돼달라 했다.

'어떻게 할까.'

석연치 않은 부분이 있었다. 서하는 싱긋 웃었지만 눈빛은 더없이 예리했다. 눈치 빠른 사리가 그 눈빛을 못 알아차릴 리 없었다.

"전 이틀 전까지 신주에 있었습니다."

그저 운을 떼려고 한 말이었다.

"신주 말입니까?"

"예. 반군의 여지가 보여 어쩔 줄 몰랐는데, 다행히 전령으로 이곳에 오게 되었습니다."

"반란을 피하시다니 다행이십니다."

사리는 흔들리는 마음을 참으며 겨우 대답했다.

"폐하께서 벌써 금군을 보내셨더군요."

"벌써?"

사리는 깜짝 놀라 자기도 모르게 소리 지르고 말았다. 무심코 얘기한 서하는 이런 그녀의 태도에, 어안이 벙벙했다.

"친지라도 계십니까?"

사리는 떨리는 손을 애써 부여잡았다. 여기서 알아차리게 할 수 없었다. 하지만 서하가 그 떨림을 알지 못할 리 없었다.

"그곳에서 이상한 말을 들었습니다."

서하의 눈이 날카로워졌다. 심상치 않았다.

"어떤 이야기 인가요?"

"허름한 주막에서 부자가 하는 대화였습니다. 송씨 가문 마지막 남은 화환족 송사린이 가엽다 울더군요."

"그렇습니까?"

서하는 사리를 보며 생긋 웃었다. 자신이 병사복장이 안 어울린다면, 앞에 있는 이 여인은 궁녀 복장이 어울리지 않았다. 물론 확신은 없었다. 어떻게 보면 그저 지나가는 말로 해본 말이었다.

사리는 서하의 눈을 바라보았다. 신주에 금군이 갔다. 아무리 가주라도, 지금 상황에서 금군이 밀어닥치면 많이 당황할 것이다. 역시 황상께서는 만만한 자가 아니었다. 가주의 속셈이 무엇인지는 모르나, 최대한 시간을 끌려 했을 것이다.

"송사린이 입궁할 때 가주가 말하더군요."

그녀는 담담하게 말했다.

"황제를 유혹해라."

사리는 옛 기억을 꺼냈다. 가주의 저주스러운 예언은 진저리가 났다. 지금 이렇게 돼버린 것을 알면 어떤 표정을 지을까.

"무슨 말을 하시는 겁니까."

서하는 미간을 찌푸렸다. 지금 사리의 말은 꼭……

"연유를 알려 드린 겁니다."

사리는 더없이 달콤하게 웃었다. 하지만 서하는 이번에는 웃을 수 없었다.

"하……"

지금 그녀는 자신이 송사린이라 말하고 있었다. 서하는 기가 막혀 아무 말도 할 수 없었다. 분명히 율은 궁녀라 했다. 사실 그것만 하더라도, 후궁의 제약이 만만치 않았다. 비로 들어오는 여인은 보통 상당한 세력 있는 가문의 여인이었다. 하지만 송사린은…….

"저는 벌써 비이긴 합니다."

비의 첩지를 받긴 받았다. 비록 그 첩지가 형식적이기 그지없고, 지금은 세영궁 구석에서 먼지와 함께 뒹군다 하더라도 말이다.

"믿을 수 없는 말을 하시는군요."

차라리 궁녀인 편이 백배 나았다.

"믿으셔야 합니다."

경솔했을까. 이자에게 너무도 쉽게 말해 버린 것일까.

사리는 고개를 천천히 내저었다. 아니었다. 이제 한계였다. 끝까지 가려면, 그녀는 이자의 도움이 필요했다.

"그리하셔야 합니다."

"연유가 무엇입니까."

서하는 화가 나려 했다. 앞에 있는 이 여인은 화환족이었다. 율의 모후를 죽이고, 베고, 백성을 도탄에 빠트린 화환족이었다. 그런데 지금 뻔뻔스럽게 율의 사랑을 받고 있었다. 일말의 사람의 마음을 가지고 있다면, 이 여자는, 이 여자는!

"원하지 않습니다."

사리는 눈을 감았다. 사실 이제 다 좋았다. 춘란도, 가주도, 화환족도 이제 다 좋았다. 배신도, 상처도 이제 남아 있지 않았다. 사리의 가슴속에는 단 하나밖에 남지 않았다.

그가 상처받길 원하지 않았다.

배신감에 치를 떨 것이다. 자신을 어떻게 하든 상관없지만, 그는 자책할 것이다.

"무슨 말입니까!"

사리는 주먹을 꼭 쥐었다.

"사랑하고 있습니다."

사리는 눈을 떴다. 지금 아니면 안 되는 말을 꼭 해야 했다.

"그가 저 때문에 힘들기를 원치 않습니다."

서하는 이 여자가 하는 말이 무슨 뜻인지 와 닿지 않았다. 사실 이 여인이 살려면 단 한 가지 방법밖에 없었다. 제 아비인 가주와 결탁하여 황권을 추락시키는 것. 하지만 그런 간계를 부릴 인상으로 보이지 않았다. 물론 사람의 인상을 다 믿는 것은 아니었다. 그러나 신주에서 들었던 말과 지금 보이는 저 눈빛이 말해주고 있었다.

원치 않는다 말했다.

그 말이 어떤 무게인지 송사린은 알고 있었다.

"비밀로 해주십시오. 아무것도 바라지 않습니다."

서하는 놀람으로 눈을 크게 떴다. 차라리 울고 있었으면 요망한 술수라 치부할 수 있었다. 하지만 그녀의 눈은 간절함만이 가득했다.

"지금 무슨 말을 하는지 알고 계신 겁니까?"

사리는 고개를 끄덕였다. 아주 잘 알고 있었다. 앞으로 어떻게 될지, 너무나 잘 알고 있었다.

"신주를 떠날 때부터 알고 있었습니다."

그녀는 서하를 보며, 작게 웃었다.

"절 죽일 자를 사랑하게 될 줄은 몰랐지만 말입니다."

아아. 어쩌면.

그래 어쩌면, 모르는 편이 나았을까. 그가 황상이고, 이 나라의 지존이고, 자신을 그토록 증오하는 이라는 것을.

"당신은……."

서하는 지금 환상을 보는 거 같았다. 송사린의 웃음은 아름다웠지만, 마음을 쥐어짜듯 슬퍼 보였다.

"언제 그 병사가 황상이라는 것을 알았습니까?"

사리는 소매에서 련을 꺼냈다. 백색의 짧은 도에 련이라는 글자가 시리도록 빛났다.

"보름 됐습니다."

얼마 되지도 않는 시간이 아주 오래전처럼 느껴졌다. 그를 만나고 시간은 더할 나위 없이 빨리 흐르다, 가끔 이렇게 느릿하게 멈춰 서곤 했다.

"그는 저에게 련이라 했습니다."

서하는 사린의 소도를 보았다. 사리는 소중하게 련을 쓰다듬었다.

"우연일까요. 아주 예전부터 가지고 있던 이 아이와 이름이 같아요."

사리는 련을 서하에게 건네주었다. 서하는 조심스럽게 사리의 소도를 받아들었다.

"셀 수 없는 밤을 련에 의지하여 잠들었습니다. 하지만 이제 그리하지 않아도 되는군요."

사리는 율이 건네준 가락지를 쥐었다. 이제 이것이 있어서 다행이었다.

"제가 죽으면 련을 련에게 주십시오."

지켜야 할 것이 남아 있지 않았다. 사리는 매일 매일 무언가를 지켜왔었다. 신주에 있을 때는 유모와 자신의 몸이었고, 시안에 왔을 때는 춘란이었다. 하지만 이제는 그러지 않아도 되었다.

"황상께……."

"네. 병사님이기도 한 폐하께 말입니다."

그녀가 살포시 웃었다.

"이것이 제 의지이자, 믿음입니다."

모든 것이란 의미였다.

서하는 알 수 있었다. 이 소도가 송사린의 모든 것이었다.

"믿어주십시오. 황상께 어떠한 오점도 남기지 않을 것입니다."

서하는 이마를 짚었다. 너무 예상외라 어지러울 정도였다.

"제가 들어줄 거 같습니까?"

사리는 서하를 보며, 마치 꽃이 피어나는 듯한 웃음을 지었다.

"공자님은, 그의 절친한 친우로 보이십니다. 여인에게 현혹되지 않으시고, 오로지 친우만 생각하시겠죠."

도덕도, 욕심도, 인과율도, 앞에 있는 이 공자는 생각지 않고 있었다. 눈빛에는 오로지 친우에 대한 염려만이 가득했다. 이런 이라면 냉정한 판단을 내리겠지.

"황상께서는 쉽게 잊을 것입니다."

황궁에는 꽃 같은 여인이 즐비했다. 율은 쉽게 잊을 것이다. 자신의 신주에 온 지는 한 달도 지나지 않았다.

사랑에 빠진 것은 잠시였다. 그러니 빠져나오는 것도 한순간일 것이다.

자신은 영원하겠지만, 그는 찰나일 것이다. 그래, 그것이면 족했다. 그리 사라지는 것도 나쁘지 않았다.

"그것으로 된 겁니까!"

서하는 자기도 모르게 외치고, 자신이 놀랐다.

냉정하게 생각해 봐야 했다. 저 여인은 정체도 밝히지 않고 그대로 죽겠다 말하고 있었다. 율이 알아서 받을 상처에 비하면 차라리 나았다. 여인에 대한 상처는 처음에는 깊지만, 곧 잊을 것이다.

잊을 것이다. 그것도 강한 율이라면 쉽게 잊을 것이다.

"네?"

"아닙니다."

가엽다고 생각하면 안 된다. 저 여인은 남자를 홀리는 화환족이었다. 자신이 생각해야 할 사람은 율 하나다.

"비밀을 지켜 드리겠습니다."

서하는 가슴이 따끔거리는 것을 애써 무시했다.

"감사합니다."

사리는 고개를 숙여, 경건한 예를 표했다. 참 다행이었다. 만약 이자가 송사린이라는 것을 황상께 말한다면 큰일이었다.

"그리하실 거 없습니다. 전 그저 친우의 마음을 지키고 싶은 것일 뿐입니다."

"알고 있습니다."

서하는 더는 이 여인을 보고 싶지 않았다. 보면 볼수록 가슴이 아려왔다. 그녀는 서하에게 해가 되는 말은 한마디도 하지 않았다. 그럼에도 불구하고 어떤 험한 말을 들은 것보다, 더 가슴이 아팠다.

"이만 가보겠습니다."

그런 서하의 마음을 아는지 여인은 먼저 자리에서 일어나 걸어갔다. 서하는 차마 볼 수 없어 고개를 돌렸다. 머릿속이 어지러웠다. 저절로 긴 한숨이 뱉어졌다.

'이 일을 어찌하면 좋을까.'

옷자락 소리가 낡은 외채에 가득한데, 그 주인을 바라볼 수 없었다. 참 알 수 없었다. 지금 자신이 가진 감정조차 정의할 수 없었다.

불쌍하고 가련한 것인지, 증오하고 저리하는 게 마땅하다 싶은 것인지.

율을 위하여 이리되는 게 좋은 것인지, 나쁜 것인지.

서하는 낡은 창가에 있는 달만 바라보았다. 자신의 마음은 어둡기 그지없는데, 달은 밝게도 빛나고 있었다.

*

손님이 지나간 자리는 차갑게 식어 있었다. 사리는 빈자리를 쓰게 웃었다.

"추하다 생각할까."

황제의 친우라면 좋은 가문일 것이다. 수도 시안에서 권세 있는 가문은 손에 꼽을 정도였지만, 사리는 그가 누구인지 헤아리지 않았다.

그가 누구든 상관없었다. 자신의 부탁에 동참해 줄 수 있다면 아무것도 바라는 게 없었다.

'정말 요녀라 말해도 할 말이 없네.'

친우의 어머니를 모함해서 죽인 화환족. 난을 일으킬 가주의 딸. 황상을 유혹하라 명을 받고, 그런 교육을 받아온 여자.

경솔했던 걸까.

련의 친우를 보내고 생각은 돌이킬 수 없는 경망한 자신의 말이었다.

사리는 고개를 숙이고 질 낮은 후회를 했다. 이미 화살을 떠나갔건만, 아무 관련 없는 이에게 염치없는 부탁을 한 게 아닌지 걱정되었다.

"들어주겠지."

율을 위해서라면 그리할 것이다.

"사죄를 해야 할 이가 많아."

그녀는 쓰게 웃으며 손가락으로 세어 보았다. 자신을 키워준 유모, 마음 둘 곳을 만들어주었던 스승, 이런 폐궁에 남은 춘란.

아무것도 모르는 련과 이제 모든 것을 아는 그의 친우.

"용서해 달라 말하면, 어떤 표정을 지을까."

몇 안 되지만 너무나 미안한 사람들이었다. 그래서 이제 이런 자신을 잊기를 간절히 소망했다.

처음부터 만나지 않았으면, 그들에게 이런 폐를 끼치지 않았으면 참 좋았을 텐데.

모든 것은 되돌릴 수 없었다. 잡을 수 있는 것은 없었고, 어둠은 다가왔다.

"부디 나를 잊길."

그들의 삶에 평안함이 있기를. 그녀는 작게 속삭이며 간절히 기원했다.

＊

"입동이 다가옵니다."

대여섯 명의 궁녀가 율의 황룡포를 다듬었다.

"연등제를 잊지 않으셨겠죠."

율은 씁쓸한 웃음을 지었다. 어찌 그 번거로운 것을 잊을 수 있을까. 노상궁은 눈을 희번덕거리며 송구스럽기 한량없으나 지극한 협박조로 말했다.

"올해 연등제는 크게 할 거라 하옵니다."

"올겨울은 따듯했으면 좋겠는걸."

노상궁의 협박을, 율은 부드럽게 넘겼다. 하지만 연등제라면 그도 골치 아팠다.

입동이 오면, 하연국은 있는 모든 집은 색색의 연등을 단다. 긴 겨울 무탈을 비는 바람과 다음 해를 준비하는 축복의 의미였다. 참 따스한 국가 행사였으나 문제는 연등제의 마지막이었다.

황제는 비들을 거느리고 제단까지 걸어간다. 백 보 정도의 길이어서 많지는 않지만, 문제는 제일 앞에 있는 황상이 위에 아무것도 입지 말아야 한다는 점이었다.

'늙으면 꽤 추하겠는걸.'

물론 완벽한 나신은 아니다. 목에는 섬세하게 세공된 금목걸이가 주렁주렁 달리고 허리춤에는 온갖 장신구가 달렸다. 작년에는 어땠더라. 율은 그때 느꼈던 추위를 생각하며 몸을 부르르 떨렸다. 하필 눈까지 내린 날이다. 가슴에 걸쳐진 차가운 금줄이 실오라기 하나 걸치지 않은 맨살에 닿을 때에는 연등제고 나발이고 다 때려치우고 싶었다.

"황상께서는 이 나라의 지존이십니다."

율은 노상궁이 다음에 할 말을 알고 있었다.

"그 누구보다 위엄있게 보이도록 하지."

일 년에 한 번 벗는 것이나, 시기가 문제였다. 어렸을 적 연등제에 대해 처음 들었을 때, 참 사람이 할 짓 아니라고 생각했다. 지금이야 젊으니 반나체가 되어도 부끄럽지 않으나, 늙으면 어찌할 것인가. 율은 이 나라 대대로 황상의 몸이 좋았던 것은 이 연등제 탓이 크다 생각했다.

"알고 계시니, 이 늙은이는 황송하기 그지없습니다."

문제는 또 있었다. 황궁 안에 자신이 안은 여인은 몇몇 있으나 비는 단 한 명밖에 없었다. 아직 황후의 자리가 비었으니, 율의 뒤를 따라올 여인은 그녀뿐이었다.

"송사린이군."

얼굴은 한 번도 본 적 없었다. 연등제는 대대적인 행사이니, 그녀가 빠질 수도 없을 것이다. 율은 잠시 생각에 잠겼다. 어찌해야 할지 감이 잡히지 않았다.

"큰일이군."

연등제는 신에게 안정을 비는 날이었다. 그런 날에 제단에서 살생을 할 수는 없지 않은가.

"얼굴만 보면 칼을 휘두를 거 같은데……."

순간, 의관을 다듬던 궁녀들이 사색이 되었다. 율은 방긋 웃으며 손사래를 쳤다.

"그대들이 아니다. 겁먹지 마라."

"황공합니다."

율의 그런 모습을 보고 노상궁은 한숨을 쉬었다. 태어날 때부터 모셔온 왕자님이었다. 율의 마음을 모를 리 없었다.

"뭐, 가리고 있으니 괜찮겠지."

"다시 명을 상기하도록 조처를 하겠습니다."

율은 의장을 다 갖춘 채, 방긋 웃었다. 노상궁은 깊게 고개를 숙이고 조심스럽게 물러났다.

*

"그대를 위한 선물을 가져왔다."

율은 소매에서 귤 두 개를 꺼냈다. 연둣빛이 얼룩덜룩한 귤이었지만, 궁녀는 환하게 웃으며 받아 들었다. 덕분에 안고 있던 몸이 꼼지락되는 게 느껴졌다. 빠져나가는 게 싫어서 율은 궁녀의 가슴에 입술을 대고 후 불어 보았다.

뿌―하는 이상한 소리가 곡간에 가득 울렸다.

"어라, 소녀의 몸 가지고 장난질입니까?"

"다 내 것이다."

마치 어린아이가 귀한 장난감을 품에 안듯, 율은 사리의 몸을 자신의 품안에 두었다. 그들이 움직일 때마다 깔아놓은 볏짚과 망토가 바스락거렸다.

사리는 율의 품속에서, 오밀조밀 귤껍질을 벗겼다. 율은 잠시도 가만있지 않았다. 틈만 나면 허리를 쓰다듬고, 가슴을 쓰다듬었다.

"드세요."

사리는 귤 한 조각을 율의 입에 밀어 넣었다. 하지만 율은 사리의 손가락마저 입안으로 끌고 들어갔다.

"어라."

율은 혀끝으로 사리의 손끝을 맛보았다. 귤즙이 배어 나와서인지 달콤하기 그지없었다. 사리는 웃으면서 손가락을 빼고, 대신 입술을 주었다. 율은 기쁘게 받아먹었다.

두 혀가 얽기고 풀어졌다. 새콤하고, 달콤했다.

"그대가 좋다."

계속 만지고 싶고, 맛보고 싶었다.

"그대가 사랑스럽다."

한번 터진 고백은, 이제 손으로도 막을 수 없었다. 사리는 그런 율을 감싸 안았다. 이리도 사랑하지만, 가슴 안에 있는 것들은 내보일 수 없었다.

'잊으실 것입니다.'

사람의 기억이란, 보고 싶은 것만 보는 법이었다. 그래서 더욱 보이고 싶지 않았다.

"가끔 궁금하다. 그대의 눈에 나는 어떻게 보일까."

아침까지 이대로 안고 있고 싶었다. 정무고 뭐고 하루, 삼 일……. 아니, 한 보름쯤 내팽개치고, 오로지 이 궁녀와 함께 있고 싶었다.

"어찌 보이고 싶으신가요?"

"잘 모르겠다."

사리는 웃으면서, 율의 이마에 입맞춤했다.

"걱정하지 마세요. 죽는 날까지 잊지 못하는 늠름한 모습입니다."

만약 련을 알지 못했다면, 지금쯤 황제를 어떻게 생각하고 있을까. 어찌 보면 바보 같은 짓이었다. 자신을 죽일 자를 사랑한다는 것은, 너무나 이상한 일이었다.

"그대는 무엇을 하고 싶었지? 나는 어렸을 적 친우와 이것저것을 만들기를 좋아했다."

쪽빛으로 물든 어렸을 적 기억이 되살아났다. 율과 서하는 무엇인가를 만들기 좋아했다. 그것이 진흙이었을 때도 있었고, 나뭇조각이었을 때도 있었다. 이 넓은 황궁에서, 만들기 재료들은 넘쳐났다. 두 개구쟁이는 귀한 벗나무를 꺾고, 모후의 난초를 뽑기도 했었다.

"저는……."

어렸을 적, 무엇을 했던가.

배우는 것이 싫지는 않았다. 춤도, 노래도, 시도 재능있다며 가르치는 분들은 말했지만, 별로 미련은 없었다. 그저 가주가 이리하면 자신도 좀 예뻐해 줄까 싶어서 필사적으로 익힌 것뿐이었다.

마음을 달래고자 배우긴 했어도, 하고 싶은 마음은 들지 않았다.

"좋아하는 것이 있었습니다."

사리는 저잣거리를 다니는 것을 좋아했다. 어떤 노리개가 있고, 비녀가 있고, 무엇이 잘 팔리고 남는지, 그런 것을 보는 것을 좋아했다. 물론 스물다섯 번 정도 죽을 뻔했지만, 그 발길을 끊을 수 없었다.

"아십니까? 비단은 모랫길을 타고 온다 들었습니다."

하연국을 지나, 수많은 나라를 건너면 색목인들만 사는 곳에 닿는다 들었다. 그곳은 황금과 비단이 가득하고, 낯선 물건들이 넘친다고 했다.

"살아 있으면 한 번쯤은 그 모랫길에 가보고 싶었습니다."

그곳은 어떤 곳일까. 어떤 사람이 있을까. 무엇을 보게 될까. 그리고 무엇을 느끼게 될까. 어렸을 적 베갯머리에서 두근대는 가슴을 안고 잠들었던 것처럼, 그리도 이곳과 다른 곳일까.

"가면 안 된다."

율은 더욱 힘줘 안았다.

"나를 두고 가면 안 된다."

어찌하여 이리도 자주 느끼는 것일까. 안으면 흩어질 것 같고, 잡으면 날아갈 것 같았다. 궁녀였다. 이 황궁 밖을 나갈 리 없는 이였다. 하지만 그리 느껴지는 것을 막을 수 없었다.

"련은 날 사랑하나요?"

"사랑한다. 사랑하지 않으면, 이렇게 그대를 안고 있을 리 없다."

율은 차근차근 계획을 세워갔다. 제일 좋을 때 비로 맞아 들여, 서하를 후원자로 삼을 것이다. 화려한 침상에서 아무런 고생을 시키지 않을 것이다. 지켜주고, 또 아껴주어서 매일 후궁에서 웃게 할 것이다.

사리는 한숨 대신 미소를 지었다.

"제가 곁에 있는 게 좋으신가요?"

사리는 묻고 싶었다. 긴긴 밤 불안해질 때면 간절히 이렇게 물어보고 싶었다.

한 번쯤은 이 나라를 떠나고 싶었다. 여기저기 바람처럼 쏘다니며, 사람 사는 것을 구경하고 싶었다. 비단을 팔아도 괜찮을 것이다. 그러다 화적패를 만나 크게 다쳐도 좋았다. 그렇게 다니면 얼마나 좋을까. 하지만 언제나 철격자가 막고 있었다.

잡을 이는 없는데 그리 떠나면, 다칠 사람은 너무 많았다. 그리고 이제는 황궁 안에 갇혀 이룰 수 없는 소원이었다.

'괜찮아요.'

이렇게 있어도, 그의 손에 죽어도 괜찮았다. 다행이라는 생각이 들었다. 죽는 것쯤은 마음 가는 대로 할 수 있었다.

"당연한 말을 하는구나."

사리는 그의 체취를 느끼며, 그대로 눈을 감았다. 맞닿은 온기가 애달프기 그지없었다. 이 온기를 죽을 때까지 잊고 싶지 않았다.

이 모는 것이 꿈같았다. 그녀는 율의 손을 꼭 잡았다. 이 사람은 모를 것이다. 이 온기가 얼마나 기적 같은지. 사리는 그와 있는 몇 시간 동안 언제나 애달팠다. 참 이상한 일이었다. 그와 있으면 추웠다. 사리는 추위를 안 타는 체질이었지만 그와 있으면 항상 추웠다.

"추운 것인가."

율은 사리를 더 바짝 끌어당겼다. 사리는 웃으면서 말했다.

"이제 겨울이 다가오니까요."

"그렇군."

온기가 있으니 추워지는 것이다. 아마 그럴 것이다. 세영궁에서 홀로 있을 때 모르는 추위가 이렇게 느껴지는 것은 다 런 때문이었다.

"하지만 봄이 오고 있어요."

사리는 율의 가슴에 파고들었다. 율은 살짝 웃었다. 그래, 이런 모습은 꼭 고양이 같았다.

"그대는 겨울이 온다 그랬다."

"봄도 오고 있지요."

율은 사리의 목덜미에 살짝 입 맞추고 귓가에 속삭였다.

"겨울이 오니, 봄도 온다는 것인가."

"봄이 오니, 겨울이 온다는 거예요."

그때까지 함께할 수 있을까. 그것만 생각하면 가슴이 아려왔다.

"봄이 오면……."

율은 어린아이 안듯, 사리를 무릎 사이에 앉혔다.

"그대와 영원히 함께할 방법을 찾겠다."

지금은 신주 일이 급했다. 조정도 군사들도 그 일로 바쁘기 그지
없었다. 송씨 가문 가주에서부터 식솔까지. 잔당이 완전히 처리되
고 나면, 율은 그녀를 후궁에 들일까 했다.

"봄이 오면, 난 당신과 꿈을 꿀 거예요."

얼마나 좋을까. 자유로운 몸이 되어, 이 온기를 느낄 수 있다면.
하지만 그때는 이미 이 세상 사람이 아닐 것이다. 사리는 고개를
저었다. 귀신이 되어 구천에 떠돌 마음은 없었다. 자신은 그럴 원
도 한도 없었다.

아마 자신은 율의 꿈결 속에서만 살아 있을 것이다.

"내 곁에서 꾸는 꿈인가?"

"글쎄요."

그녀는 고개를 돌렸다. 지금 이 표정을 율에게 보이고 싶지 않았
다. 아마 엄청난 표정을 짓고 있을 것이다.

"내 곁에만 있어라."

이미 놔줄 수 없었다. 석연치 않은 느낌이 들었지만, 율은 이미 사리를 놔줄 수 없었다. 겨우 찾은 여인이었다. 함께 있으면 즐거웠다. 그런 여인을 찾았지만, 보이지 않았다. 적어도 황후가 될 여인 중에는 없었다.

그녀는 겨우 표정을 고치고, 율의 옷자락에 볼을 비벼댔다. 그는 그런 사리를 가슴으로 끌어당겼다.

"봄이 오면 좋은 곳에 데려다 주겠다."

좋은 옷과 고운 장신구를 달게 해주고 싶었다. 그리하고 꽃같이 웃으면, 세상 그 무엇보다 아름다울 것이다. 손끝에 더러운 것 하나 안 묻히게 하고 싶었다. 수많은 나인이 그녀를 위해 있을 것이다.

'모후처럼 되게 하지 않겠다.'

설사 권력의 단 꿀을 맛보고 이 여인이 변한다 해도, 그것이 사실이건 오해건 내치는 바보 같은 짓은 하지 않을 것이다. 자신에게는 이 여인이 필요했다.

"어디인가요?"

"그대의 꿈보다 좋은 곳이다."

율은 미소 지었다. 그녀는 모를 것이다. 자신이 황상이고, 이 나라의 지존임을. 각오하고 있었다. 혼란도 대신들의 반대도 다 받을 것이다. 그는 결심한 것은 꼭 이루는 남자였다. 그것이 복수일 때도 그랬고, 이 궁녀일 때도 그랬다.

"좋겠군요."

사리는 눈을 감았다. 율이 데려갈 곳은 좋을 곳일 것이다. 아름다운 궁일까, 꽃이 활짝 피어 있는 화원일까.

"련이 데려다 줄 곳이면 어디든 좋아요."

어디든 세영궁 같지는 않을 것이다. 낡은 처마와 비 새는 기와가 아니라 모든 것이 정갈한 그런 곳일 것이다.

하지만.

하지만, 그곳에 자신은 갈 수 없었다.

련이 데려다 주는 곳에 자신은 갈 수 없었다. 그 어떤 곳이라도 자신은 허락받지 못할 것이다. 아무리 그가 원해도 자신이 간절해도 갈 수 없었다.

"봄이 오면 좋겠어요."

세상은 따뜻해지고, 꽃은 피어날 것이다. 그 찬란한 아름다움 속에서 한번 보는 것도 나쁘지 않았다. 비록, 그곳에 자신이 없더라도…….

그래도 좋았다. 그리되어도 좋았다. 사리는 련이 준 가락지를 입술에 가져갔다. 이렇게, 증거도 있었다.

"그렇군. 어서 봄이 왔으면 좋겠다."

너무 빨리 오지는 말았으면…….

사리는 아련히 웃으며 율을 감싸 안았다.

＊

서하는 련이라 쓴 소도를 바라보았다. 은빛 옥으로 된 검집은 꽤 오래되어 보였지만 정성스럽게 보관되어 있었다. 검집을 벗겨보자 잘 닦아놓았는지, 그의 눈빛이 그대로 검에 묻어 나왔다.

"셀 수 없는 밤을 련을 믿고 잠들었습니다. 하지만 이제 그리하지 않아도 되는군요."

서하는 미간이 찌푸려졌다. 감당할 수 없는 감정이 가슴 안에 요동쳤다. 끓어오르는 분기를 참을 수 없어, 소도를 탁자에 거칠게 놓아버렸다.

화가 났다. 웃기는 일이지만, 그는 화가 났다. 참 이상한 일이었다. 송사린은 어쩌면 율에게 있어 제일 좋은 길로 가준다 했다. 만약 송사린이 그리하지 않겠다 해도, 율을 위해 그 길로 가라며 목숨을 협박했을 것이다.

하지만, 그것은······.

달빛을 받은 소도는 빛나기만 했다.

그래, 그래서 화가 났다.

'그리 목숨을 버리겠다는 것인가?'

구걸해야 했다. 요망한 잔꾀라도 부려야 했다. 아니, 애초에, 자신이 송사린이라는 것을 밝히지 말아야 했다. 하지만 이미 그녀는 결심이 선 듯했다.

"그렇게 살다 가면, 누가 알아주기라도 해!"

서하는 분기를 참지 못하고, 주먹으로 탁자를 내리쳤다. 어찌나 세게 쳤든지 단단한 나무탁자가 한참이나 흔들렸다.

이러한 번뇌마저도 그녀의 술수라 믿고 싶었다. 하지만 슬프게도 그리 생각할 수 없었다. 절절하게 가슴을 치고 지나갔다.

그녀는······.

그래, 그녀는…….

단지 율의 아픔을 보고 싶지 않을 뿐이었다. 자신의 생각은 모래 알만큼도 안 하고, 오로지 율만 생각하고 있었다. 목숨까지 내버릴 정도로, 그리 생각하고 있었다.

그렇게 내몰아 버렸다.

그렇게 내몰아 버리고 자신은 눈마저 닫을 것이다.

어쩌면 그녀는 계속 그렇게 살아온 게 아닐까.

한 번도 마음 놓은 적 없이, 죽음을 준비하고 있지 않았을까. 두 선택지 사이에서 갈등하며, 계속 생각해 오지 않았을까.

서하는 소도를 바라보았다. 안타깝게도 이 소도와 친우가 그녀에게 알려준 이름이 같았다. 그녀가 이 소도를 버린 의미가 서하의 마음을 어지럽혔다.

기대어 사는 게 달라졌다. 사는 의미가 변했다. 기대어 살 필요도 없어졌다.

끝이라 말하고 있지 않은가.

이 모든 것을 이리도 무력하게 지켜봐야만 하는 걸까.

그녀는 율을 진심으로 사랑한다.

참을 수 없는 분기가 다시 생겨났다. 알고 있었다. 오갈 데 없는 분기였다. 하지만 나오는 감정을 누를 수 없었다.

"바보 같군."

서하는 한숨을 내쉬었다. 그 바보가 도무지 누구인지 알 수 없었다. 모르는 율인지, 저렇게 목숨을 버리는 송사린인지, 또 그것을 보고만 있는 자신인지. 서하는 다시 소도를 바라보았다. 은빛 소도는 흔들리는 달빛에 빛나고 있을 뿐이었다.

*

얼마나 지났을까.

날씨는 점점 추워졌다. 사리는 해 뜨는 하늘을 바라보았다. 온 세상이 붉은빛으로 물들고, 한낮의 제왕은 점점 모습을 드러냈다.

사리는 그 붉은빛을 그저 바라보기만 했다. 단지 하루가 시작되며 해가 떠오르는 것뿐이었다. 하지만 시간이란 이렇게 애달고, 간절했다.

하루의 삶. 자고, 먹고, 입고, 생각한다. 움직이며 느끼고 흔들리기도 한다. 이제 사라진 련이 알려주었다. 이것이 살아 있는 증거였다.

이럴수록 더욱 간절해졌다. 신주의 저잣거리에 있는 사람은 괜찮은지, 노 선생은 잘 피했는지, 그리고.

가주는 어떻게 되었을까.

햇살이 점점 눈이 부셨다. 사리는 자기도 모르게 웃음이 나왔다. 죽을 때가 다 되었는데도 걱정을 그만두지 못했다.

'생각보다 많은 게 남아 있었나 봐.'

아무것도 없다 해도 많은 사람을 만났다. 참 이상한 일이었다. 혼자 살아 있다 여겼지만 꼭 그렇지만도 않았다.

"아가씨?"

춘란은 조심스럽게 사리에게 다가왔다. 사리는 방긋 웃었다. 그토록 투덕거리며 산 날이 아주 오래전인 거 같았다.

"뭐라도 드셔야……."

사리는 자리에서 일어나, 춘란을 스쳐 지나갔다. 춘란은 차마 고개를 들 수도, 그녀를 잡을 수도 없었다. 그저 가슴만 시릴 뿐이었다.

'무슨 생각을 하고 계신 겁니까.'

하고 싶은 말은 많은데, 입 안으로 맴돌 뿐이었다.

'어디를 그리 나가시는 겁니까.'

매일 밤 사리는 어디론가 사라졌다. 춘란은 차마 그만 나가라고 잔소리 한번 하지 못했다.

'치마가 다 되었습니다.'

금빛 자수가 놓여 있는, 예쁜 치마였다. 사리가 입으면 아주 아름다울 것이다. 하지만 그 얘기도 꺼낼 수 없었다.

'고운 피백과 의도, 이제 곧 되는데…….'

주인 없는 옷을 서글프기만 했다. 춘란은 깊은 한숨을 내쉬었다. 그저 그리웠다. 그녀와 웃고, 떠들던 그날이.

제일 슬픈 것은 그녀가 이런 자신을 이해하고 있다는 사실이었다. 아가씨는 항상 그랬다. 쓸모없는 것마저 이해해 버렸다. 그것이 손해인지 아닌지도 생각하지 않았다.

"그럴 필요는 없는데……."

춘란은 눈가를 문지르며, 차마 말을 잇지 못했다.

일곱 번째 문
련의 이름

　　서하는 매서운 눈으로 친애하는 황상을 바라보았지만, 그는 친우
를 바라보지 않았다. 사이가 나빠져서가 아니었다. 지금 율은 처리
해야 할 상소는 작은 산이 되도록 쌓여 있었다. 덕분에 서하는 아
까부터 계속 기다리고 있었다.

　　"하면서 들어."

　　"싫어. 기다려."

　　뭐가 또 저리 골나셨는지. 서하는 짧은 한숨을 내쉬었다. 하긴
화날 만했다.

　　"나, 그 여자 조력자 안 해."

　　이 말이 문제였다.

"명령이면 할 거지?"

"명령이면 하겠지."

"자잘한 놈."

"폐하께서는 마음이 하례와 같이 넓으셔서 지금 이러시는 겁니까?"

"말은 잘하는군. 연유가 뭐야?"

글쎄. 서하는 고개를 숙였다. 그래. 연유가 뭘까.

각오 따위 저 녀석도 되어 있지 않을 것이다. 송사린은 어떻게든 될 운명이었다. 그것이 형을 받아 이슬로 사라지든, 아니면 귀양을 가든 어차피 그녀는 율의 곁에서 떠나야 했다. 아무것도 모르는 율은 어서 조력자를 얻어 첩지를 내리고 싶겠지만…….

알면 어떻게 될까. 그녀가 이미 '비'였다.

"너 련이라며? 어디에 사는 누군가 했다."

너는 알까.

그녀는 작은 소도를 항상 가지고 있다 말했다. 련이라는 한 글자만 새겨져 있는, 옥으로 된 검집이 잘 어울리는 날이 잘 벼린 소도였다.

외롭지 않았을까. 아주 많이 괴롭지 않았을까. 부모에게 버림받은 나보다, 어머니가 돌아가신 너보다 더 힘들지 않았을까.

화환족에 대한 시선은 곱지 않았다. 잔인하고, 또 참혹했다. 그렇게 겨우 의지하고 있던 소도의 '련'을 율은 자신의 이름이라고 댔다.

"짐은 빨리 그녀를 내 옆에 두고 싶다."

"그렇군요."

"왜 도와주지 않는 거지?"

"그러세요."

"너라면 그녀에게 힘이 될 것이다."

"그렇겠죠."

"그녀는 총명하고 아름답다."

"그런 겁니까."

"연유가 뭐지?"

솔직하게 말할 수 없었다. 서하는 율을 보며 싱긋 웃었다. 말할
수 없었다. 죽어도 말할 수 없었다. 어떻게 말하겠는가.

"시기도 정했다."

"언제인데?"

"연등제가 끝나고 화환족을 처리하고 나서, 첩지를 내릴 것이다."

잔인했다. 연등제는 이튿날 후였다. 잔혹할 만큼 짧은 시간이지
않은가.

서하는 눈가가 시큰거리는 것을 애써 참았다. 자신이 생각해야
할 자는 앞에 있는 율뿐이었다. 그녀를 생각하면 안 되었다.

절대 그리하면 안 되는데, 그런데…….

이런 일은 인간으로 할 짓이 아니었다.

"조금 더 늦게 할 수 없어?"

"무슨 말이지?"

"아니. 그 화환족 조금 늦게…… 아니다."

잊을 사라고 그녀는 말했다. 황궁에 여인이 많으니, 곧 잊을 거
라 했다. 하지만 서하는 깨달았다. 쉽지 않을 것이다. 정말 쉽지 않

을 것이다. 이미 서로에게 잊을 수 없는 그런 연이 돼버렸다. 같이 보낼 수 있는 시간이 이렇게 짧다면, 그렇다면…….

그래. 차라리 일찍 가는 것이 율에게 나았다. 오로지 율에게만 나았다.

"고름은 일찍 빼내는 것이 좋다."

"그런 거 같다."

"연등제 때 보는 것만 해도 진절머리가 난다."

"연등제?"

서하는 아차 싶었다. 잊고 있었다. 연등제 때, 황제를 따르는 것은 황후와 비밖에 없었다. 지금 비는 세영궁에 있는 송사린밖에 없었다.

'만나면 안 돼.'

그녀가 송사린이라는 것을 알게 되면, 어떻게 될까.

"얼굴을 보면 베어버릴 거 같다. 이미 그 요녀의 얼굴을 가리게 했지만 말이다."

"언제부터?"

"첫 입궁 때부터 명령을 내렸다. 덕분에 나라의 안정을 비는 연등제 때 피는 보지 않겠군."

서하는 아무 말도 할 수 없었다. 가슴이 파이는 듯했다. 송사린이 안타깝고, 율이 안됐다. 하나는 황상이고, 한 명은 아름다운 여인인데 이것은 너무나 안 된 일이었다. 어째서 이렇게 돼버린 거냐고 하늘을 원망하고 싶었다. 하지만 그리하기에 서하 자신이 깨끗지 못했다.

알고 있었다. 자신은 송사린은 희생시켜, 친우가 상처받지 않게 하고 있었다. 안타까워하는 것조차 허락되지 않았다.

하지만 가슴은 너무 아려왔다. 내색하지 말아야 하는데 너무 아파져 왔다.

"천으로 얼굴을 가리면 되겠지. 제아무리 경국지색 미색을 가지고 있더라도, 보지 않으면 그만이다."

서하는 고개를 숙였다. 친우의 얼굴을 보면, 눈물이 날 거 같았다.

"그래. 그렇구나. 좋은 방법이다."

빌을 받지 않을까. 사신을 낫하는 사람이 없어도, 하늘이 알고 있지 않을까. 천벌받을 것이다. 그래, 차라리 그렇게 되는 게 좋았다. 벌조차 받지 않으면 견딜 수 없을 것이다.

"연등제가 끝나고 바로 그 요녀를 처리할 것이다."

"그래⋯⋯."

"그 뒤에 그녀를 맞고 싶은데, 넌 어찌 그리 고집을 피우는지⋯⋯."

"난 그녀가 싫다."

유일한 진심이었다. 서하는 송사린이 싫었다. 자신의 생명을 버리려는 그녀가, 너무나 아름답고 총명한 송사린이, 화환족 주제에 세상 어떤 이보다 선해서 너무나도 싫었다.

"하지만 봄이 오면 순순히 지지자가 돼주지."

이미 그녀가 없을 테지만. 앞에 있는 친우가 그녀를 찾겠지만⋯⋯.

서하는 차근차근 계획을 세워갔다. 송사린이 없어지면, 율은 그녀를 찾으려 할 것이다. 그때 그녀를 찾는 역할은 자신이 맡고, 철저히 은폐할 것이다.

그녀가 송사린이며, 화환족이라는 것을. 율을 위해 그리 져버렸다는 것도 다.

온몸을 다 받쳐 은폐시킬 것이다. 그것을 위해 평생을 다 써도 좋았다.

"진심이다."

서하는 고개를 돌렸다. 봄은 오지 않을 것이다. 친우의 마음에도, 송사린에게도 영원히 봄은 오지 않을 것이다.

"고맙다."

율은 웃으며 말했다. 서하는 온 힘을 다해 아무렇지도 않은 표정을 지었지만 힘이 너무 부쳤다. 그 간단한 것을 하는데, 가슴이 다 무너져 내렸다.

그는 환하게 웃으며 말했다.

"네가 그녀의 힘이 돼준다니, 천군만마를 얻은 거 같다."

"하나 묻고 싶다."

"물어봐."

"너 그녀의 이름을 아니?"

율은 곰곰이 생각에 잠겼다. 그러고 보면, 궁녀의 이름을 알지 못했다.

"물어보지 않았다."

서하는 자리에서 일어났다. 더는 앉아 있을 수 없었다.

"그래."

마음이 버티질 못했다.

"그럼 됐다."

천천히 문밖으로 걸어갔다. 나갈 때 돌아본 친우는 행복하게 웃고 있었다. 서하는 눈을 감았다. 차마 볼 수 없었다.

*

사리는 율의 머리카락을 매만졌다. 역시 이 사람은 이 나라에서 제일 귀한 이라, 질 좋은 동백향이 났다. 사리도 이 냄새를 알았다. 신주에 있을 때 저런 동백기름으로 머리를 다듬곤 했다.

"무슨 생각을 하는 거지?"

"옛 생각이요."

이미 머리는 다 풀어져 있었다. 율은 웃으면서 사리의 손을 가슴으로 끌어당겼다. 이 궁녀가 자신의 머리를 쓰다듬으면 고양이가 비벼대는 거 같은 나른함이 느껴졌다.

"예전에 이렇게 동생 머리를 만져 준 적 있어요."

남동생 주가 아직 어렸을 때, 사리는 그의 머리를 자주 만져 주었다. 사내애라서 싫어할 법한데도, 주는 자신의 손길을 피하지 않았다. 물론 얼마 안 가 유씨 부인에게 들켜 할 수 없게 되었지만 지금 생각하면 참 편안한 시간이었다.

"그립네요."

남동생 주는 어떻게 되었을까. 그리고 보면 동생의 얼굴도 기억나지 않는다. 어느 순간 볼 수 없게 되어버렸고, 얼굴도 기억나지 않게 되었다. 어찌 자랐을까. 어렸을 때 개구쟁이 모습이 아닌 늠름한 대장부가 되어 있을까.

신주에 두고 온 것이 너무 많았다.

'살아 있을까.'

동생 주와 자신은 가주에게서 벗어나지 못한 바보 같은 영혼이었다. 결국 그의 손바닥에서 놀아났다.

"널 미워했던 자라 들었다. 그런데 보고 싶은가?"

"예."

율은 사리의 손을 잡아끌었다.

"그러면 보게 해주겠다."

그의 말에 사리는 생긋 웃었다. 보게 해주겠다라. 누가 누구를 말인가. 자신의 아비는 이제 반란자로 사지가 찢겨 죽을 것이다. 애초에 보고 싶지도 않았다. 만약 세상에서 제일 잘못된 악연이 있다면 그것은 가주와 자신이었다.

천륜으로 태어났지만 더없는 악연이었다. 가주의 속에서 자신은 아무것도 할 수 없었다. 무엇인가 했다 믿었지만 너무나 소극적이었다.

만약. 만약 조금 더 그에게 벗어났더라면, 죽을 각오 하고 남을 생각지 않고 담장 뒤를 뛰쳐나갔더라면. 변했을까. 변하지 않았을까. 살았을까, 죽었을까.

어떻게 살았을까.

"제 아비는 이미 죽었어요."

이미 마음속에서 죽은 자였다. 가주는 속을 잘 알 수 없는 자였

다. 하지만 반란군의 총수가 되어 죽는 것은 그와 너무나 어울린다
는 생각이 들었다.

"아주 오래전에 죽었어요."

나를 미워했을까. 왜 미워했을까. 그리도 보기 싫어서 이렇게 되
어버린 걸까. 조금이라도 그를 인간답다고 느꼈다면, 뭔가 달라졌
을까.

'생각해 보면 도망가기만 했어.'

어째서 마주 보지 못했을까. 어차피 이리될 관계였다면 한 번쯤
용기 내어 마주 보는 게 좋았다.

"그대는 슬퍼 보인다."

"슬퍼요."

"슬퍼하는 연유가 뭐지? 그대를 괴롭게 한 자다."

사리는 작게 미소 지었다. 그 이유는 간단했다. 지금 자신은 저
끝을 향해 걸어가고 있었다. 보는 게 더 많아졌고, 생각하는 게 더
깊어졌다. 하지만 가주를 미워하지 않는 이유는, 자신도 웃음이 나
올 정도로 바보 같았다.

'당신은 만났어요.'

가주가 아니었으면 련을 만나지 못했다.

그의 말대로 유혹한 것이 돼버렸지만, 끝은 선택할 수 있었다.
사리는 율의 이마에 입 맞추었다. 저 멀리 그가 찬란하게 빛났다.
어두웠던 삶의 그는 너무 눈부셨다. 련을 만나 정말 다행이었다.

고맙다 하면 웃을까. 사리는 꽃같이 웃으면서, 작게 속삭였다.

그러니까,

"괜찮아요."

그는 미간을 찌푸렸다. 또 이랬다. 가슴이 철렁해지고 아려왔다. 도무지 왜 이런 느낌이 드는 걸까. 율은 그녀를 바라보았다. 그저 웃고 있을 뿐인데, 불안감은 도무지 사라지지 않았다.

"불안하다."

아무리 잡고 있어도 두려워했다. 이럴수록 율은 더욱 간절해 졌다. 어째서일까. 세상에서 제일 높은 자리에 앉아 있는데, 어린아이처럼 무력하게만 느껴졌다.

"그대가 옆에 있어도, 나는 불안하다."

이럴 때는 어떻게 해야 할까. 율은 답을 내릴 수 없었다.

사리는 그런 율의 얼굴을 물끄러미 바라보았다. 마음을 잘 감추었다 싶었지만, 그렇지 않은 모양이었다. 사실 율을 만나면 자신을 잘 절제할 수 없었다.

하지만 마지막까지……

그래. 사리는 미소 지었다. 이 모습으로 기억해 주었으면 싶었다. 자신이 율에게 해줄 수 있는 것은 미소뿐이었다.

"련의 수수께끼를 풀었어요."

사리는 그의 귓가에 속삭였다. 율은 그런 그녀를 품안에 가두었다. 두 사람의 온기가, 닿았다 떨어졌다.

"영원히 변하지 않은 것은 하나밖에 없죠. 너무나 슬픈 답이었어요."

사리의 말에, 그는 작게 미소 지었다. 세상에서 변하지 않는 것은 없었다. 가만히 있어도, 움직이지 않는 것은 없었다. 저 큰 산도, 들도, 바다도, 바위도 모든 것이 끊임없이 움직였다.

하지만 유일하게 변하지 않는 것이 있었다.

"죽은 사람."

낡은 곡물 창고 안에 작은 목소리가 울렸다. 정답이었다.

"살아 있는 것은 뭐든지 변하겠죠."

사람은 잘 변하지 않는다 믿었다. 적어도 사리에게는 그랬다. 주위 사람을 언제나 의심해야 했고, 번번이 맞아떨어졌다. 나쁜 것이어서 그랬을까. 그래서 사람은 변하지 않는다 믿었다.

그런데 자신이 변해 버렸다. 율을 만나 달라졌다. 그제야 깨달았다. 사람이란 그렇게 끊임없이 변하는 존재였다. 자신이 변하지 않던 것은 그저 계기가 없었기 때문이다.

변화와 시간.

알고 있었다. 지금이야 이렇게 꿈결 같은 시간을 함께하고 있지만, 눈에 보이지 않으면 그도 변할 것이다.

이제 죽으면 변하지 않는 것은 자신뿐이었다.

"맞는 말이다."

율에게도 변하지 않은 사람은 모후뿐이었다. 죽은 사람만이 달라지지 않았다. 육신은 썩어서 없어졌지만, 기억만은 영원했다. 남은 것은 그저 잊는 것뿐이었다.

세상에 모든 것이 변한다 해도, 변하지 않는 것이 그것밖에 없다 해도……

율은 손을 꽉 쥐었다. 선왕이 모후에 대한 마음이 변질한 것처럼, 변하지 않는 것은 없다. 그렇게 믿어왔고, 그렇게 살아왔다.

하지만……

율은 사리를 바라보았다. 반짝이는 눈동자가 아름다웠다. 무엇을 보고 있을까, 내 작은 궁녀는. 그녀처럼 이렇게 맑은 눈으로 세상을 보고 있었다.

"난 죽은 사람밖에 없다고 믿고 싶지 않다."

살아 있어도 변하지 않는 것도 하나쯤은 있지 않을까. 세상이 끊임없이 변한다 해도, 그렇지 않은 것도 하나쯤은 있지 않을까.

"그대를 만나고 그렇게 생각했다."

사람이 어떤 존재이든, 선하다고 믿는 것처럼.

숱한 지나침 속에서 의미를 찾는 것처럼, 율도 그렇게 믿고 싶었다.

사리는 율의 입술을 매만졌다. 그는 지금 너무나 애달픈 말을 하고 있었다. 참 이상한 일이었다. 슬픈 것인지 기쁜 것인지 잘 알 수 없었다.

"그대가 나에게 가르쳐 준 것이다."

사리는 눈을 감았다. 참 다행이라는 생각이 들었다. 자신이 련에게 알려준 것은 배신과 분노가 아니었다. 기뻤다. 고요한 물에 떠 있는 꽃잎처럼 곱게 가라앉을 수 있었다.

물에 젖은 꽃잎은 슬픈 걸까, 기쁜 걸까. 다시 땅으로 돌아갈 수 없어서 슬플까.

꽃가지에서 지고만 몸, 꽃이었던 때 애타게 찾던 물속으로 들어가 기쁠까.

"사랑해요."

사리는 웃으면서 눈을 떴다. 두 가지의 감정이 부딪치고 사라져

갔다. 오로지 이 하나만 진실이었다.

사랑했다. 너무나 사랑하고 있었다.

*

가주의 상처는 다시 피가 배어들고 있었지만 그는 미동도 하지 않았다. 신체의 아픔쯤이야, 앞으로 다가올 기쁨에 비해 아무것도 아니었다. 옆에 있던 군사가, 스며 나오는 피 때문에 허둥지둥 소독한 천을 찾았다.

가주는 그 모습을 물끄러미 바라보았다.

"아는가."

상처에 술이 좋을 리 없었다. 하지만 가주는 천천히 술잔을 기울였다.

"화귀비를 이용해 이 나라를 차지하려던 자는 내 아비였다."

화환족에서 제일 아름다운 여인을 교육해 황제에게 보내 버렸다. 아비는 그리도 욕심이 많은 자였건만, 요녀 화귀비는 그런 자를 사랑했다.

"그러나 하연국은 완전히 기울지 않았다."

권력이라고는 모래알만큼도 없던 황자가 어디선가 튀어나와 화귀비를 베었다. 아버지인 황제를 베고, 기울어진 나라를 필사적으로 일으켜 세웠다.

"바보 같다고 생각했지."

그런 하찮은 것에 목숨을 버린 화귀비도.

그런 하찮은 것에 사랑하는 여인을 이용한 그 늙은이도.

그리고 그때 여물지 못했던 자신의 마음도.

"진실을 아는 자는 없겠지."

세상에서 제일가는 요녀지만 아직도 사랑하고 있었다. 눈을 감으면 선했다. 아름답고 아름답던 그녀의 모습. 그녀의 목소리, 그녀의 버릇과 그녀의 미소.

'화귀비를 위해 이곳까지 달려왔다.'

반란이라. 우스운 일이었다. 자신이 반란이라니. 지나가는 개가 웃을 일이었다. 아니, 반란뿐이 아닌가. 화환족인 여자를 억지로 취해서 아이를 만들지 않았던가.

태어난 아이는 제 어미처럼 예뻤다. 점점 진해지는 미색을 보며 얼마나 웃었는지 몰랐다. 아이는 재주도 많고 선량하기 그지없었다. 마치 시안으로 가기 전 화귀비처럼 말이다.

"황제를 유혹해라."

그 늙은이와 똑같은 짓을 화귀비를 위해 벌였다.

"원수를 갚아야지."

나라고, 반란이고 다 관심 없었다. 가주가 원하는 것은 현 황제의 목숨이었다.

그녀를 앗아간 황제의 목.

"주군, 수상한 자를 가둬두고 왔습니다."

"누구냐."

"신주에서 급하게 말을 타고 왔습니다. 올 때부터 수상해서 사람을 붙여놨었습니다. 아무래도 간자인 듯싶습니다."

"죽이진 말아라."

"존명."

때가 다가오고 있었다. 어차피 그 뒤에 일은 알 바 아니었다. 수천의 나날을 오로지 그날을 위해 달려왔다.

화귀비 덕분에 탐욕을 얻은 자들을 모았다. 그들은 자신의 반란에 성공하면, 쥐게 될 부귀영화에 정신을 못 차렸다.

"저, 주 도련님이 안 계십니다."

"내버려 두어라."

"하지만 도련님은……."

"약한 놈이었다. 새삼스레 겁이 난 거겠지."

어찌 되든 다 좋았다. 가주는 빈 술잔을 보며 비릿한 웃음을 흘렸다. 제 어미가 그리도 떼어놓았건만, 누이에게 극진했던 놈이었다. 그래. 그렇게 도망가는 것도 괜찮겠지. 주 녀석은 똑똑하지만 바보 같은 놈이니까.

가주는 하늘을 바라보았다. 점점 달이 기울고 있었다. 밤하늘의 달도, 자신의 병력도 잘도 기울고 있었다.

준비해 놓은 것이 있었다. 이대로 쓰러져도 황상을 죽일 수 있었다.

그날의 달은 아주 밝겠지. 그렇게 생각하니 참을 수 없이 유쾌해졌다.

"기쁜 날이다. 술잔을 기울여야지."

즐거워 견딜 수 없었다. 온몸이 기쁘다 말하고 있지 않은가.

가주는 빈 술잔을 내던지며 말했다.

"연등제를 기대하시오, 황상."

복수는 복수를 낳는다. 화귀비를 그가 죽였으므로, 이리 복수하는 것이 당연하지 않은가.

가주는 낄낄 웃다가 중심을 잃었다. 옆에 서 있던 심복들이 서둘러 부축했지만, 쇳소리와 같은 웃음소리만이 천막 안에 감돌뿐이었다.

*

사리는 늦은 밤 세영궁으로 돌아왔다. 날씨는 점점 추워졌다. 가을이 지나가고 겨울이 오고 있었다.

그녀는 입김을 호 불어왔다. 나오기도 애달게 금방 사라져 버렸다. 손을 모으고 다시 한 번 불어보니, 따듯하고 축축한 김이 서렸다.

기억하지 못하는 셀 수도 없는 밤을 지나면, 난 당신을 만날 수 있을까.

사리는 천천히 걸어갔다.

슬퍼할 것도 애달파 할 것도 없었다.

달빛 사이로 낡은 돌담이 보였다. 이 헤진 세영궁과도 곧 작별이었다. 그렇게 생각하니, 왠지 이 궁이 너무 아득해 보였다.

직접 빨래를 한 것도, 무엇인가를 심은 것도 처음이었다.

사리가 짧은 추억을 더듬고 있을 때 누군가의 발걸음 소리가 들렸다. 그녀는 고개를 돌렸다. 멀리서 춘란이 등불을 들고 달려오고 있었다.

"아가씨!"

급히 달려오느라 신발 한 짝이 벗겨져 있었다. 사리는 무슨 일일까 싶었다. 춘란은 허겁지겁 달려와, 가쁜 숨을 토해내었다.

"소, 손님이……."

얼마나 빨리 달려왔는지 말하는 것은 둘째 치고 숨쉬기도 힘들어 보였다. 그녀는 살짝 고개를 끄덕이고, 안채로 걸어갔다. 손님이라. 참 이상한 일이었다. 자신을 찾아올 이는 하연국 내에 전무했다.

안채의 문을 여니, 낡은 탁자에 서하가 앉아 있었다.

"율과 만나고 오신 겁니까."

사리는 천천히 예를 취했다. 남자의 말이 맞았지만 자신은 율이라는 사람은 몰랐다.

"저는 련을 만나고 왔습니다."

서하는 눈을 가늘게 떴다.

"야심한 밤에 어떤 일이십니까."

서하는 춘란이 끓여준 차를 한 모금 마시고는 깜짝 놀라 버렸다. 차가 아니라 숭늉이었다. 급히 표정을 거뒀지만 눈치 빠른 사리가 그 일을 모를 리 없었다.

"죄송합니다. 찻잎이 끊긴 지 오래되어서……."

서하는 주위를 둘러보았다. 낡은 궁과 허름한 탁자와 곳곳이 벗겨진 벽. 차마 후궁인 비가 사는 곳이라 말할 수 없었다.

"약간 놀란 것뿐입니다."

생활이 힘들었을 법한데도, 송사린은 아무렇지 않아 보였다. 서하는 자기도 모르게 가슴을 움켜쥐었다. 역시 그녀를 보면 가슴이 갈기갈기 찢기는 거 같았다.

"연등제 때 율이 당신을 헤하겠다고 합니다. 아무렇지 않습니까?"

묻고 싶었다. 모르는 율을 볼 때마다, 그녀를 생각할 때마다 서하는 대답을 듣고 싶어 견딜 수 없었다.

"얼마 남지 않은 걸 알고 있습니다. 그때까지 버티면 되겠지요."

사리는 생긋 웃으며 말했다. 서하는 또 눈을 가늘게 떴다.

사실일까, 거짓일까. 아니면 둘 다인 걸까.

"당신은 어떤 사람입니까."

어떤 사람이기에, 이런 식으로 행동하는 것입니까.

그녀는 서하의 물음이 의외라는 듯 눈을 동그랗게 떴다. 그답지 않았다. 예리한 눈을 가진 자가 아니었던가.

희미하게 입가에 머물렀던 미소가 지워졌다.

"글쎄요. 소첩이 어떤 사람으로 보입니까."

살아 있는 사람이 서하의 물음에 대답할 수 있을까. 사리도 잘 몰랐다. 자신이 어떤 사람인지. 착한 것인지 나쁜 것인지. 바보 같은 것인지 똑똑한 것인지.

"강해 보이십니다."

"소첩은 강하지 않습니다."

사리는 쓰러질 때마다 땅을 짚고 일어났다. 도저히 견딜 수 없었을 때도 자리에서 일어났다. 하지만 그렇다고 강해질 수 없었다. 수도 없이 엎어지고, 번번이 절망했다. 그때 깨달았다. 사람이란 자신을 위해 강해질 수는 없었다.

"그저 사랑하는 것뿐입니다."

서하는 찻잔을 놓았다.

"전 그렇게 생각하고 있지 않습니다."

송사린은 슬퍼 보였다. 사랑이란 저런 것일까. 그것이 무엇이기에, 사람을 저리 슬프게 만드는 걸까.

"당신은 강하지만, 잔인한 사람입니다."

"……."

"당신이 죽었다는 사실을 율이 알게 되면, 견딜 수 있을 거 같습니까? 그렇게 여자 하나 죽는다 해서, 이 모든 일이 다 해결될 것으로 보이십니까?"

사리는 서하의 말을 가로막았다.

"저는 도망치지 않습니다."

"무슨 말입니까?"

"저는 더는 도망칠 수 없습니다."

아주 오래전부터 생각했었다. 송사린으로써 얻지 못한 것을 송사리로써 얻을 리 없다. 송사린도, 송사리도 자신이었다. 더는 한쪽을 내칠 수 없었다.

겨우 찾은 자리였다. 그의 곁, 그의 삶. 그의 모든 것을 사랑했다. 사리는 더는 누군가를 그리워하며 살고 싶지 않았기에, 그래서 정체를 들키고 싶지 않았다.

도무지 자신이 없었다. 자신 때문에 아파할 그를 차마 볼 수 없었다. 너무 외로워서 더는 무리였다.

"아십니까. 죽는 것보다 더 힘든 것이 있습니다."

사리는 소매를 꽉 쥐었다. 온몸이 떨려왔다.

"살아 있는 것입니다. 소첩의 세상은 항상 그랬습니다."

서하는 그저 송사린을 바라보았다. 어떤 말도, 행동도 할 수 없었다. 그녀는 그저 소매만 꽉 쥐고 있을 뿐이건만 세상 그 어느 것보다 힘들어 보였다.

"죄송합니다."

가슴속을 옥죄는 것을 서하는 말로 토해내었다. 이것이 과연 사죄가 될까. 비루하기 짝이 없었다. 서하는 눈을 감았다. 너무나 부끄러웠다.

"차라리 당신이 요망한 화환족이었다면 좋았습니다."

그러면 이렇게 가슴 아픈 것을 보지 않아도 되지 않을까. 서하의 한탄에 사리는 고개를 숙였다.

"가끔 저도 그렇게 생각합니다."

서하는 자리에서 일어났다. 그녀는 아무 미동도 없었다. 차가운 가을바람이 낡은 벽을 타고 내려와 간간이 그녀의 검은 머리카락이 흔들렸다.

"안녕히 계십시오."

가슴이 너무나 무거웠다. 서하는 고개를 숙이고, 문가로 걸어갔다.

서하는 내세를 믿지 않았다. 다음 생은 어차피 다른 사람이었다. 하지만 오늘만큼은 다음 세상이란 것도 있으면 좋겠다는 생각이 들었다.

"다음 세상이 있다면 그런 아픈 선택 다시는 하지 마십시오."

희미한 등불이 바람결에 흔들렸다. 사리는 서하의 말에 쓸쓸히 미소 지었다.

"그리하겠습니다."

사람이 사람을 이해할 수 없겠지. 그렇겠지. 그 사람이 그 사람
이고, 자신이 자신인 이상 이해란 것은 불가능했다. 하지만 서하는
사리의 말을 알 것 같았다.

더는 견딜 수 없는 것이다.

서하는 다시 한 번 초라한 안채를 바라보았다. 이곳이 어떤 곳인
지, 잘 알고 있었다. 예전에 화귀비가 살던 곳이었다. 그래서 황제
가 있는 궁이랑 가까웠다. 율이 어떤 마음으로 그녀를 이런 곳에
보냈는지 아주 잘 알고 있었다.

자신도 화환족을 미워하고 싫어했다. 하지만 이럴 때일수록 신주
에서의 목소리가 귓가를 울렸다.

"고단할 게다. 살고 싶은 마음 그대로, 죽고 싶겠지."

그것이 어떤 것인지, 서하는 몰랐다.

*

서하가 간 후, 사리는 가만히 자리에 앉아 있었다.

"뭐야, 나……."

머리가 아파졌다. 수많은 생각이 엉켜왔다. 그녀는 미간에 손을
얹었다. 도무지 알 수 없었다.

'무슨 생각일까……'

"무슨 생각이에요!"

갑자기 멱살이 확 땅겨졌다. 왜 생각한 말을 그대로 듣게 된 걸까? 사리는 깜짝 놀라 눈만 깜박였다.

"지금 제가 들은 말이 사실이에요? 뭐라고요? 죽는다고요?"

춘란은 어쩔 줄 모르는 얼굴을 하고 있었다. 사리는 그런 춘란을 보며 생긋 미소 지었다.

"그렇게 되었나 봐."

순간 춘란은 솟구쳐 오르는 화를 참을 수 없어서 자기도 모르게 손이 올라갔다.

찰싹-

한쪽 뺨이 얼얼했다. 그녀는 춘란에게 맞은 뺨을 매만졌다. 화끈거리고, 아팠다.

"왜 그러세요."

춘란의 눈물이 바닥에 떨어졌다. 도저히 참을 수 없었다. 참으려 해도, 마음이 따라주지 않았다. 억지로 울음을 참으려 했지만, 끅끅되는 소리 밖에 낼 수 없었다.

"왜 그러세요. 그러지 마세요. 제발 그러지 마세요. 도망가세요. 어차피 죽는 거라면 도망가다 잡히는 편이 나아요."

춘란은 무릎을 꿇었다. 그리고 두 손을 모아 간절히 빌었다.

"제발 도망가세요. 제가 빌게요. 제발 도망가세요."

사리는 눈을 감았다. 알고 있었다. 신주에서 같이 온 춘란이 슬퍼하고 있었다. 문득 아까 들었던 서하의 말이 생각났다.

"당신은 강하지만 잔인한 사람입니다."

사리는 눈을 뜨고 자리에서 일어났다. 그리고는 천천히 춘란에게 다가갔다. 춘란은 아예 엎드린 채 빌고 있었다. 사리는 그런 그녀를 껴안아 버렸다.

"미안해. 해줄 수 있는 게 없어."

"제발, 제발 도망가세요."

"너를 살게 해주고 싶은데, 아무 힘도 없어."

춘란의 흐느낌은 멈추지 않았다. 사리는 부드럽게 웃었다.

"이미 결심했어."

살아 있는 것도 죽는 것도, 더는 도망칠 수 없었다.

"미안해."

정이 들면 안 되는 거였는데, 너무 외로워서 괴롭히고 말았다. 사리는 그런 춘란의 온기를 느끼며 볼을 비벼댔다. 따듯해서 온몸이 녹을 거 같았다. 그녀는 작게 웃었다. 그래도 다행이었다.

"고마워."

항상 잠들었던 유모의 품과 닮아 있었다. 사리는 그 온기를 느끼며 눈을 감았다.

*

날이 밝았다. 사리는 해가 뜨는 하늘을 가만히 바라보았다. 붉은

빛이 세상을 감싸면 또 다른 하루가 시작되었다.

오늘은 어떤 날을 보낼까.

사리는 자리에서 일어났다. 할 일이 많은 날이었다. 고기들에게 인사도 해야 했고, 봄이면 싹 틔울 정원을 돌봐야 했다. 사리는 나갈 채비를 하고, 다시 한 번 하늘을 바라보았다. 눈 깜짝 사이에 벌써 아침이 되어 있었다.

금빛의 눈부신 해는 벌써 저 멀리 있었다. 사리는 웃으며 고개를 돌렸다.

＊

낡은 곡식창고. 희미한 등불. 걸을 때마다 버석거리는 볏짚 단.

사리가 련을 만나 함께 있던 곳이었다. 그녀는 희미한 등불 아래서, 율을 보며 살며시 미소 지었다.

"오늘 그대는 즐거워 보이는군."

"바보 같은 짓을 좀 했어요."

오늘 무슨 일을 했던가. 사리는 까칠해진 손가락을 쓸어 보였다. 겨울에 심어서 날 리 없는 씨앗들을 죄다 정원에 뿌리고 물을 주었다. 이제 썩 훌륭해진 마구간에 있는 탄고기, 다진 고기, 비계, 저민 고기들에게 그토록 먹고 싶어했던 상추를 듬뿍 주었다. 이곳저곳을 돌아다니고, 만지고, 보았다.

"그대답지 않다."

율은 사리의 손을 잡아채었다. 곱던 궁녀의 손이 조금 까칠해져 있었다.

"일이 바뀌어서 여기저기 부딪쳤어요. 죄송하다는 말과 잘 부탁한다는 말을 온종일 달고 살았네요."

거칠어진 손이 가슴 아팠다. 율은 궁녀의 손을 꼭 잡으며 다짐했다. 후궁에 들이게 되면, 이런 고생 따위 모르게 할 것이다. 자신의 비가 누군가에게 고개 숙일 일은 그리 많지 않았다.

"련."

사리는 련의 이름을 불러보았다. 율은 사리를 바라보았다.

"련."

다시 한 번 불러보았다. 그가 자신에게 알려준 이름이었다.

"련."

사리는 살짝 그의 이마에 입맞춤했다. 마치 새의 깃털 같은 입맞춤이었다.

"그거 아나요?"

그녀는 율을 보며 작게 웃었다.

"제가 바라는 것은 한 가지밖에 없어요."

사리는 자신의 손을 잡은 그의 손을 바라보았다.

"당신의 행복이에요."

부디 자신을 잊기를. 짧은 입맞춤의 달콤함처럼 순식간에 녹아 없어지기를. 잊지 말아달라 하고 싶지만, 그것은 너무 가슴 아픈 말이었다. 춘란에게 했던 실수를 다시 할 수 없었다.

"행복해야 해요."

자신이 해줄 수 있는 말은 그것밖에 없었다.

"그대는 오늘 이상하다."

궁녀의 말이 가슴속에 하나하나 박혀서 아릿하게 슬퍼졌다. 율은 서둘러 그 감정을 지웠다. 내일은 연등제였다. 연등제가 끝나면, 그녀를 후궁으로 부를 것이다. 내일 밤 이곳에 나인들을 잔뜩 데리고 와, 첩지를 내리겠지. 그녀는 매우 놀라겠지만, 순순히 황제인 자신을 받아들일 것이다. 이제 같이 있을 것이다. 그녀와 함께 겨울을 보고, 또 봄을 볼 것이다.

"그런가요?"

그녀는 꽃처럼 웃었다.

"련을 사랑해서 그래요."

언젠가 '그런 때가 있었지' 라고 생각하게 되어도, 먼 훗날 진실을 알게 될 때가 오더라도.

이것 하나만은 기억해 주길 간절히 바랐다.

"사랑해요."

사리는 시큰거리는 가슴에 주먹을 꼭 쥐었다. 참아야 했다. 끝까지 참아야 했다. 지금이 마지막이지 않는가. 거짓 웃음 따위는 질리도록 해보았다.

"사랑해요."

잊어주세요. 잊지 말아주세요. 믿어주세요. 믿지 말아주세요. 기억해 주세요. 기억하지 말아주세요. 가슴은 미어지는데, 말장난처럼 쉬이 나오지 않았다. 사리 자신도 혼란스러웠다. 어느새 꼭 쥔 주먹에서 피가 배어 나왔다.

"이만 가볼게요."

더는 참을 수 없어서 사리는 고개를 숙이고 일어났다. 필사적으로 다시 감정을 눌러놓았지만, 쉬이 마음을 다잡을 수 없었다.

율이 약간 이상함을 느꼈을 때, 그녀는 아무렇지도 않게 고개를 들었다.

"내일 다시 만나요."

그때는 궁녀가 아닌 송사린이겠지만, 당신도 련이 아닌 황상이겠지만.

사리는 천천히 발걸음을 옮겼다. 율은 그런 사리를 서둘러 불러 세웠다.

"그대의 이름이 뭐지?"

"......"

"난 그대의 이름을 알지 못했다. 이름이 뭐지?"

사리는 율의 눈을 바라보았다. 자신이 사랑하는 사람이었다. 그녀는 간절한 마음을 내리눌렀다. 그래. 이 사람만 행복하면 되었다.

"내일 알려 드릴게요."

참을 수 있었다. 할 수 있었다. 율은 순순히 고개를 끄덕였다. 사리는 희미하게 웃으며, 다시 발걸음을 돌렸다.

한 발자국, 한 발자국.

걸어갈 때마다 그와 멀어졌다. 멀어지는 거리처럼 이제 그를 다시 볼 수 없었다. 그녀는 떨리는 손으로 문을 열고, 밖으로 나왔다. 차가운 늦가을의 바람도 그녀의 마음을 식혀줄 수 없었다.

사리는 서둘러 달려갔다. 이제 더는 행동을 막을 수 없을 거 같았다. 그렇게 정해진 길을 따라 나오자 율을 처음 만났던 연못이 보였다.

그녀는 하늘을 바라보았다. 달빛은 그때와 같이 밝게 빛나고 있었다.

천천히 연못으로 다가갔다.

통.

물방울이 연못에 부딪혀 사라졌다. 터진 눈물은 쉼없이 떨어졌다. 사리는 흔들리는 연못을 바라보았다. 달은 저곳에도 또 하나 있었다.

"당신을 만나 다행입니다."

그를 만나 기뻤다.

"이제 외롭지 않아요."

그를 만나 행복했다. 그러니 이제 되었다. 자신은 그 기쁨과 행복함을 안고, 내일을 기다리면 되었다. 하지만 눈물은 멈추지 않았다.

그녀는 달빛을 가려보았다. 하지만 또다시 손가락 사이로 그 눈부신 금빛이 새어 나왔다. 세상에서 제일 아름다운 빛. 그녀는 달을 가리던 손을 가슴으로 가져갔다.

"사랑합니다."

사리의 속삭임이 밤하늘에 맴돌았다 사라졌다. 눈물도, 슬픔도 멈출 거 같지 않았다.

여덟 번째 문
연등제

눈부시게 흰 치마에 금빛 수가 아롱져 있었다. 춘란이 만든 의와 피백이 하나하나 사리의 몸에 걸쳐졌다. 춘란은 사리를 도우면서도, 아직도 이 순간이 믿기질 않았다.

섬세한 그녀의 몸에, 자신의 작품들이 둘러졌다. 머리가 틀어 올려지고, 붉은빛 화관이 얹혀졌다. 춘란은 떨리는 손으로 분과 연지를 발랐다. 사리는 가만히 눈을 감고 있었다. 정적인 그녀의 모습이, 가슴속을 파고들었다.

마지막으로 이마에 화전을 찍었을 때, 춘란은 고개를 돌렸다. 울음을 참아야 했다. 이제 정말 마지막이었다. 사리는 마지막 남은 시종의 울음 참는 소리를 들으며, 눈을 떴다.

"내 침낭 아래를 뒤져보면, 꽤 많은 돈이 담긴 주머니가 있을 거야."

사리는 살짝 웃으면서 자리에서 일어났다.

"난 필요없으니 춘란이 가져."

얇은 천 사이로 옷자락이 흩어졌다. 눈부신 그녀의 피부가 그대로 드러났다.

"그런 거 필요없어요."

"춘란."

사리는 얇은 사를 들어 올렸다. 부드러운 하얀 천이 하늘처럼 높고, 해처럼 눈부셨다.

"춘란은 하고 싶은 걸 하고 살아. 아무런 후회도 남기지 않고, 아이도 낳고, 맛있는 것도 먹으면서, 그렇게 살아."

얇은 사는 맞춘 듯이 사리의 얼굴을 가려주었다. 사리는 천천히 발걸음을 옮겼다. 춘란은 입을 틀어막고, 그녀의 뒷모습을 바라보았다.

사락사락.

천 끌리는 소리가 너무나 애달팠다. 그녀의 뒷모습은 너무나 아름다웠다. 점점 흐릿해졌다. 춘란은 필사적으로 눈물을 훔쳐냈다. 오늘이 아니면 다시는 볼 수 없는 그녀였다. 하지만 그 흐릿함은 없어지지 않았다. 오히려 눈을 뜰 수 없을 정도였다.

＊

연등제는 나라의 안정을 비는 제사이자, 겨울을 준비하는 축제였다. 이때만큼은 모든 집에 색색의 연등이 걸렸다. 시안의 검은 하늘에 아련한 등불들이 겨울바람에 흔들렸다. 긴 겨울 무탈을 비는 바람과 다음 해를 준비하는 축복은 여러 가지 색깔의 사탕처럼 달콤해 보였다.

사리는 그 모습을 꿈결처럼 바라보았다. 지금 그녀가 있는 곳은 시안이 한눈에 내려다보이는 제단이었다. 이곳에서 황실의 제사가 열렸다.

"폐하, 해가 졌습니다."

"시작하도록."

눈앞에 그가 있었다. 사리는 작게 미소 지었다. 그의 탄탄한 나신이 그대로 드러나 있었다. 금줄과 섬세한 세공의 허리띠가 련과 너무나 잘 어울렸다.

'당신이 황룡포 입은 모습을 보고 싶었습니다.'

사리는 그의 가슴을 알고 있었다. 단단한 팔도, 그의 온기도 자신의 모든 것에 새겨져 있었다.

'귀한 선물이라고 생각하겠습니다.'

당신이 있었기에 지금 자신은 버틸 수 있었다. 나쁘지 않았다. 이런 그의 모습을 마지막으로 볼 수 있는 것은, 너무나 달콤한 축복이었다.

사리는 율의 등 뒤에 섰다. 붉은 비단이 제단까지 이어져 있었다. 해마다 연등제 때, 황상의 뒤를 따르는 것. 그것이 하연국의 비였다.

율은 미간을 찌푸렸다. 지금 자신의 등 뒤에 서 있는 것은, 요망한 화환족이었다. 처음 송사린이 나타났을 때, 시종들의 수군거림이 귓가를 간질였다. 얇은 사로 얼굴이 가려져 있지만, 그녀의 모습을 본 자들의 생각은 한결같았다.

－얼굴을 보고 싶다.

가녀린 자태와 걸음걸이는 그녀가 송사린이라는 것도 잊을 판이었다. 율은 마음에 들지 않았다. 그조차도 처음 본 순간, 그런 욕망이 들었기 때문이었다.

'확실히 요망한 화환족은 다른가 보군.'

남자를 홀리는 재주를 타고난 민족이었다. 율은 고개를 돌렸다. 저렇게 꾸미고 나온 것도 뻔하기 그지없었다. 자신을 홀리려는 마지막 발악. 비웃음을 지울 수 없었다. 어차피 오늘 이후로 더는 마주칠 리 없는 여자였다.

율은 천천히 나아갔다. 찬바람이 붉은 제단 길에 맴돌았다 사라졌다. 송사린도 발걸음에 맞추어 걸어갔다. 등 뒤에 그녀가 있다고 생각하니 불쾌하기 짝이 없었다. 죽여도 시원치 않지만 제단에서 칼을 들 수는 없는 일이었다. 어쩔 수 없이 율은 오늘 밤 만나게 될 자신의 궁녀를 생각했다. 그녀의 미소와 자신을 위해주는 손길이 지금 이 순간 너무나 그리웠다. 궁녀의 목소리는 자신의 이런 마음을 잘 달래줄 것이다.

송사린 때문일까.

고요한 재단 위로 심상치 않은 공기가 느껴졌다. 율은 미간을 찌푸리고, 주위를 둘러보았다. 따끔따끔한 살기가 새어 들어왔다. 제단까지의 길은 황제와 비만 갈 수 있었다. 무엇인가 이상했다. 율은 서둘러 군사를 부르려 했다.

바로, 그때였다.

갑자기 요란한 북소리가 들리더니, 붉은 화살이 쏟아져 내려왔다. 저 멀리서 군사들이 율을 지키려 달려왔지만, 먼 제단까지 닿지 않았다. 그는 황급히 뛰어갔다. 하지만 사람의 다리보다, 화살이 더 빨랐다.

시간은 천천히 흘러갔다. 화살은 매정하게 다가왔다. 율은 눈을 감았다. 죽음이란 이런 것이던가. 주마등은 등 뒤를 스쳐 지나갔다.

상냥했던 모후.

단 하나인 친우.

그리고 자신의 궁녀.

맑은 목소리와 총명한 눈동자. 듣고 있으면 기분이 좋아졌던 그녀의 이야기

순간 율은 눈을 떴다. 이대로 죽을 수는 없었다. 궁녀를 위해서라도 살아야 했다. 아직 그녀를 행복하게 해주지 못했다. 이대로 죽을 수 없었다.

하지만 눈앞이 까매져 버렸다. 그는 천천히 무너졌다. 찰나의 시간은 마치 영원 같았다.

"폐하!"

"황제 폐하!"

등이 바닥에 닿았다. 율은 눈만 깜박였다. 여기저기서 고함이 들렸다. 천천히 몸을 움직였다. 무엇인가 부드러운 것이 뺨에 닿아 있었다.

'어?'

그것이 머리카락이란 것을 안 것은 율이 반쯤은 일어섰을 때였다. 이상한 일이었다. 그렇게 화살이 날아왔는데 몸에 아픈 곳이 하나도 없었다. 하지만 그때 무엇인가 툭 바닥에 떨어졌다.

율은 멍하니 바닥을 보았다. 하얀 옷을 입은 여인은 온통 피범벅이었다. 뺨에 닿았던 머리카락은 그녀의 것이었다. 지금 무엇이 어떻게 되었는지 알 수 없었다. 손바닥에는 피가 가득했다.

얇은 사가 피에 젖은 채 뒤집혀 있었다. 그제야 그녀가 누군지 알 수 있었다.

송사린.

요망한 화환족.

그녀의 마른 등에 화살 네댓 개가 박혀 있었다.

왜?

왜 그녀가 저렇게 있는 거지?

눈부신 하얀 옷은 이미 붉게 물들어 있었다. 율은 천천히 그녀의 손목을 잡았다. 아직 맥박은 뛰고 있었다.

왜?

자신을 살려주었다.

왜?

자신은 그녀를 죽일 예정이었다.

왜?

얇은 사가 피로 범벅이 되어 있었다. 그랬다. 얼굴도 모르는 여자였다. 그녀의 몸은 너무 쉽게 딸려왔다. 그 정도로 가녀렸다. 무엇인가 이상했다. 그때 율은 그녀의 손가락을 보았다. 어딘가 익숙한 가락지가 눈에 띄었다.

눈을 의심했다. 수수한 옥가락지. 하지만 무엇인지는 잘 알고 있었다.

모후의 가락지였다. 그 순간 율의 손은 떨리기 시작했다. 범접할 수 없는 불안감이 마음속을 내달렸다. 그럴 리가 없었다. 그럴 리가 없는데, 왜!

그는 황급히 그녀의 사를 걷었다.

"폐하!"

"폐하, 무사하십니까!"

여기저기서 율을 불러대었다. 하지만 그는 아무 말도 할 수 없었다.

"왜?"

아름다운 얼굴이었다. 과연 화환족이었다. 하지만 알고 있었다. 그는 이 얼굴을 알고 있었다.

저 눈매. 저 입술.

어제까지 안고, 사랑했던 저 어깨.

왜 여기에 있는 걸까. 왜 피를 흘리며 있는 걸까.

"송, 송사린?"

자신을 구했다. 자신을 위해서, 오로지 자신을 위해서.

그때 그녀의 입술이 작게 달싹거렸다.

ー미안해요.

무엇이!? 무엇이 미안하냐는 거지?

그대는 지금 무슨 말을 하는 걸까. 왜 여기에서 피를 흘리면서 미안하다 말하는 거지?

군사들이 다가왔다. 율은 서둘러 쓰러진 그녀를 들어 올렸다. 피 냄새가 코끝에 맴돌았다. 궁녀의 피였다. 자신의 궁녀의 피였다.

사리는 천천히 손을 들어 올렸다. 그리고는 율의 뺨을 쓸었다. 눈을 뜨고 싶었다. 하지만 온몸에 힘이 들어가지 않았다.

'당신의 눈……'

그는 서둘러 사리의 손을 잡았다. 천천히 손끝부터 차가워지고 있었다.

'무사했구나.'

화살이 날아오는 것을 보았을 때, 사리는 한 가지 생각밖에 들지 않았다. 그는 무사해야 했다.

'다행이야.'

그는 괜찮았다. 마음이 놓였다. 다행이었다. 너무나 다행이었다.

그로 말미암아 자신의 삶이 찬란하게 빛났다. 그래서 너무나 좋았다. 아무것도 해줄 것이 없어 가슴 아프기만 했었다. 다행이었다. 그를 구할 수 있었다.

하지만 너무나 미안했다. 자신이 송사린인 것도, 가주의 반란도,. 그리고…….

끝까지 숨기지 못한 자신이.

마지막으로 그의 얼굴을 보고 싶은데 눈이 떠지지 않았다. 온몸이 심연 속으로 가라앉는 듯했다. 율의 목소리가 들렸지만, 말이 나오지 않았다.

'나의 련.'

부디 행복하길.

율은 사리를 바라보았다. 그녀의 팔이 힘을 잃었다.

"살려내라."

아무 생각도 할 수 없었다. 오로지 머릿속에는 그녀의 피 냄새만
가득했다.

"살려내!"

군사들은 순간 멈칫했다. 그의 외침은 상처 입은 야수의 표호와
같았다.

잃을 수 없었다. 심장이 터질 거 같았다. 손을 적시는 피 냄새가
아직도 믿기지 않았다. 하지만 그녀였다. 이것은 그녀의 피였다. 자
신의 궁녀. 자신의 여인.

"살려내!"

서둘러 군사들이 다가와, 상처 입은 송사린을 받아 들었다. 매서
운 겨울바람 속 율의 뼈아픈 절규가 곳곳으로 퍼져 나갔다.

군사 하나가 이 아수랑 속에서 불 피우지 못한 재단을 바라보았
다. 연등은 하염없이 흔들렸다. 그 흔들림은 마치 불빛을 향해 가
다 타버리는 나방 같았다.

＊

연등제를 습격한 반란군의 본거지는 쉽게 찾아졌다. 급습을 한
반란군수는 몇 명 되지 않았다. 이미 신주에서 토막 난 병력이었
고, 병사를 많이 숨기기에 황궁의 치안은 녹록치 않았다. 하지만

급습은 급습이었다. 잘못했으면 황상이 시해될 수도 있었다.

영민하신 황제는 서둘러 군사를 보내 황궁 밖에서 신호를 기다리는 잔당을 처리하였다. 하연국은 안팎으로 시끄러웠지만, 반란군의 목이 저잣거리에 하나둘씩 걸리면서 곧 수그러졌다. 어차피 환난이 많은 나라였다. 이 정도쯤은 이미 익숙해진 그들이었다.

하연국은 평소와 다름없었다. 적어도 겉모습만은 그런 듯했다.

정사를 마친 대신들이 빠져나가자, 나인들이 줄지어 달려왔다. 눈치 빠른 자들은 내심 알고 있었다. 나인들의 표정에는 희미한 불안감이 서려 있었다. 비단 그뿐만이 아니었다. 율은 요즘 눈에 띄게 이상해졌다. 물론, 정무와 국가의 대사는 전과 다름없이 훌륭히 처리했지만, 수려한 얼굴이 점점 야위어가는 것을 숨길 수 없었다.

발 없는 말은 천 리를 갔다. 다들 쉬쉬하면서도 조심스럽게 이유를 점쳐 보았다. 그들이 입을 모아 얘기하는 말에는 꼭 한 가지가 끼어 있었다.

연등제.

화환족.

화환족 요녀가 황상을 살렸다는 것은 공공연한 비밀이었다. 더불어 그리 쓰러져 있는 자태가 보는 이들의 마음을 녹일 정도로 요염하고 가녀려, 현 황상도 함락되는 것이 아니냐며 수군거렸다.

황상을 믿는다는 무리와 믿지 못하겠다는 무리, 두 무리가 만나기만 하면 열띤 입싸움이 벌어졌다. 하지만 아직까지 누구 하나 대놓고 말하지 못했다.

소문의 화환족은 지금 궁의 한곳에 잠들어 있었다. 매일같이 어의가 들락거렸지만 정신을 차릴지는 두고 봐야 했다.

*

궁녀 하나가 들였던 식기를 그대로 들고 나가고 있었다. 문밖에 서 있던 노상궁은 작은 한숨을 쉬었다. 별로 음식을 가리시지 않던 분이시건만, 요즘 통제대로 드시지 않았다.

"저, 마마님. 마마님께서 무슨 말이라도……."

노상궁은 고개를 저었다. 지금 황상께서는 아무 말도 듣고 계시지 않았다. 그때부터 계속 나인을 물리시고, 정사가 끝나고서는 불도 켜지 않은 채 홀로 앉아 계셨다. 가끔 요란한 소리가 들려 허겁지겁 들어가면, 안은 엉망이 되어 있었다.

그 비싸다는 화병도, 귀한 탁자도 깨지고 흠집이 나 있었다.

"처음이구나."

금비께서 모함으로 돌아가셨을 때도 이러지 않았다. 이렇게 화나 있는 황상은 처음이었다. 노상궁은 땅이 꺼지라 한숨을 내쉬었다. 그동안 모셔온 황상이 이렇게 낯설었다.

아무것도 하지 않을 수는 없었다. 방법이 없더라도, 일단 말이라도 섞어봐야 했다. 노상궁이 결심하고 고개를 들었을 때, 나인들이 물러서고 있었다. 귀한 이가 오고 있었다.

"오랜만입니다."

서하는 노상궁을 보녀 싱긋 웃었다. 노상궁은 구원자를 만난 느낌이었다. 그랬다. 서하가 있었다! 어렸을 때부터 황상과 죽마고우인 말썽쟁이 도련님! 두 사람의 친분은 신분이 달라져도 변하지 않았다.

노상궁은 서하의 손을 덥석 잡았다.

"부탁합니다. 황상께서 심상치 않으십니다."

서하는 짧게 웃었다. 문 뒤에는 율이 있었다. 그래, 그가 있었다.

"노상궁께서 무슨 말을 하는지 잘 알고 있습니다."

들리는 소문은 참혹했지만, 전후의 모든 일을 아는 자는 자신밖에 없었다. 서하는 다시 쓰게 웃었다.

"잘될지는 모르겠지만······."

어떤 심정일까.

최악의 형태로 알아버렸다. 아는 것이 나은 걸까, 모르는 것이 나은 걸까. 서하는 목덜미를 한번 쓸었다.

"목숨을 걸어보지요."

서하도 알 수 없었다. 지금 자신의 유일한 친우는 어떤 기분일까. 그에 대한 염려와 자신이 저지른 일에 대한 죄책감이 무겁게 가라앉았다.

'역시 사람이 할 짓이 아니었어.'

쓴맛이 혀끝에 맴돌았다. 하지만 마음 한편으로는 왠지 다행이라는 생각이 들었다.

그녀가 살아 있어서 다행이야.

율이 그녀를 죽이지 않아서 다행이야.

황상이 어떤 벌을 내리든, 달게 받을 각오는 이미 예전부터 하고 있었다. 서하는 천천히 문을 열었다. 불도 없는 어둠 속에서 율은 오도카니 앉아 있었다.

서하는 천천히 다가갔다. 인기척에 그가 고개를 들었다. 누구인지는 아주 잘 알고 있었다.

그는 서하를 바라보았다. 서하는 율의 눈을 보고 미간을 찌푸렸다. 상처 입은 야수의 눈이었다.

둘은 그렇게 한참 동안 서로 바라보았다. 먼저 말문을 연 것은 율이었다.

"그렇군."

그의 눈이, 어둠 속에서 시리게 빛났다.

"넌 알고 있었군."

율은 자리에서 일어났다. 서하는 아무 말도 하지 않았다. 오랜 버릇이어서 알고 있었다. 서하는 정곡을 찔렸을 때 아무 말도 하지 않았다.

그럴 거라 생각했었다.

하지만 확인하게 되니, 화가 치솟았다. 율은 검을 빼어 서하에게 달려갔다. 서하는 쓰게 웃으면서 그 모습을 바라보았다.

쿵—

벽에 검이 박히는 소리가 텅 빈 전각에 생생히 울려 퍼졌다. 서하의 뺨에 한줄기 선혈이 흘러내렸다.

"죽여 버리고 싶군."

두 남자는 눈이 얽혔다 풀어졌다. 서하는 생긋 웃었다.

"널 죽여 버리고 싶어."

서하는 눈을 감았다. 우려했던 일이 일어났다.

"하지만 진정 죽이고 싶은 것은……."

서하는 눈을 떴다. 차마 그의 입에서 그 소리를 듣고 싶지 않았다. 그녀가 그토록 두려워했던 일이었다. 그녀는 율을 위해 모든 것을 버렸다. 알고 있었다. 화환족에 대한 율의 분노는 깊고 뜨거웠다. 하지만…….

하지만 그녀는 그저 그렇게 태어났을 뿐이다.

"그녀."

가슴이 찢어지는 거 같았다.

"그리고 나."

율은 검을 던져 버렸다. 칼날이 잘 벼려진 검은 맥없이 호화스러운 바닥에 굴러떨어졌다.

"세상 그 누구보다 내 자신을 죽이고 싶다."

"제가 왜 좋으시죠?"

그녀는 물었다.

"그대의 모든 것이 다 좋다."

그렇게 대답했다.

거짓말은 아니었다. 율은 그녀의 모든 것이 좋았다. 하지만 한 번도 그녀가 짊어진 짐에 대해 생각해 본 적 없었다.

그러나 그녀는 알고 있었다. 자신의 황제라는 것도, 그날 이후

죽을 수 있다는 것도.

어리석음에 치가 떨렸다. 왜 말하지 않았느냐고 다그칠 수도 없었다.

"이 피가 다 증오로 검게 물들 정도로 증오하고 있다."

만약 말했더라면,

그랬더라면 자신은 어떻게 했을까.

율은 서서히 자리에서 무너졌다. 서하는 부축하려고 손을 내밀었지만, 그는 손길을 쳐냈다.

"나를 죽이고 싶다."

그녀의 피 냄새가 아직도 생생했다. 자신을 위해, 송사린은 온몸으로 화살을 막았다.

서하는 긴 한숨을 내쉬며, 율을 바라보았다.

"신주를 떠날 때부터 알고 있었습니다. 절 죽일 자를 사랑하게 될 줄은 몰랐지만 말입니다."

역시 그녀 하나의 희생으로 끝날 일이 아니었다. 율이 상처받기를 원하지 않아 함구했지만, 그것은 옳은 선택이 아니었다.

"그녀를 사랑하십니까."

그는 아무 말도 하지 않았다. 서하는 계속 말을 이어갔다.

"그러시다면 그 감정을 미루어놓으세요."

서하는 알고 있었다. 지금 중요한 것은 그것이 아니었다.

"자책은 나중에 하셔도 충분합니다. 그러니……."

율의 손을 꽉 잡았다.

"제일 중요한 것을 놓치지 마십시오."

강한 여자. 바보 같은 여자. 자신을 잘 모르고, 남을 너무 잘 아는 여자. 돌아보지 않고 끝끝내 목숨까지도 내버릴 수 있는 바보 같은 여인.

지금 상황은 처음이랑 달랐다. 송사린은 화환족이기도 했지만, 반란군 수장의 딸이었다. 비록 황제를 구했지만, 그것마저 계략이라며 매장당할 것이다.

송사린은 지금 사경을 헤매고 있었다.

서하는 고개를 저었다. 지금 이 상황도, 앞으로의 일도 감이 잡히지 않았다. 하지만 중요한 것은 자책이 아니었다. 그리 확신했다.

"서하야."

"예, 폐하."

"두려워. 그녀가 죽을 거 같아."

율은 벽에 기댄 채 주르륵 미끄러졌다. 엎어진 책상과 늘어선 서책 속에서 하연국의 황제는 울 듯이 웃었다.

"짐은 무엇을 보고 있었나. 왜 그녀는 아무 말도 하지 못했지?"

"황상께 누를 끼칠까 염려되었을 겁니다."

"우습다. 밝힐 수 없었을 게야. 짐이 죽으려고 했는데, 곡기를 끊게 하고 사지로 내밀었는데 내 궁녀는 무슨 말을 할 수 있을까."

"폐하."

"제일 중요한 거라, 좋다. 그것이 이루어질 수 있다면 말이야. 이제 상소는 산을 이룰 테고, 태후는 난리를 피우겠지. 하연국의 온 백성이 북쪽으로 무릎 꿇고 짐을 말릴 것이다. 이런 상황 속에서 내 궁녀와의 미래가 있겠는가."

바람결에 등불이 한번 흔들렸다. 율은 헛웃음을 지으며 머리를 감쌌다.

"그녀가 죽으면 짐도 따라갈까? 그리하면 함께할 수 있나?"

"폐하!"

"내 궁녀는 그래서 말을 못한 거겠지?"

왜 그대는 삶에 욕심낼 수 없었나.

눈물에 젖은 용포 위에 어스름한 그림자가 물들었다. 위에서 내려다보는 친우는 아무 말 못한 채 고개만 숙이고 있었다.

"같이 봄을 기다리자 했는데……."

영원히 지킬 수 없는 약속이어서 그대는 그리 웃었을까.

"네가 밉다."

"어떤 벌을 내리셔도 달게 받겠습니다."

서하가 무릎을 꿇었다. 화귀비가 만든 폐허 속에서 유일하게 남은 친우는, 명이라면 금방이라도 자진할 기세였다.

그는 쓰게 웃었다.

"짐도 밉다."

눈을 뜨면 쓰러진 그녀가 보였다. 숨을 쉬면 아릿한 피 냄새가 몰려왔다. 돌이킬 수 없고, 도망갈 수도 없었다.

"방법이 없어."

죽어가는 그녀를 보며 이리도 무력하게 아무것도 할 수 없었다.

*

춘란은 사리의 이마를 면포로 문질렀다. 파리한 안색에 가슴이 찢어지는 거 같았다. 그녀는 이런 모습조차 꿈결처럼 아름다웠다.

아직도 지금 이 순간이 믿기지 않았다.

"다행히 중요한 부위는 비켜갔습니다."

그녀는 피투성이였다. 춘란은 사색이 된 채로 그녀의 등에서 화살을 뽑는 걸 바라봐야 했다.

"중상도 중상이지만, 화살에 독이 묻어 있기에……."

어의는 고개를 저었다.

"경과는 두고 봐야 하겠지만……."

가여워서, 안타까워서 울음도 나오지 않았다. 의원은 참담한 눈으로 말했다.

"살아 있는 것이 기적입니다."

춘란은 다시 사리의 땀을 닦아주었다.

'이렇게 가시면 안 됩니다.'

그것은 너무 가슴 아픈 일이었다. 춘란은 더는 그 모습을 볼 자
신이 없었다. 긴 한숨이 목을 바싹 타게 하였다. 하지만 한숨밖에
춘란이 할 수 있는 일이 없었다.

✱

검은빛이 한없이 일렁였다. 사리는 지금 자신이 깨어 있는 것인
지 잠들어 있는 것인지 통 알 수 없었다. 사리는 손을 내밀어보았
다. 검은빛이 순식간에 붉게 물들어 버렸다.

'피 냄새가 나.'

누구의 피일까. 왜 이렇게 심한 피 냄새가 나는 걸까.

일렁이는 빛들이 점점 형체를 잡아갔다. 사리는 손을 내밀어보았
다. 자그마한 손이 눈에 쏙 들어왔다. 손가락 하나하나를 움직여
보자, 작은 손가락이 오밀조밀 움직였다.

'어라. 나 자라지 않았었나?'

사리는 뱅그르르 돌아보았다. 허리까지 오는 긴 머리카락이 바람
에 살랑거렸다. 열댓 살은 되었을까. 아주 작은 몸이었다. 사리는
주위를 둘러보았다. 아무것도 보이지 않았다.

사리는 뛰어보았다. 작은 몸은 통통통 뛰어갔다. 치마 사이로 예
쁜 꽃신이 보이고, 초록빛 언덕이 보였다. 사리는 고개를 들었다.

어느덧 나무들이 빼곡히 차이었다.

'예쁜 곳이다.'

사리는 손을 내밀어보았다. 그때였다. 갑자기 손안에 꽃잎들이 소복이 쌓여갔다.

"어?"

작은 탄성이 여리기만 했다. 사리는 위를 보았다. 꽃잎들이 하늘을 가릴 만큼 하늘하늘 떨어지고 있었다.

"꽃이다!"

사리는 꽃잎을 쓸어보았다. 작고 보드라웠다. 좋은 향기가, 코끝에 맴돌았다.

"좋아?"

갑자기 낯선 목소리가 들렸다. 사리는 주위를 돌아보았다.

"여기야."

그 목소리는 바로 등 뒤에서 들렸다. 사리는 깜짝 놀라, 엉덩방아를 찧었다. 덕분에 손에 쥐고 있던 꽃잎들이 바닥에 흩어져 버렸다.

"넌 누구야?"

사리는 앞에 있는 아이를 알지 못했다. 아이는 다 해져가는 옷을 입고, 상처투성이 몸을 하고 있었다.

"여기가 좋아?"

아이는 사리의 물음에 대답하지 않았다.

"응."

어린 사리는 냉큼 고개를 끄덕였다.

"정말 좋아?"

상처투성이 아이는 왠지 화난 듯했다. 목소리도 음산하기 짝이 없었다. 어린 사리는 자기도 모르게 뒷걸음질쳤다.

"넌 잔인해!"

아이는 그런 사리를 보며 소리쳤다. 그녀는 도망치려 했지만 다리가 움직이지 않았다.

"또 도망치는 거야? 그래, 넌 항상 그런 식이야."

아이는 사리의 멱살을 잡았다.

"도망치다, 도망치다 여기까지 왔으면서 또 도망치는 거야?"

"사리는 네가 무서워!"

"그래, 무서워서 도망쳤겠지!"

아이가 소리쳤다. 그 순간 갑자기 아름다운 꽃들이 사라져 버렸다. 사리는 주위를 둘러보았다. 그 아름답던 것들이 다 없어져 버렸다.

"넌 그냥 무서워서 도망가 버렸던 거야. 화환족! 황상! 그리고 너 자신!"

눈앞이 빨갛게 물들었다. 진득한 촉감이 전신에 뿌려졌다. 눈앞에 흘러내리는 것은 검붉은 피였다. 사리는 비명을 질렀다. 하지만 아이는 그럴수록 그녀를 더 흔들어대었다.

*

서하가 사라지자 다시 익숙한 어둠이 몰려왔다. 율은 자리에 앉아 가만히 생각에 잠겼다.

사랑하고 있었다.

그녀는 너무 아름답고 선량하며 지혜로웠다. 아니, 그런 것은 다 필요없었다. 자신은 그녀의 생각이 좋았다.

하지만 지금은 알 수 없었다.

그녀는 어떤 사람이었지?

율은 주먹을 꼭 쥐었다. 혼란스러웠다. 화환족. 죽여도 시원치 않은 그 화환족. 나라를 도탄에 빠지게 하고, 어미를 죽이고……

어미를 죽였지.

화환족이었어. 거기에 반란군의 딸이지.

그래. 그녀는 어떤 사람이지?

잘 웃는 사람이었다. 그리고 항상 금방이라도 떠날 거 같았다. 보지 않은 거 같아도, 보고 있었다. 항상 주먹을 꼭 쥐고……

율은 자신의 손을 바라보았다. 언제나 그녀는 이렇게 주먹을 꼭 쥐고 있었다.

"참았던 거로군."

자신이 황상인 것도 어느 순간 알고 있었을 것이다.

"참았었어."

괴로웠을까. 자신이 괴로운 것처럼, 그녀도 괴로웠을까.

얼마나 괴로웠을까. 자신과 비교할 수 없을 정도로 괴로웠던 걸까.

사랑하고 있었다. 정말 사랑하고 있었다.

율은 자리에서 일어났다. 그녀가 너무 보고 싶었다. 이유는 필요

없었다. 사랑하고 있어서, 그래서 너무 보고 싶었다.

그때 율의 발치에, 무엇인가가 걸렸다. 며칠 전에 올라온 상소였다. 희미한 어둠 속에서 몇 글자가 눈에 띄었다.

'아뢰옵기 황송하오나', '반란군의 딸', '속히 결정을'

율은 자기도 상소를 발로 걷어찼다.

"제기랄!"

아무것도 바뀌는 것이 없었다. 율은 다시 주먹을 꽉 쥐었다. 얼마나 세게 쥐었는지, 피가 배어 나왔다.

✳

무서웠다. 너무 무서워서 눈을 감았다. 하지만 아이는 사라지지 않았다. 옥죄어오는 손과 숨소리가 사리를 어둠 속으로 밀어 넣었다.

"더는 도망칠 수 없어."

도망치지 않았다.

"아니야! 넌 도망간 거야!"

그의 곁, 그의 삶. 그의 모든 것을 사랑해서 더는 누군가를 그리워하며 살고 싶지 않았다. 자신 때문에 아파할 그를 차마 볼 수 없었다.

"어쩌란 말이야!"

사리는 아이를 밀치고 소리 질렀다. 어느덧 삭은 몸은 사라지고, 자란 몸이 피바다 속에 있었다.

"화환족. 화환족. 화환족. 이제 진절머리가 나. 웃으면서 받아들이는 것도, 속이면서 버티는 것도 이제 무리야!"

고단했다. 쉬고 싶었다. 이대로 끝이 난다면, 아무도 상처 주지 않을 수 있다면, 그저 흘러가도록 내버려 두고 싶었다.

"어떻게 견디란 말이야. 그에게 미움받고 싶지 않아."

피 냄새가 진동했다. 아이가 쓰러진 채로 말했다.

"이 피가 누구의 피인 줄 알아?"

사리는 고개를 저었다. 몰랐다. 알 리 없었다.

"너 자신의 피야."

갑자기 피들이 뚝뚝 떨어졌다. 사리의 이마 위에도, 손바닥 위에도…… 여기저기서 흘러내렸다.

"그리고 너 때문에 상처 입은 사람들의 피야."

그녀는 고개를 들었다. 무슨 말인지 알 수 없었다. 자신은 아무도 상처 입히지 않았다. 그러고 싶지 않아서 이 길을 선택했다.

아이는 고개를 저었다.

"네가 그렇게 가버리면, 남아 있는 사람들은 아무렇지 않을 거 같아?"

아이는 더는 상처투성이가 아니었다. 몸은 깨끗해지고, 옷은 말끔해졌다. 하지만 대신 사리의 몸이 피에 물들어갔다.

"넌 잔인해. 그렇게 가버리면 그는 괜찮을 거 같아?"

피인지 눈물인지 모를 것들이 바닥으로 떨어졌다.

"넌 모르겠지만……."

아이는 배시시 웃었다.

"넌 이미 네가 가지고 싶은 것을 다 가졌어."

사리는 고개를 들었다. 아이는 다정하게 말했다.

"널 생각해 주는 사람. 널 사랑해 주는 사람. 그리고 네가 사랑하는 사람."

아이는 천천히 사리에게 다가왔다.

"후회하지 않아?"

춘란과의 투닥거림. 고기들과의 입싸움. 그와의 시간. 꿈결 같은 순간들이 가슴속에 맴돌았다.

알고 있었다. 알고 있음에도 믿지 않았다. 춘란이 자신을 꽤 좋아한다는 것도, 율이 자신을 사랑하는 것도……

또 그의 친우가 자신을 안타깝게 바라보고 있다는 것도.

"말, 말했어야 했어."

인정해야 했다. 상처받은 것은 자신뿐만이 아니었다.

"그가 화내더라도, 내치더라도 말했어야 했어."

'난 화환족 송사린입니다. 저를 증오하시나요?'

그를 믿지 않은 것은 자신이었다. 자신이 그를 지키고 싶어 한 만큼, 그도 자신을 지키고 싶어 했다.

자신이 없었다. 확신이 없었다. 사람의 감정 따위 믿어본 적 없었다. 그래서 잊을 거라 생각했다. 시간에 변하는 것이 감정이라 해도, 그래도……

"믿었어야 했어."

견뎌내야 했었다. 그것이 희망이었다. 설사 그리 가더라도 그래도 말했어야 했다.

사리는 주저앉았다. 아이는 그런 사리를 살며시 안아주었다.

"아픔에 지지 마. 더는 도망치지 마."

사리는 이 아이가 누군지 알 것 같았다. 사리는 아프게 웃었다. 아직도 두려웠다. 하지만 아이의 품속은 따듯했다. 사리는 눈을 감았다.

그래.

바랐던 것은 다 가지고 있었다. 가슴속에 이미 다 담겨 있었다. 보지 않으려 했고, 지나치려 했다. 하지만 그것이 다가 아니었다.

지금이라면. 그래, 지금이라면.

사리는 천천히 눈을 떴다. 저 멀리서 희미한 빛이 보였다.

*

율이 사리가 있는 내전으로 온 것은 늦은 밤이었다. 꾸벅꾸벅 졸고 있던 춘란은, 갑자기 들리는 인기척에 비몽사몽으로 고개를 들었다.

처음에는 누구인지 몰랐다. 하지만 황금빛 옷이 말해주었다. 황궁 내전에 들어올 수 있는 남자는 단 한 사람뿐이었다. 춘란은 그 남자를 빤히 바라보았다. 풍채가 당당하고 수려한 사람이었다. 약간 수척해 보이는 것도 그린 듯이 잘 어울렸다.

춘란은 예도 차리지 않았다. 목이 날아가도 별수없었지만 그리하고 싶지 않았다. 왠지 알 것 같았다. 자신의 아가씨가 이렇게 된 연유는 저 남자에게 있을 것이다.

"아직 깨어나지 않으셨습니다."

춘란은 떨리는 목소리로 말했다. 율은 천천히 침상으로 다가갔다. 자신의 궁녀는 아무 미동도 없이 그렇게 그 자리에 있었다.

움직이지 않았다.

그는 궁녀의 팔을 바라보았다. 자신을 감쌌던 팔이었다.

율은 사리의 얼굴을 바라보았다. 자신을 보고 웃던 얼굴이었다.

"살 수는 없겠느냐……."

그는 손가락으로 살짝 그녀의 얼굴을 쓸어보았다. 춘란은 눈을 가늘게 떴다. 세상에서 가장 깨지기 쉬운 것을 만지는 것처럼, 황제는 그렇게 사리를 매만지고 있었다.

"이리 가버리면 안 된다."

그럴 수는 없는 걸까. 그녀는 대답하지 않았다. 그렇게 인형처럼 누워 있는 사리는 아무런 말도 하지 않았다.

"살아 있는 것이 기적이라고 합니다. 그냥 화살도 아닌, 독화살이었는데 용케 살아 있다고 하더군요."

텅 빈 내전에 춘란의 목소리만 울렸다.

"하지만 전 알고 있습니다. 이것은 기적이 아닙니다. 그저……."

사리는 독을 넣으려는 자신에게 말했다.

"다섯 번째야."

"독에 익숙할 뿐이죠."

춘란은 황제와 아가씨를 번갈아 바라보았다. 어찌 된 영문인지는 몰랐다. 하지만 세영궁에서 생생하게 느껴졌던 두려운 분기가 지금 이 남자에게는 없었다.

"독에 익숙하다?"

독뿐이 아니었을 것이다. 알고 있었다. 그래서…….

'아가씨는 이리 가시면 안 됩니다.'

살아 있어 줬으면 싶었다. 어찌 보면 참 웃기는 일이었다. 암살하려 했던 주제가 아닌가. 하지만 이 마음은 진심이었다.

율은 사리의 손을 잡았다. 미약한 온기가 그녀의 손끝에 남아 있었다.

그때였다. 사리의 손가락이 살짝 움직였다. 우연일지도 모르는 그 작은 미동에 율은 자기도 모르게 소리 질렀다.

"정신이 드느냐!"

춘란은 깜짝 놀라 침상으로 달려왔다. 사리의 눈이 힘겹게 들여올라갔다.

"아가씨! 정신이 드세요? 아가씨!"

율은 그녀의 손을 더욱 꼭 잡았다. 시야는 점점 밝아졌다.

"아가씨! 아가씨!"

익숙한 목소리였다. 천천히 초점이 맞춰지면서, 희미했던 형상이 드러났다. 왠지 우습기 그지없었다. 사리는 작게 웃었다. 이렇게 익숙한 목소리가 들리는 거 보니, 확실히…….

'저승은 아닌 모양이야.'

"아가씨!"

우는 춘란의 얼굴이 보였다. 뜨겁고 축축한 것이 후드득 떨어졌다.

"오…… 랜…… 만이야."

"지금 오랜만이라는 소리가 나와욧!"

사리는 살짝 고개를 움직였다. 그러자 몽롱했던 통증이 기다렸다는 듯이 몰려왔다. 아픈 것을 겨우 참다가, 그제야 자신의 손을 누군가가 잡고 있다는 것을 깨달았다.

"아……."

제일 보고 싶던 사람이 있었다. 율은 그런 그녀를 멍청하게 바라보기만 했다. 사리도 아무 말도 할 수 없었다. 춘란처럼 오랜만이라 넉살 떨 수도 없었다.

수많은 말이 머릿속에 스쳐 지나갔다. 율은 떨리는 손을 사리의 얼굴로 가져갔다.

"살아서, 살아 주어서……."

말은 다 이어지지 않았지만, 무슨 말인지 알 거 같았다. 그녀는 그를 바라보았다. 그렇게 보고 싶었던 사람이 곁에 있었다.

그래. 자신이 원했던 것은 다 거기에 있었다. 저절로 웃음이 나왔다. 이제 그를 다시 볼 수 있었다.

'나쁘지 않아.'

사리는 율의 온기를 느끼며 그렇게 생각했다.

아홉 번째 문
결단

사리는 빠르게 몸을 회복했다. 어의들도 기적 같은 회복이라고 혀를 내둘렀다. 춘란은 무슨 기적이 그렇게 많냐, 그 어의 돌팔이 아니냐며 투덜댔지만, 그녀는 알고 있었다. 몸은 눈에 띄게 좋아지고 있었다.

"그래도 흉터는 남을 거 아니에요."

티 하나 없이 매끈했던 등에 흉 질 걸 생각을 하니 춘란은 이부터 갈고 보았지만 그녀는 초연하게 말했다.

"목숨 값치고는 싸지 않아?"

말하고서 아차 했다. 춘란은 무시무시한 얼굴로 사리를 바라보았다. 경솔했던 입을 탓해 보지만 이미 엎지른 물이었다.

"지금 그걸 말이라고 해욧!"

"미, 미안!"

웃는 얼굴에 침 못 뱉겠지 싶어 활짝 웃어보았지만, 춘란의 얼굴은 풀릴 생각을 하지 않았다. 하는 수 없었다. 사리는 옷가지를 들고 밖으로 뛰어나갔다. 등 뒤에서는 춘란의 우레와 같은 고함이 들렸지만, 가뿐하게 뛰어갔다.

밖은 추웠다. 서둘러 옷을 입었지만, 밖은 이미 찬바람이 쌩쌩 몰아치고 있었다.

"겨울이구나."

입김을 호 불어보았다. 하얀 입김은 모였다가 곧 사라졌다. 사리는 주위를 둘러보았다. 여태까지 전각 안에만 있었기 때문에 자신이 있는 곳이 어디인지는 잘 몰랐다. 익숙한 전장이 아니어서 세영궁이 아닌 거라 짐작만 할 뿐이었다.

하지만 이제 알게 되었다. 이곳은 왠지 익숙한 곳이었다.

"어주를 찾아 헤맸던 그 전각이네."

주인이 없는 듯 보였던 그 전각이었다. 련과 마루 밑에서 만났던 바로 그곳이었다. 사리는 손을 들어 보았다. 차가운 겨울바람이 마디 사이를 스치고 지나갔다.

율은 그때 이후로 오지 않았다. 올 수 없는 것이다.

머리카락이 흐트러지고 소매가 펄럭였다. 그녀는 조용히 세영궁이 있는 쪽을 바라보았다. 잘 다듬어진 담과 무너져가는 담의 차이가 너무 확연히 드러났다.

사리는 작게 웃었다. 등 뒤에서 춘란의 목소리가 들렸다. 그녀는 웃음을 지우지 않은 채 춘란에게 걸음을 돌렸다. 쩌렁쩌렁한 목소리가 울렸지만, 왠지 웃음만 나왔다.

＊

상소가 작은 산을 이루고 있었다. 율은 제일 밑에 있는 상조 장을 슬쩍 밀어보았다. 쌓여 있던 상소는 균형을 잃고 바닥으로 흩어졌다.

율은 자신의 손을 바라보았다. 아직도 그녀의 온기가 남아 있는 듯했다.

잡아버렸다. 놓고 싶지 않았다.

가슴이 너무 쓰라렸다. 율은 눈을 감았다. 그녀가 생사를 헤맸을 때 다가오던 어둠은, 이제 그의 곁에 없었다. 하지만 그는 눈을 감고 있었다.

빛이 너무 눈부셨다. 보고 싶지 않았다. 결단을 촉구하는 상소도, 여기저기 들려오는 충심 어린 말도 다 듣고 싶지 않았다.

문득 서하의 말이 생각났다.

"자책은 나중에 하셔도 충분합니다."

자책이라.

"제일 중요한 것을 놓치지 마십시오."

제일 중요한 것이라.

빛을 보고 싶지 않았다. 화가 나는 것이 아니었다. 그냥 가슴이 시렸다. 너무 눈부셔서 모든 것이 보고 싶지 않았다.

아니. 딱 한 가지 있었다. 그녀가 보고 싶었다. 모든 혼란의 원인인 그녀가 너무나 보고 싶었다. 하지만 지금 그녀를 보러 가면……

보러 가면 어떻게 될까.

"태후 마마 드셨습니다."

율은 고개를 들었다. 허락도 하지 않았는데 태후는 억지로 밀고 들어 왔다. 율은 자기도 쓰게 웃으며 말했다.

"드셨습니까."

태후는 미간을 찌푸렸다. 방은 그나마 정리가 되어 있었지만, 상소 더미는 바닥에 흩어져 있었다.

"황상, 도대체 이게 무슨 일입니까."

태후는 수척해진 율의 얼굴을 바라보았다. 그는 웃으며 자리에서 일어났다.

"알 것 같습니다. 태후께서 왜 이곳에 납셨는지 말입니다."

태후는 눈을 비비고 싶은 심정이었다. 자신이 아는 율은 이런 사람이 아니었다. 금비가 죽은 후로, 그는 강했다. 아니, 강해졌다. 무슨 일이든 유연히 대처하고, 강인하게 헤쳐 나갔다.

낯선 사람을 보는 것 같았다. 이렇게 흔들리는 율을 본 적 없었다.

"알고 계시니 묻겠습니다."

자신마저 흔들리면 안 되었다. 태후는 날 선 목소리로 물었다.

"나라 온 곳에 화환족 소문이 자자합니다. 어찌하실 겁니까."

화환족이라.

"그 요망한 것을 왜 아직 궁에 내버려 두는 겁니까."

요망한 것이라.

율은 웃음이 나왔다. 그녀에게서 목숨을 구원받은 것은 자신이었다.

"그녀가 절 구했습니다. 소소하게는 제 목숨이자……."

율은 웃음 섞인 목소리로 말했다.

"이 나라 황제의 목숨입니다."

태후는 고개를 저었다. 무슨 말을 하는지 알고 있었다. 그리고 확신했다.

금비의 자식은, 지금 그 화환족을 두둔하고 있었다.

"황상! 왜 그러시는 겁니까! 지금 그 요망한 화환족에게 홀리신 겁니까!"

믿을 수 없었다. 그토록 화환족을 증오했던 황상이었다. 하지만 지금 그는 그 누구보다 슬프게 웃고 있었다.

"그럴지도 모르겠습니다."

차라리 홀린 거라면 얼마나 좋을까. 그녀만 생각할 수 있으면 얼마나 좋을까. 자신이 죽였던 아비처럼, 오직 그녀만 생각하고 모든 것을 내팽개칠 수 있으면 차라리 편했을 것이다.

"무엇이 제일 중요한지 잊지 마십시오!"

율은 주먹을 꼭 쥐었다. 알고 있었다. 알고 있지만 마음이 따라 주지 않았다.

'중요한 것은…….'

나라의 안정과 백성의 평안.

"하지만 잡아버렸습니다."

놓고 싶지 않았다. 놓아버리면 못 버티는 것은 자신이었다. 그녀
의 숨결, 온기, 그 모든 것들이 율을 미치게 하였다.

이미 자신을 위해 모든 것을 버렸던 사람이었다. 하지만 자신은
곁에 두는 것조차 할 수 없었다.

"못합니다."

율은 고개를 저었다.

"저는 못합니다."

바라고 또 바랐다. 자신이 황제가 아니라면, 그녀가 화환족이 아
니라면…… 그랬더라면 영원히 함께할 수 있었을까.

"황상."

"괴롭습니다, 마마."

방법이 없었다. 상소가 문제가 아니었다. 만약 반란군의 딸을 그
대로 둔다면, 황궁의 위신조차 장담치 못했다.

"모르겠습니다."

어떻게 해야 하는 걸까. 태후는 걱정스러운 눈으로 그를 바라보
았다. 율의 나직한 목소리만 내전에 울렸다.

"모르겠습니다."

가여웠다. 언제나 이런 위험 속에 살았던 그대가 너무나 가여웠
다. 아무런 잘못이 없음에도 항상 가슴을 부여잡았던 자신의 궁녀
가 너무 안타까웠다.

그런 그녀를 위로해 줄 수 없었다. 율은 주먹을 꼭 쥔 채, 창가를 바라보았다. 달은 또다시 변하고 있었다.

*

혼돈은 밀알처럼 차츰차츰 쌓여갔다. 조용히 차오르던 불안은 사람이 잘 드나들지 않은 외진 궁에서도 서서히 독을 품어갔다. 여러 사람이 떠들어댔다. 진실이 무엇이든 소문은 더해져 갔고, 황제의 침묵은 사람의 행동을 묵살시킬 수 없었다.

시작은 묽은 미음에 바늘이 들어 있는 것이었다. 사리가 날카로운 은침을 건지자, 춘란은 비명을 질렀다.

그다음은 옷가지의 얼룩이었다. 무엇이 묻었는지는 차마 말할 수 없었다.

"익숙하다면 웃을 건가요?"

아직 수척해 보이는 사리 앞에서 서하는 머리를 짚었다. 황상이 계신 궁에 이런 말도 안 되는 일이 일어나다니, 부끄러워 고개를 들 수 없었다.

"죄송합니다. 무슨 수를 써서라도 빨리 처리하겠습니다."

서하의 말에 요망한 화환족은 쓰게 웃었다.

"그러시면 더 심각해질지도 몰라요."

크게 노하여 주동자를 찾아 처벌한다 해도, 또 다른 형태로 눈에 띌 것이다.

"자신이 정당하다 말할 테니까요."

요망한 화환족을 괴롭힌다는데, 누가 말리겠는가.

"다 쓰러져 가는 세영궁에서 사는 게 마음은 더 편할 거 같네요."

"죄송합니다. 황송합니다만 비마마, 이것은 비단 비마마의 일이 아닙니다."

서하는 단호하게 말했다.

"황상의 명을 거역했으니 그에 따른 형벌은 당연하지 않겠습니까."

그녀가 고개를 저으니, 흑단 같은 머리카락이 사락거리며 흩어졌다.

"차라리 이렇게 소소한 것이면 괜찮습니다. 저에게 해를 끼치고 있다는 자부심으로 다른 것은 안 할 테니까요."

"비마마."

"식사류는 춘란이 주의 깊게 볼 것입니다. 입을 것이야 상관없지만, 문제는 탕약입니다. 이것만큼은 소첩도 어쩔 수 없습니다."

서하는 부끄러움에 고개를 들 수 없었다. 무슨 말을 할 수 있을까.

"부탁합니다."

당신은 아무 죄가 없다고, 무지한 이들이 어리석은 짓을 하고 있다고, 심려를 끼쳐 죄송하다, 친우를 구해주어서 감사하다, 모른 척하던 나를 용서하지 말아달라, 부디 더는 다치지 말라…….

이렇게 해야 할 말이 많은데 차마 입이 떨어지지 않았다.

"탕약은 제가 책임지겠습니다."

당신은 어째서 그렇게 초연한가. 어떻게 아무렇지도 않게 견딜 수 있을까.

"감사합니다."

마음이 아려왔다. 친우의 마음도 아무도 탓하지 않는 그녀도 가슴이 아파 견딜 수 없었다.

"덕분에 많이 나아졌습니다. 이제 거동도 자유롭습니다."

"그렇습니까."

"하나 물어봐도 폐가 아니 되겠습니까?"

사리는 손을 단정히 모으고 가는 실이 끊어지듯 옅게 웃었다.

"어찌하면 좋을까요."

소소한 것을 놔두더라도, 무너지는 것은 막을 수 없었다.

"어떻게 하면 제가 련에게 폐가 되지 않을까요."

서하는 주먹을 꽉 쥐었다. 앞에 있는 여인은 황상을 구한 이였다. 만약 그녀가 아니었다면 포상으로 금은보화를 아무도 말리지 않을 것이다. 누가 그 순간 율을 살렸는가. 쏟아지는 화살 속에서 자신보다 큰 사람을 감 쌓는 것은 웬만한 용기 가지고는 불가능했다.

"율만 생각하시는군요."

몇 번 만났지만, 그녀는 아무것도 바라지 않았다. 너무나 절실히 느껴졌다. 이 여인이 생각하는 것은 오로지 황상뿐. 그것을 위해서라면 힘들게 얻은 생조차 다시 버릴 거 같았다.

"그날 련을 구하지 못했다면, 세영궁 대들보에 목이라도 맸을 거예요."

"비마마!"

"심려를 끼쳐 죄송합니다만, 이제 다시 죽을 생각은 없습니다."

아직 병색이 완연한 미인이 활짝 웃었다.

"소첩은 욕심이 많습니다."

서하는 고개를 숙였다. 그도 대답해 주고 싶었다. 어찌하면 이리도 힘든 두 사람이 조금이라도 나아질까, 고심하고 고뇌했다.

하지만 답이 없었다.

서하는 소매 속에서 옥으로 된 소도를 꺼냈다.

"이것을 다시 돌려 드리겠습니다."

목이 메여와서 제대로 말할 수 없었다. 겨우 꺼낸 단어는 한탄처럼 토해졌다.

"련."

사리는 오랜만에 만난 지기를 살며시 쓰다듬었다. 매끄러운 감촉은, 항상 지니고 있던 련이 맞았다.

"도움을 드릴 수 없어 죄송합니다."

"아닙니다. 폐를 끼친 것은 신첩입니다."

"그런 말씀 마십시오."

그녀는 련을 쥔 채 활짝 웃었다. 온 세상이 자신을 배척해도 아무렇지도 않은 듯 견뎌내는 여인을 보면 부끄러움이 몰려왔다. 이대로는 주저앉아 울 거 같아서 서하는 허둥지둥 인사하며 서둘러 돌아섰다. 등 뒤에서는 살펴가라는 맑은 소리가 들렸다.

결국 문이 닫히자, 서하는 조금 울어버리고 말았다.

*

    정사가 제대로 운영될 리 없었다. 문무백관이 모인 자리에서 역성을 낸 것도 이제는 셀 수도 없어졌다. 율은 산더미같이 쌓여 있는 상소를 거칠게 내리쳤다. 송사린과 관련없는 부서까지 온통 통촉해 달라는 말만 가득했다.

    붉은 비단으로 된 상소가 바닥으로 데굴데굴 굴러갔다. 율은 모든 것을 발로 차버리고 그 자리에 주저앉았다. 황제의 자리에 있어도 할 수 있는 것이 없었다. 웃기는 일이지만 그랬다. 율은 심지어 그녀를 보러 갈 수도 없었다.

    송사린을 보러 발걸음을 돌리면, 목에 칼을 댄 궁녀와 환관들이 줄줄이 이어졌다. 무시하고 가려 하니, 환관 하나는 이미 목을 그은 뒤였다.

    피는 분수처럼 솟아올랐다. 서둘러 의원을 찾았지만 끝내 그 환관은 죽어버리고 말았다.

    "어찌하여 생목숨을 그리도 쉽게 끊는단 말인가."

    그들의 마음을 모르는 것은 아니었다. 허나 어리석기 그지없었다. 아무리 피력해도 그녀에게는 죄가 없다는 것을 받아들이지 않았다. 아무 힘도 없는 황제는 결국 친우에게 송사린을 부탁할 수밖에 없었다.

    율은 이마에 손을 집은 채 깊은 한숨을 내쉬었다. 상황은 점점 끝없는 절망 속으로 치닫고 있었다.

✳

한밤중에 눈을 뜬 것은 서늘한 공기가 옷깃 사이로 들어왔기 때문이었다. 사리는 흐트러진 옷을 바로 하며 침상에서 일어났다. 화로에는 불씨가 남아 있지만, 창문이 활짝 열려 있었다.

매서운 겨울바람이 침전 안으로 들어왔다. 궁녀 하나가 그랬겠지. 사리는 창문을 열린 창문 사이로 풍경을 바라보여 쓰게 웃었다.

간밤에 눈이 많이 왔는지 세상은 다 하얗게 변해 있었다. 그녀는 조용히 창가로 다가갔다. 눈을 많이 지고 있던 나뭇가지가 바람결에 흔들리더니, 결국 후드득 소리를 내며 떨어졌다.

등불에 비친 여린 나뭇가지는 짐을 덜어내 한결 가벼워 보였다.

사리는 배게 아래에 있는 소도를 꺼냈다. 달빛에 사이로 옥으로 된 검집 속에 은빛 칼날은 여전히 아름다웠다.

"또 련을 의지해야 할까."

너와 같은 이름을 한 이는 어찌 얼굴도 볼 수 없을까.

"알고 있어. 오고 싶어도 올 수 없는 거겠지."

그리도 반대가 심한 걸까. 련의 곁에 있는 것은 역시 바라서는 안 되는 걸까.

"그가 올 수 없다면, 내가 가야지."

사리는 활짝 웃었다. 까만 절망 속에서 갇혀 있을 틈이 없었다. 시간온 기고 있었고, 이제는 슬슬 더 심한 것이 올 차례였다.

"선수 필승!"

먼저 선수를 치는 자가 이기는 법이었다. 물론 그녀가 생각하는 승리는 그들과 많이 다를 테지만 말이다.

"기필코 승리한다! 아자!"

사리는 크게 심호흡을 했다. 도박이나 다름없지만, 죽기 아니면 까무러치기였다.

이런 그녀의 결심을 아는지 모르는지, 깊은 겨울밤은 고요하기만 했다. 시린 바람이 다시 불어오자, 사리는 창문을 닫았다.

"할 수 있어."

촛불은 그녀의 말에 대답이라 듯하듯 조금 흔들렸다 다시 일어 났다. 사리는 배시시 웃으면서 바람을 불어 빛을 꺼트렸다.

*

세탁방에서 몰래 가져온 궁녀옷은 조금 헐렁해서 춘란이 치맛자락을 잘라내고 소매를 줄여주었다. 바늘이 한 땀 한 땀 맺어질 때마다 걱정 섞인 잔소리도 함께였지만 끝내 이긴 이는 사리였다.

바람이 아직 거셌다. 목 뒤를 덮었던 머리카락이 없는 탓일까, 넉넉한 옷깃 사이로 찬바람이 파고들었다.

사리는 조심스럽게 청소용 수건을 품에 안고 한 걸음 한 걸음 나아갔다. 불행인지 다행인지, 율이 면사로 얼굴을 가리라 한 탓에 사리의 낯을 아는 이는 드물었다.

지엄하신 황상을 기껏 옷을 하나 바꿔 입었다고 만날 수 있을까. 그래서 그녀는 요 며칠 빨빨거리며 돌아다니며 필사적으로 지리를 익혔다. 그러기에도 한계가 있어서 서하에게 궁내 조감도를 부탁할까 했지만, 나중을 위해서는 그리할 수 없었다. 오로지 자신의 힘으로 몰래 율을 찾아야 했다.

다행히 그는 먼 곳에 있지 않았다. 장한궁은 지금 사리가 머무는 전각에서 제법 가까웠다.

'나를 만나려고 일부러 가까운 곳에 둔 거겠지.'

하얀 입김이 퍼져 나갔다. 뼛속을 파고드는 추위는 그녀를 한없이 움츠러들게 하였다.

발걸음을 빨리하니 왼쪽에서 문관들이 걸어가고 있었다. 사리는 오른쪽으로 물러나 고개를 숙였다. 커다란 두루마기가 가득한 예반을 줄줄이 이어지고 있었다.

그녀는 눈을 가늘게 떴다. 저것이 무엇인지 대강 알고 있었다.

'엄청나네.'

저것이 다 상소일까. 그가 왜 자신을 만나러 올 수 없는지 점점 확신할 수 있었다. 그녀는 그들이 가는 길을 조심스럽게 따라갔다. 상소에 도착지에 그가 있을 터였다.

예상은 꼭 맞았다. 문관들은 줄줄이 사정전으로 들어갔다.

'저기다.'

황제가 있는 곳답게 수많은 군사가 지키고 있었다. 가슴이 저절로 두근거렸다. 그녀는 낮게 심호흡을 하고 사정전 가까이 다가갔다.

"거기서라!"

문앞을 지키고 있던 군관이 낮은 목소리로 말했다. 그녀는 철갑

옷을 입은 남자에게 다가가 작은 목소리로 말했다.

"태감의 명입니다. 사정전이 많이 어지러워져 소녀에게 소제하라 명하셨습니다."

"태감이?"

"예. 요즘 황상께서 많이 ……."

사리는 말끝을 흐리며 고개를 떨구었다. 차마 황상을 흉볼 수 없다는 태도였다. 그 모습을 본 군관은 긴 한숨을 내쉬며 말했다.

"들어가라."

그녀는 고개를 떨구고 조심스럽게 걸어갔다. 아무 의심 없어 보여 다행이었다.

창으로 지키고 있던 병사들이 그녀에게 길을 내주었다. 조심스럽게 고개를 들자 아까 본 문관들이 다시 나가고 있었다.

조용히 문을 열고 들어갔다. 여기까지는 대성공이었지만, 방심할 수 없었다. 사리는 들어서자마자 주위를 둘러보았다. 숨을 곳이 필요했다. 다행히 붉은 천으로 뒤덮인 커다란 탁자가 눈에 띄었다. 그녀는 고양이처럼 살금살금 탁자 아래로 기어들어 갔다. 네 사람이 넉넉하게 들어갈 수 있는 거대한 공간이었다. 사리는 들킬 것을 대비한 훌륭한 핑계도 하나 만들어냈다.

'뭐 하냐 그러면 소제하고 있다 해야지.'

수건을 바닥에 대었다. 누가 보아도 훌륭하게 수건으로 바닥을 문지르는 궁녀였다.

사리는 조금 안심하며, 숨을 죽이고 그를 기다렸다.

반 시진도 안됐을까. 갑자기 여러 사람의 인기척이 들리며, 율의 거친 목소리가 울려 퍼졌다.

"다 나가 있어라."

"폐하!"

"아무도 보고 싶지 않다! 나가래도!"

여러 사람이 급하게 나가는 소리가 들렸다. 정말 모든 이가 나갔는지, 문이 닫히자마자 정적이 흘렀다.

지금 나가야 하는 걸까.

그때 물건 쏟아지는 소리가 요란하게 들렸다. 사리는 깜짝 놀라 몸을 움츠렸다. 무언가 흩어지고 있었고, 자기가 깨지는 거 같기도 했다.

우당탕탕. 쨍그랑.

"제기랄!"

쇠가 부딪치는 소리와 함께 탁자 밑으로 상소가 데굴데굴 굴러왔다. 결코 볼 생각은 없었다. 하지만 다가온 두루마기는 손도 대기도 전에 이미 풀려 버렸다.

사리는 조심스럽게 상소를 읽어보았다. 요망한 화환족을 처단하라는 간곡한 말이 빼곡히 적혀 있었다.

"그녀는 죄가 없어."

율의 고통스러워 보였다. 사리는 눈을 감았다. 역시 이렇게 폐를 끼치고 있었다.

"보고 싶소."

그가 탁자 위에 엎드려 중얼거렸을 때였다. 갑자기 작은 목소리가 울려 퍼졌다.

"저도 보고 싶었어요."

율은 환청인가 싶었다. 높지도 낮지도 않은 부드러운 목소리는 꼭 자신의 궁녀 같았다.

"그래서 제가 왔어요."

그는 황급히 일어났다. 의자 넘어지는 소리가 조용한 방에 울려 퍼졌다.

"요기 밑에 있어요."

율은 서둘러 붉은 천을 걷었다. 믿을 수 없었다. 국무를 보는 커다란 탁자 아래에, 그토록 보고 싶던 이가 배시시 웃고 있었다.

"어떻게!"

"쉿!"

사리가 입가에 손가락을 대고 이리 오라 손짓했다. 그는 허둥지둥 주위를 둘러보고 탁자 밑으로 기어들어갔다.

"무슨 수로 여기에 있소."

"런이 너무 보고 싶어 모험을 좀 했어요."

율은 정신없이 그녀의 손을 잡았다. 따듯한 온기가 닿자, 그제야 자신의 궁녀라 확신할 수 있었다.

"귀신인 줄 알았소."

"그럴 리가. 소첩은 욕심이 많아요. 이제 쉽게 죽지 않습니다."

"상처는 나았소?"

"이렇게 율을 만나러 올 정도로 좋아졌어요."

"미안하오. 가고 싶어도 갈 수 없었소."

사리는 고개를 저었다. 그의 마음을 모를 리 없었다.

"이렇게 있으니, 우리 두 번째 만난 곳 같지 않나요?"

율이 피식 웃었다. 얼마 만에 짓는 웃음인지 몰랐다. 그녀가 다친 후로 웃을 거리라고는 아무것도 없었다.

"마루 밑 말이오?"

"그땐 정말 당황했어요."

사리는 손을 들어 율의 얼굴을 매만졌다.

그렇게 얼마나 웃었을까.

"련, 아니, 폐하."

그녀가 말했다.

"소첩을 위해 황위를 포기하실 수 있나요?"

율은 대답이 없었다.

사리도 알고 있었다. 그린 듯이 황좌에 어울리는 남자였다. 그가 어떻게 황제의 자리에 올랐고, 어떤 정치를 하는지는 모를 리 없었다.

하지만 그럼에도, 이렇게 말할 수밖에 없었다.

"아나요?"

목소리가 떨려왔다.

"꽃은 피고 져요."

어쩌면 아무것도 아닐 수 있었다. 꽃은 그저 피고 지는 것뿐. 그저 자연 그 자체인 것을 사람이 멋대로 의미를 짓는 것일 수도 있었다.

"전 믿었어요. 꽃이 피고 지는 것처럼 모든 것은 흘러간다. 그러니 이 아픔도 흘러갈 것이다."

사리는 가슴에 손을 얹었다.

"하지만 그 말은 위로인 동시에 저주더군요. 당신을 만나고 알았어요. 아픔과 함께 기쁨도 흘러간다는 것을."

사리는 율을 바라보았다. 율이 지금 어떤 상황인지, 어떻게 해야 하는지 잘 알고 있었다. 하지만 그녀가 바라는 것은 오직 결단이었다.

"꽃은 피고 져요."

사리는 작게 속삭였다.

"그렇게 다시 피어나죠."

그녀는 율의 가슴에 손을 대었다. 자신이 사랑한 사람이 이렇게 살아 숨 쉬고 있었다.

"저와 함께 가요. 모든 것을 잊히는 세상 속에서, 소녀와 함께 있어요."

사리는 밝게 웃었다.

"나라를 버려주세요, 련."

웃음이 나올 만큼 엄청난 도박이었다. 하지만 그녀에게는 이 방법밖에 없었다. 아무리 생각해 보아도, 궁에서 살아갈 수는 없었다. 모진 비난의 화살을 견뎌낸다 해도, 망가지는 것은 자신뿐만이 아니었다.

그가 다치겠지. 그것만큼은 견딜 수 없었다.

짧은 정적이 두 사람 사이로 내려왔다. 사리는 눈을 감았다. 거절인 걸까. 하긴 그것도 당연했다.

"그러겠소."

놀란 쪽은 오히려 그녀였다.

"그대를 위해 나라를 버리겠소."

율은 사리의 머리카락을 부드럽게 쓸어 올렸다.

"바로 도망치면 되오?"

그녀는 고개를 절레절레 저었다.

"아니요."

울음이 섞여서 제대로 대답할 수 없었다. 손으로 눈가를 닦아도 계속 눈물이 나왔다.

"그러니까, 몇 년 후에요. 소녀는 지금 황궁을 나가서 살 테니까, 몇 년 후에 율도 나라를 믿을 만한 이에게 맡기고 나오세요."

"좋은 생각이군."

"너무 쉽게 이야기하지 마세요."

"그대는 지혜롭군. 원래 짐은 황상의 자리에 그다지 욕심은 없었소."

율은 부드럽게 그녀의 눈가를 매만졌다. 사리가 세게 닦았는지, 하얀 피부에 불그스름한 자국이 남아 있었다.

"그런 방법이 있었군. 미안하오. 짐도 열심히 생각했지만 도통 길을 찾을 수 없었소."

그는 젖은 눈가에 부드럽게 입맞추었다.

"후회할지도 몰라요."

율은 그녀를 품에 안고 웃었다.

그럴지도 몰랐다. 어쩌면 먼 미래에 이 선택을 두고 회환에 휩싸일 수도 있겠지.

"짐도 생각은 한다오."

하지만 몇 번을 되돌아가도 같은 선택을 할 것이다.

"그대가 가장 소중하오."

맞닿은 숨결은 점점 섞여갔다. 어디선가 불어온 바람이 두 사람을 가린 붉은 천이 흔들었다,

"빨리 가겠소. 혹시라도 다른 남자랑 혼인하면 안 되오."

"그럴 리가 있나요."

두 사람은 서로를 보며 웃었다.

"알려줄 게 있어요."

"무엇이오."

"제 이름은 송사리에요. 송사린이 아니라, 송사리. 어머니께서 지어주신 이름이에요."

"그대와 어울리는 예쁜 이름이오."

율은 더없이 자상한 눈빛으로, 그녀를 바라보았다. 한번 잃을 뻔한 꽃이 품안에 오롯이 있었다.

"내 이름은 율이오. 너무 늦게 알려주어서 미안하오."

그의 체향을 맡으며 사리는 눈을 감았다. 무한한 기쁨이, 온몸을 촉촉이 적셔왔다.

'꽃의 의미.'

이제야 노 선생이 말한 그 의미를 알 수 있었다.

"기다려 주세요."

"기다려 주시오."

사리는 몇 년 후에 율과 함께 피울 꽃을 상상했다. 크지도 작지

도 않은 옅은 색 꽃잎들이 총천연색으로 물들며 반짝거렸다.

함께 있을 수 있었다. 그 사실이 너무나 기뻤다.

*

닷새가 지난 밤이었다.

간소한 수레 하나가 높은 황궁의 벽을 넘었다. 사리와 춘란은 짐 보따리를 가득 실은 채, 도란도란 이야기꽃을 피웠다. 사리는 평소와 같았다. 농담도 하고, 잘 웃었다. 하지만 어느 순간 아무 말도 하지 않은 채 창가만 바라보았다.

창가에는 하얀 눈이 내리고 있었다.

사리는 창가에 손을 내밀어보았다. 눈은 손등에 닿았다 사라졌다. 이미 거리는 모든 곳이 하얗게 변해 있었다.

눈은 차가웠고, 곧 녹아버렸다.

사리는 고개를 저으며 활짝 웃었다.

*

율은 천천히 걸어갔다. 아무도 밟지 않은 새하얀 길에, 발자국이 찍혀갔다. 손을 들어보았다. 눈은 손등에 닿았다 곧 사라졌다.

멀리서 서하가 다가오며 말했다.

"배웅 안 하십니까?"

그는 고개를 저었다.

"곧 다시 만날 것이다."

시간은 평소와 다름없이 천천히 가고 있었다.

"그때를 위하여 살 것이다."

율은 소매 속에서 옥으로 된 검 하나를 꺼냈다. 서하도 알고 소도였다.

"련이다. 그녀가 잠시 맡겼지."

다시 만났을 때, 그때는 자신이 건네줄 물건이었다.

"꽃은 피고 져요."

그녀의 목소리가 아련히 귓가에 울렸다. 율은 고개를 돌렸다. 이렇게 돌아보면, 그녀가 보일 거 같았다. 하지만 등 뒤에는 아무도 없었다. 오로지 눈만 하얗게 내리고 있었다.

그는 하늘을 바라보았다. 눈은 차가웠고 곧 녹아버렸다.

"벌써 그대가 그립군."

율은 고개를 저은 후 다시 걸어갔다.

덧붙임 하나
서간

　신록의 푸름에 그림자가 드리웠다. 사리는 흐르는 땀을 비단수건
으로 훑어내며 깊은 한숨을 쉬었다. 바람이 불자, 나뭇가지의 그림
자가 흐트러졌다. 빈틈 하나 없는 돌담 사이에 섞이듯 까만 형태들
은 사정없이 뭉그러졌다.

　율이 있는 시안에서 먼 동쪽. 몇 개의 작은 나라를 지나 도착한
찌는 듯한 태양과 푸른 신록의 나라 파룬의 날씨는 항상 이랬다.
하필 사리는 더위를 잘 타는 체질이라 이곳만 오면 말린 시래기처
럼 축 늘어지기 일쑤였다.

　"수고하셨어요."

　검은 피부에 곱슬곱슬한 순 금색 머리카락을 가진 소년이 방긋
웃었다.

　"죽는 줄 알았어."

"욕보셨어요."

"송이, 넌 신나 보인다."

"전 더운 지방에서 태어났으니까요. 파룬의 태양은 아무것도 아니랍니다."

"잘났다. 정말."

송이가 사리의 땀을 훑은 수건을 건네받았다. 그녀는 이제 청년이 되어 가는 소년을 바라보았다. 비단사막에서 주운 금발 강아지는 하루가 다르게 자라고 있었다.

"네가 있어 다행이야."

"갑자기 웬 칭찬이십니까, 주인님?"

"아니. 난 네가 이렇게 능력있는 줄 몰랐지."

송이는 외국어와 언변에 능통했다. 사막전사 특유의 곡도 샴쉬르도 잘 다루었고, 주판도 제법 정확했다.

"너 때문에 길에 떨어진 사람은 줍고 봐야 하는구나 싶다니까."

사리의 말에 소녀는 배시시 웃었다. 그녀는 송이의 머리를 한번 쓰다듬으며 땀에 흐트러진 옷매무시를 고쳤다.

"주인님, 화내실까 봐 얘기 안 했는데요."

"뭔데?"

"파룬 카르문 가문에서 주인님을 또 한 번 뵙고 싶다고……."

옷깃을 다듬던 사리의 손길이 뚝 멈추었다. 그녀는 고장난 인형처럼 뻣뻣하게 굳은 채 겨우 외마디 외침을 뱉어냈다.

"또!"

"슬프지만, 네."

사리는 그 자리에서 허물어지듯 주저앉았다. 손이 부들부들 떨리고 머릿속에는 열기가 치솟았다. 가뜩이나 더워 죽겠는 나라에서 받은 화는 모든 것을 뒤집어엎어 버리고 싶은 만큼 모든 것을 마비시켰다.

"안 해! 안 팔아! 비단이고 뭐고 옥비녀 하나라도 내 파나 봐라! 이 망할 카르문! 삼 일 썩은 찰떡보다 냄새 나고 질긴 놈!"

그녀는 땅을 치며 소리쳤다. 송이는 익숙한 듯 귀를 막으며 열과 성을 다 내는 사리를 안쓰러운 눈길로 바라보았다.

그녀가 저렇게 난리 치는 것은 다 이유가 있었다. 파룬은 카르문 가문이 상권을 꽉 잡은 나라였다. 모든 재화가 카르문을 거쳐 갔고, 수장 아데바오는 왕의 사위이기까지 했다. 모든 상인은 그에게 고개를 숙일 수밖에 없었고, 하필 사리도 그중 하나였다. 다행히 그녀의 미색과 언변은 아데바오의 마음에 들었는지, 이때까지 무난하게 물건을 넘길 수 있었다.

'마음에 무척 들었던 거죠.'

처음 보았을 때 그저 동업자였던 아데바오는, 다음번에 만났을 때는 꽃과 꿀을 건넸다. 그리고는 수북한 수염을 쓰다듬으며 말했다.

"내 하렘에 들어오너라."

아내가 사십 명 있는 남자의 청혼이었다. 꽃과 꿀을 팽개치고 걸음아 나 실러라 뛰쳐나온 사리는 머리를 쥐어뜯으며 소리쳤나.

"왜! 연유가 뭐냐고!"

송이는 고래를 절레절레 저었다. 아마 그녀도 아주 모르지는 않을 것이다.

흑단 같은 머리카락은 어떤 비단보다 곱고, 하얀 피부에 예쁜 입술은 사막의 붉은 열매 카시안을 물들인 거 같았다. 모래바람에 흐트러진 옷가지도, 험한 길에 묻은 먼지도 그녀의 아름다움을 지울 수 없었다.

"주인님은 쓸데없이 아름답습니다."

"아름다우면 아름답지, 쓸데없는 것은 뭐야."

"차라리 혼인을 해요. 그러면 날파리가 안 달라붙지."

"애인 있다니까."

"얼굴도 본 적 없는 애인이요?"

주저앉은 사리는 금발 소년에게 조용히 눈을 흘겼다.

"가뜩이나 보고 싶은 거 참고 있는데 입 좀 다물어라."

"그냥 닭 쫓던 개 된 거 아니에요?"

그녀는 천천히 고개를 저었다. 작은 흔들림 사이로 흑단 같은 머리카락이 살짝 흐트러졌다.

"그럴 리 없어."

붉은 입술에서 다시 한숨이 나왔다. 이렇게 아무렇지도 않게 주저앉아 있어도 눈부시게 아름다운 사리에게 송이는 품안에 있는 두툼한 종이 뭉치를 꺼냈다.

"뭐야."

"서신이요. 본점에서 헐레벌떡 온 것이에요."

"아!"

"모래바람에 걸려서 좀 늦었대요."

사리는 소년이 주는 종이뭉치를 받고 함박웃음을 지었다. 매달 오는 서신이었다. 율의 입장 상 받을 수는 있어도, 보낼 수는 없는 서신이었다.

"기다렸었어."

완전히 변한 표정을 보며, 송이는 혀를 찼다. 그녀가 종이뭉치를 소중히 품에 안은 채 자리에서 일어났다. 긴 치맛자락이 흐트러지면서, 하얀 피부 위에 상기된 뺨은 사리를 열댓 살 소녀처럼 보이게 했다.

"세상에서 제일 행복해 보이는 표정이네요."

"억울하면 너도 애인 만들어라."

"주인님 애인처럼 유령 같은 사람은 사절이네요."

"내 애인 욕하지 마! 이럴 수밖에 없는 사정이 있다고!"

"그러니까, 그 사정이 무엇인데요?"

사리는 아무 말 하지 않았다.

"송이야, 난 네게 목숨을 맡길 수 있지만, 그 사정은 말할 수 없어."

"아 진짜. 뭔데 그래요."

"미안해."

소년은 툴툴거리며 초에 불을 붙였다.

"이따 다시 올게요."

송이가 나가자 그녀는 단정히 침상에 앉아 품에 있는 서신을 풀었다. 단단하게 감싸여 있는 서신은 책으로 만들어도 될 만큼 두터웠고, 겉을 싼 종이도 여러 장이었다. 그만큼 엄중한 곳에서 온 서신이었다.

'율.'

차마 입으로 뱉을 수 없는 하연국 황제의 이름.

사리는 종이자락을 펼쳤다. 겹겹이 쌓여 있는 서신 사이로 유려한 필체가 밝은 방에서 흔들렸다.

이곳은 벌써 더운 여름이오. 햇볕이 따갑지만, 신록은 우거지오. 곧 우기가 다가와 치수를 재고 제방을 정리해야 해서 요 며칠 아주 바빴다오. 여름을 잘 보내야 나라의 곡식이 여무는 것을 알고 있기에, 서하의 잔소리에도 이를 악물고 버텼지만 저절로 눈이 감기는 거 같소.

그대는 어떻소? 궁에 오는 서신은 모조리 다 사관이 검수해서 그대에게 오는 서신을 받을 수 없소. 서하를 통해서 들여오고 싶음에도, 사관의 눈초리는 날카롭더군. 그대가 어찌 지내는지, 침상에 잠들 때 항상 생각하오. 어디 아프진 않소? 그대의 미색을 탐내는 이상한 놈은 없는지 걱정이오.

미색을 탐내는 이라는 글자는 거칠게 흘려 써져 있었다. 사리는 그가 이 문장을 썼을 때, 격한 감정이란 것을 깨닫고 조금 웃었다.

그대에게 가는 길은 참 먼 거 같소. 누구에게 이 나라를 맡겨야 할지 고민을 거듭하고 찾고 또 찾았지만, 정말 쉽지 않소. 그러나 지성이면 감천인지, 하늘이 저에게 적당한 이를 내려주었소.

하연국을 맡길 이는 수라국 가토 지방에 여식이오. 후계자가 없는 집안이라 어려서부터 제왕학을 배우고 자란 영특한 이오. 하지만 그녀가 사랑하고 혼인을 꿈꿨던 이는 가문을 배신하고 칼을 들고 그녀의 아버지를 죽였다고 하오.

불쌍한 이오. 뱃속에는 그 남자의 자식이 있고, 만신창이가 된 채 하연국으로 오는 배 안에 버려지듯 누워 있었다오. 아이의 아버지가 보낸 자객이 시체로 널려 있는 배 안에서 말이오.

서하에게 그녀에 대한 이야기를 들었을 때, 짐은 이 나라를 맡길 이는 그녀밖에 없다는 것을 깨달았소. 만신창이가 된 이를 보살피고, 정신을 들었을 때 권력을 원하느냐 묻자, 그녀가 대답했소.

"정말 황후지? 후비나 뭐 그런 것은 아니지?"

옆에 있던 서하가 웃다 넘어지더군.

지켜본 결과 그녀는 제법 믿음직한 녀석이오. 아, 녀석이라는 것은 그녀가 여인이지만 형제같이 느껴져서 그렇다오. 뭐, 여자다운 구석도 없는 것은 아니지만, 그대에 비하면 나에게 여인이란 다 돌덩어리 같아서 말이오. 다 그대 탓이오. 서하는 하연국의 대가 끊겼다고 매일 툴툴대지만 짐은 알고 있다오. 서하 그 자식도 그대를 꽤 마음에 들어 하고 있다는 것을. 물론 그럴 때마다 그대는 짐 것이라 꼭 확인해 주고 있소.

아무튼 황후가 될 그 녀석은 그래도 불쌍한 놈 같소. 매일 밤 악몽을 꾸며 자리에서 일어나오. 식은땀이 온몸을 뒤덮은 채 숨만 할

딱거리더군. 짐이 어찌 아느냐 묻고 싶소? 오, 그대여, 오해하지 마오. 그래도 황후라 눈속임을 해야 해서 옆에서 잤었지만, 그때 죽는 줄 알았다오.

그대여, 자다가 발차기를 맞아본 적 있소? 아닌 밤에 날벼락도 아니고, 그때 이승과 저승 사이에서 그대를 찾았소. 일어나서 그 자식 멱살을 잡고 흔드니, 아무것도 모른다며 발뺌하더군. 얼마나 얄미운지 그날 정무의 반을 맡겨 버리고 서하와 시찰 나갔다가 들어와서 놀렸소. 맛있는 거 잔뜩 사들고 들어와서 놀리니까, 얼굴이 빨개진 채 길길이 화내더군. 그때 십 년 묵은 체증이 내려가는 거마냥 시원했소.

너무 멀리 나갔소. 아무튼 그 자식은 항상 악몽을 꾸는 거 같소. 무엇이 그렇게 힘드냐 묻자, 돌아가신 부모님과 자신을 죽이려 한 약혼자가 나온다 하더군. 그 자식이 말했소. 무엇을 잘못했기에 그가 나를 죽이려 했는지 모른다고. 모든 것이 너무 복잡해서 엉킨 실처럼 보여서, 마음마저 다 꼬여 버려서 울음조차 나오지 않는다고, 그렇게.

그 자식의 표정을 보면서 전 그대를 생각했소. 그렇게 엉킨 실을 풀고 나서 지금 내 곁에 없는 그대를 말이오. 그대의 용기, 짐이 생각조차 할 수 없던 비책, 하나하나 세어보자 더욱 그리워졌소.

그대여.

세상 어느 것을 보아도 그대가 떠오르오. 미풍의 흔들리는 꽃과 차가움이 머문 하늘까지. 모든 것에 그대를 향한 그리움이 흩어져 있소.

부디 내가 갈 때까지 어디든 다치지 마오. 아프지도 마오. 아무것
도 허락할 수 없소. 모든 나쁜 것들은 제가 곁에 있을 때 맞서시오.

이 나라를 그 자식에게 맡기고, 하루 빨리 그대 곁에 서고 싶소.
그대의 손을 잡고 품에 안고 싶소.

기다려 주시오.

사리는 두터운 종이뭉치에 머리를 대었다. 그의 일상을 품은 서
간에는 따뜻함과 안식이 그대로 녹여져 있었다.

"기다려 주세요."

그 말을 하고 싶은 것은 오히려 그녀였다. 오로지 자신을 위해
황상의 자리를 버리겠다는 율이었다. 그는 항상 기다리라 했지만,
사실 세상을 떠돌아다니며 방랑하는 것은 그녀였다.

"어쩌면 저는 그저 꿈일 수도 있습니다."

신주에 갇혀 있을 때, 비단이 오는 모랫길을 꿈꾸어왔었다. 반역
자의 딸로, 이렇게 사지 멀쩡한 채 돌아다닐 수 있다는 것은 꿈꿀
수도 없었다.

"이대로 충분한 이는 저입니다."

구렁텅이 같은 절망 속에서 구원받은 이는 자신이었다. 아무것도
없었기에 지금 누리는 것은 호사스러운 것이었다.

결국 모든 것을 얻은 사람은 자신이지 않은가.

그리고 모든 것을 버리게 되는 이는 율이었다.

단지 함께하고 싶다는 괴한 욕심으로, 하연국이 황상을 자리에서
밀어내는 걸까.

하루에도 몇 번씩 고민하곤 했다. 이 선택이 과연 옳은 것인가.

"제 욕심이겠죠."

사리는 그렇게 말하며 고개를 돌렸다.

상인들이 자주 묵는 숙소의 돌담 사이로 햇살이 비쳐 들어왔다. 새어 들어오는 더운 바람 때문에 묶여 있던 천 자락을 내렸지만, 여전히 이곳은 덥기만 했다.

그녀는 옷자락을 추스르고 작은 탁자에 손가락을 댔다. 아무것도 남으면 안 되기에 종이에 글자를 쓸 수 없었다. 결국 사리는 손을 많이 타 매끈매끈한 나뭇결에 보내지 못할 서간을 시작했다.

율의 옥체는 미려하신가요. 저는 항상 건강하답니다. 정말 인제 와서 느끼지만, 제 몸은 어지간한 건강체질 같아요. 상처도 잘 낫고 아침잠도 없고 말이에요. 그러니 제 몸은 걱정하지 않아도 돼요.

오히려 율의 옥체가 염려스럽습니다. 끝도 없이 밀어닥치는 하연국의 정사를 어찌 다 해결하시나요. 하연국의 관리는 능력있기로 유명하지만, 험한 일을 겪었던 만큼 폐단도 많습니다. 외부보다는 내적인 싸움이 잦을 것입니다. 신주에 갇혀 살 때는 몰랐습니다만 이렇게 떠나보니 느끼게 되네요.

장사는 잘되고 있습니다. 한번 모랫길을 거쳐 초원으로 나갈 때면 세상의 모든 부귀영화가 손안에 들어오는 거 같아요. 이렇게 많은 은자를 필요치 않은데, 지점을 하나 세울 때마다 부가 따라 들어옵니다.

제 수하들이 웃으며 말하더군요. 소주는 돈을 벌어서 쓰는 것이 목적이 아니라, 돈을 버는 것만이 목적이라고. 그것이 그게 아니냐며 빽 소리지르자, 전혀 다르다고 고개를 젓더군요. 전 아직도 들의 차이를 모르겠어요. 그저 이 돈이면 율이 제 곁에서 배곯는 일은 없겠다 싶어요. 황궁에서 만큼의 부귀영화는 아니지만, 신첩은 꽤 능력있답니다.

이렇게 말하니 제가 꼭 율을 신부로 맞이하는 거 같네요. 아하하. 그거 좋네요. 황제를 꾀는 화환족. 저잣거리 소설로 만들면 분명히 관군에게 들켜서 불타 없어질 거예요.

율.

나라를 맡길 이를 찾았다 하니, 겨우 안심이 되네요. 어떤 여인인지는 모르지만 삶이 기구하네요. 누군가를 미워하는 것은 슬픈 일이에요. 저도 많이 해봤지만, 결코 익숙해지는 일이 아니니까요. 그런 사람이 율의 황후가 되는군요.

사실 질투하고 있어요. 전 율의 비가 될 수 없었는데, 그녀는 황후의 자리에 오르네요. 당신을 믿고 있어요. 하지만 이 마음은 신첩도 어쩔 수 없네요. 율의 곁에 있는 그녀가 조금은 부러워지려 그래요.

쳇. 율의 황후는 못되어도 율의 아내는 제가 될 겁니다. 율의 아이의 어미도 제가 될 거예요.

율, 아니, 련.

항상 그리워하고 있답니다. 보고 싶다는 마음이 이리 간절해, 밤을 지새울 때마다 아련한 뭉클함에 뒤척일 때가 잦아요. 련을 만나면 이 아릿함이 사라질까요.

하루에도 몇 번씩 밤하늘을 훨훨 나는 새가 되는 꿈을 꾸어요. 새가 되어 시안으로 달려가 황궁담에 매달려 그대를 볼 수 있다면, 얼마나 좋을까요.

이 그리움이 신첩만 느끼는 것이 아닐 거라 믿습니다. 사실 그 믿음으로 이렇게 웃을 수 있어요.

그대가 제 곁으로 오는 날을 항상 기다립니다.

탁자에 손짓으로 쓴 편지는 허공에 흩어졌다. 사리는 탁자에 엎드려서 작은 한숨을 쉬었다.

"련, 평생 행복하게 해줄게요."

보내지 못한 서간이 아무도 없는 방에 울려 퍼졌다.

"사실 지금도 행복해요."

그립고 그리워 괴롭지만, 희망은 행복이었다. 간절함에 배가되지만, 상단 길에 만나는 사람들도 알게 모르게 일어나는 작은 사건들도 기적 같은 것이었다.

"조금 난처할 때도 있지만요."

지금처럼 아내가 사십 명 있는 털북숭이에게 청혼받을 수도 있지만 말이다.

"송이야!"

"네! 주인님!"

율이 올 때까지 쓸데없는 일은 피하는 게 좋았다.

"변태 늙은이를 피해야겠다. 튀자!"

"명받자워요. 다 준비해 놨어요."

사리가 당의를 걸치고 나가자, 이미 밖에는 커다란 봇짐이 수레에 가득했다. 그녀는 방긋 웃으며 다음 행선지를 잡으며 외쳤다.

"출발!"

　부산스러운 소리와 함께 새로운 나날이 시작되었다. 사리는 하늘을 향해 방긋 웃고는, 발걸음을 돌렸다. 내리쬐는 햇살 사이로 흔들리는 신록은 그녀의 앞날을 축복하듯 살랑거렸다.

덧붙임 둘
확인

사리가 제일 잘하는 것은, 사람을 다루는 것이었다. 물론 안목도 배짱도 뛰어났지만, 장사는 그것으로만 할 수 있는 게 아니었다. 상단은 크게 성장했고 일손은 점점 불어났다. 어느덧 무시할 수 없는 집단에 수장되어 영광과 권력을 누렸지만 결국 이렇게 돼버렸다.

"귀찮아라."

사리는 한숨을 폭 내쉬었다. 차라리 마차 타고 낙타 타고 이리저리 떠돌아다닐 때가 좋았다. 요즘 하는 일은 정말 지루하고 재미없었다. 사람을 만나고 한번 흔들어주고, 좋은 것을 제시하고, 미끼가 물면 칭칭 감았다.

"확— 떠나 버릴까 보다."

수장이란 자리는 녹록치 않았다. 장사를 유지하려면 신뢰가 있어야 했고, 그것을 얻으려면 품격과 인품이 있어야 했다. 덕분에 사리는 매일같이 춤을 췄다. 송씨 가문에서 시름을 잊고자 배웠던 춤이 장사에 효과 있을 줄 하늘도 땅도 몰랐을 것이다. 하지만 예술이란 이름에 찬란한 보석은 돈이라는 씨앗을 뿌려주었다. 사리가 춤을 추면 사막에서도, 오지에서도 넋 잃고 바라보았다. 물론 그 뒤는 일사천리였다.

사리는 무거운 머리를 애써 유지하며, 천천히 정원으로 걸어갔다. 뒤에서 호위가 서둘러 뛰어왔다.

사리는 호위와 함께 천천히 정원을 거닐었다. 커다란 보탁과 섬세한 조각들이 지천에 널려 있었다.

아련한 기억이 밀려 들어왔다. 사리는 쓰게 웃었다. 벌써 몇 년이 지났음에도, 아직도 기억은 그 자리에 있었다.

"아, 죄송합니다."

사리는 서둘러 발걸음을 옮겼다. 무심코 걷다 보니 신경 쓰지 못했지만, 눈앞에 한 남자가 석상에 기대어 달을 보고 있었다.

"아닙니다."

남자는 싱긋 웃으며 말했다. 사리도 화답하고자 미소를 지었다. 하지만 서로의 얼굴을 확인한 순간, 아무 말도 할 수 없었다.

"오랜만이군요."

서하는 약간 떨리는 목소리로 말했다.

"그러네요."

사리는 작게 웃으며 대답했다.

"어쩐 일로 이곳에……."

세도가의 큰 연회였다. 사리는 순순히 대답했다.

"작은 장사를 하고 있습니다."

어떤 말을 해야 할까.

두 사람 다 할 말이 없었다. 반란군 수장의 딸, 화환족 송사린은 부상이 악화하여 죽은 것으로 되어 있었다. 앞에 있는 여인은 그때의 화환족이 아니었다. 그리고 지금 이렇게 있는 자신도 그때의 이서하가 아니었다.

"잘 지내셨나요."

눈을 감으면 너무나 생생하게 피어올랐다. 잊으려 했지만 잊지 못하고, 버리려 했지만 버리지 못했다. 서하는 고개를 저었다. 그 죄책감을 평생 안고 살아가고 있었다.

"잘 지내지 못했습니다."

서하는 벼슬을 받아 관리가 되었다. 그때부터 지금까지 쭉 율을 돕고 있었다. 그녀를 버리면서까지 지킨 나라의 안정과 번영, 그리고 율의 하늘같은 꿈수! 그 진저리나는 대업을 같이하고 있었다.

"고생이 많아 보이네요."

"이게 다 누구 탓입니까!"

사리는 활짝 웃었다. 매월 본점에 산더미 같은 서신이 밀려들었다. 율의 편지는 언제나 간절했다. 조금만 기다려 달라, 일이 잘 풀리고 있다. 혹시나 그대 오해하지 말아달라. 곁에 있는 남자를 조심해라. 남자는 일곱 살만 넘으면 다 늑대다.

"그렇군요."

떨어져 있어도 항상 그를 생각했다. 어떻게 지낼까, 몸은 건강할

까. 율을 못 믿는 것이 아님에도, 혹시나 나를 잊었을까 살짝 불안
하기도 했다.

누군가에 확인을 받을 수 있으면 좋을 텐데. 사리는 매일 하연국
황궁에 간자라도 보내고 싶은 심정이었다.

"소식은 들었습니다."

그녀는 불안을 숨긴 채 방긋 웃었다. 서신에는 구구절절 적혀 있
었다.

그는 어여쁜 황후를 맞이했고, 태자가 태어났다고. 물론 아이는
자기 자식이 아니라며 구체적인 이유는 서신에 다 적혀 있었다.

"율의 아이 아닙니다."

"알고 있어요."

"믿으시는군요."

"당연하죠."

서하는 쓰게 웃었다. 그녀는 변하지 않았다. 자신을 생각지 못하
는 것도, 오로지 율만 생각하는 것도 여전했다.

친우는 매일 밤마다 연못을 거닐었다. 참으로 진상이라고 서하는
혀를 내둘렀다. 징글징글하게 닮은 두 사람이었다.

"제가 당신과 율 때문에 얼마나 고생하시는 줄 압니까."

"죄송합니다."

"이것 보십시오. 이 퀭한 눈."

살짝 그늘진 눈이 힘들어 보였다.

"정말 그 자식은 당신밖에 모릅니다."

"그런가요?"

"매일매일 그대여 이러며 노래를 부르고 있습니다. 달도 해도 그 대보다 아름답지 않을 거라는 바보 같은 찬사를 매일 듣는 사람을 생각해 주어야지."

"정말인가요?"

"제가 거짓말하는 거 같소?"

사리는 고개를 저었다. 그는 변치 않았다. 알고 있었지만, 이렇게 확인할 수 있었다. 그녀는 저절로 나오는 웃음을 숨길 수 없었다.

"피로회복에 좋은 술을 들려 보내 드릴게요."

"그런 술도 있습니까?"

"고려인삼으로 빚은 술입니다. 원기회복에 최고지요."

항상 고생하는 율의 친우에게 보내는 뇌물이었다. 귀하게 얻은 것이지만, 그의 소식을 들려준 이에게는 아깝지 않았다.

사리의 말을 듣는 순간 서하는 눈을 반짝였다. 소문으로만 듣던 술이었다. 고려인삼! 웬만한 신선도 먹기 어려운 그 귀한 것! 그 자체로만으로 엄청난 것으로 빚은 술! 서하의 눈이 먹이를 구하는 매의 눈처럼 날카로워졌다.

"이십오 년 산입니다."

"헉!"

"부르는 게 값이지요."

"그런 귀한 것을 저에게!"

"고생시킨 답례입니다."

어린아이처럼 좋아하던 서하는 사리의 말에 퍼뜩 정신이 들었다.

"흐음. 결코 그걸로 제 화가 풀렸다 보지 마십시오."

말해보았지만 이미 늦었다는 생각은 왜 드는 걸까.

"감사합니다."

서하는 부끄러움에 고개를 휙 돌렸다. 사실 그들을 돕는 것은 당연한 것이었다. 율은 하나뿐인 친우였고, 그녀에게는 씻을 수 없는 죄를 짓지 않았던가.

물론 그들이라면 이런 말을 하면, 웃어넘기겠지만 말이다.

"이만 물러가겠습니다. 인삼 술은 오늘 밤에 수하가 가져갈 것입니다."

"조심히 돌아가십시오. 당신이 다치면 율이 웁니다."

"그러겠습니다."

바람이 불어왔다. 서하는 흔들리는 소매를 바로 하고 어린아이처럼 콩콩 뛰며 걸어갔다. 그의 뒷모습은 묘하게 속 시원해 보였다.

결코, 인삼 술이 기대되어서가 아니었다.

덧붙임 셋
기다림의 끝

　장사치는 소문에 예민했다. 사리는 천천히 마차를 끌면서, 이 년
만에 보는 시안의 거리를 바라보았다. 여전히 상업은 성행이었고,
사람들도 활기가 넘쳐났다. 사리는 웃으면서 숨을 한껏 들이마셨다.
차가운 공기는 사라지고 어느새 훈훈함만이 가득했다. 봄이었다.
　'시안의 봄이라…….'
　딱 한 번밖에 본 적 없는 봄이었다. 장사치는 여기저기를 떠돌아
다녀야 했고, 자연스럽게 이곳과 멀어졌다. 가끔 춘란을 보러 시안
에 들를 때도 봄은 아니었다. 사리는 손때 묻은 마차를 끌면서, 거
리를 둘러보았다.
　'많이 달라졌구나.'
　화귀비의 아픔은 이미 다 치유되어 있었다. 이제 화환족도, 화귀
비도 과거가 되어버렸다. 그 뒤에 큰 난은 없었고, 황제의 통치는

훌륭했다.

"휘유… 주인님 소문이 사실인 거 같아요."

송이가 사리 옆에 앉으면서 말했다. 사리는 무감각한 눈으로, 송이를 바라보았다.

"주인님이 아니잖아. 네가 종도 아니고."

"주인님은 주인님이에요."

강아지는 순종이 미덕이거늘. 사리는 송이 머리에 꿀밤을 내리꽂았다.

딱-

꽤 아파 보이는 소리가 울렸지만, 송이는 히죽 웃을 뿐이었다.

"이놈의 자식이……."

"주인님이란 소리 듣기 싫으면 주인마님이 되세요. 영계는커녕 노계가 다 되어가는 나이에 언제까지 독수공방하실 거예요."

"시끄러! 애인 있다니까!"

"제가 주인님 곁에 있은 지 이 년이나 되는데, 얼굴도 보지 못한 애인이요?"

사리는 한숨을 내뱉었다. 그러게 정말 보고 싶었다. 벌써 오 년이 지나 있었다.

송이는 그런 사리를 보고 빙그레 웃었다.

"춘란 아줌마 보시러 가실 거죠?"

"응."

"힘드시죠? 제가 몰게요. 들어가서 쉬세요."

기운이 빠진 사리는 순순히 줄을 건넸다.

"보고 싶다. 내 남자!"

사리는 하늘을 보며 긴 한숨을 뱉어냈다. 그러고 보면 요즘 서신도 좀 뜸했다. 바빠서 그러려니 했지만, 원거리 연애의 권태기가 아닌가 두려웠다.

'내 마음은 변하지 않았는데?'

송이는 그런 그녀를 보며 키득거렸다.

"소문이 사실인 거 같아요."

사리는 다시 시안의 거리를 바라보았다. 외적으로는 전과 다름없었다.

"황제의 건강이 좋지 않대요."

그녀는 쓰게 웃으면서 송이 어깨에 머리를 기댔다. 그럴 리 없었다.

"건강한 분이라 들었는데, 의외로 부실한가 봐요."

송이는 사리를 보며 방긋 웃었다.

"혹시 잠자리 기술이 꽝 아닐까요?"

"너 주하랑 놀지 마라."

하여간 나쁜 것은 빨리 배우는 법이었다. 사리는 고개를 갸웃거렸다. 그랬었나. 그렇게 꽝이었나.

"그 정도는 아니었는데. 잘 몰랐지만."

"예?"

"아니야. 아무것도."

지금 생각하면 그 모든 것이 꿈같았다.

련.

그녀는 마음속으로 작게 속삭였다.

어떻게 살고 있어요? 건강해요? 서신에는 항상 건강하다 그랬는데, 어디 안 좋은가요?

사리는 시안의 거리를 바라보았다. 하연국은 점점 안정되어 갔다. 그는 좋은 황제였고, 좋은 사람이었다.

"도착했어요."

송이가 말하자마자 그녀는 마차에서 뛰어내렸다. 가슴이 답답했다.

"조금만 돌아다니다 올게."

"춘란 씨에게 혼나요! 오랜만인데 얼른 얼굴 봐야죠!"

"미안. 조금만!"

사리는 가벼운 발걸음으로 순식간에 사라졌다. 송이는 머리를 긁적였다.

"제가 혼난다고요, 주인님."

송이의 말이 공기 속으로 사라졌다. 위험하다는 말은 씨알도 먹히지 않았다. 그녀는 큰 상단의 주인이었다. 지금은 상당 부분을 남동생 주하에게 넘겼지만, 아직 상단의 주인은 사리였다.

"손이 많이 가신다니까."

송이는 빙그레 웃으며 기지개를 켰다. 그래도 자신은 주인님이 사랑스러웠다. 그녀의 강함과 용기에 자신만 매료된 것이 아니었다. 사막의 왕부터 시골 나무꾼까지 줄줄이 청혼을 받았지만 주인님은 다 거절했다.

'너무 튕기면 정말 독수공방으로 죽을 텐데…….'

송이는 낮은 한숨을 쉬며, 자리에서 일어났다. 아무래도 잠깐 춘란의 잔소리는 자신이 맡아야 했다.

✳

사리는 정처 없이 걸음을 옮겼다. 낯선 거리를 걷는 것은 이미 익숙했다. 얼마나 많은 곳을 돌아다녔는지 몰랐다. 모랫길부터 얼음이 녹지 않는 바다까지. 낯선 곳을 가는 것은 이제 일상만큼이나 당연했다.

"정말 건강이 안 좋은가……."

그녀는 고개를 절레절레 저었다. 그를 믿는데 이 무슨 말일까! 천하의 바보가 따로 없었다.

사리는 주먹을 꽉 쥐었다. 생각하지 말아야 했다. 생각하면 너무 걱정이 되었다. 어찌할 수 없이 간절해서, 그래서 견딜 수 없었다.

사리는 고개를 들었다. 봄의 시안의 한눈에 들어왔다. 사리는 주위를 돌아보았다. 사람들이 자신을 스쳐 지나갔다.

그때 꽃잎 하나가 사리의 뺨을 스치고 지나갔다.

'아…….'

사리는 고개를 들었다. 어느새 꽃잎들이 바람을 타고 하나씩 하나씩 내려오고 있었다.

꽃잎이 떨어지고 있었다.

그녀는 손을 모았다. 손등으로 꽃잎들이 스쳐 지나갔다. 잊어버리고 있던 옛 기억이 밀려 들어왔다.

'이렇게 그러모으면…….'

손을 모으고 있으면, 꽃잎이 들어왔다. 사리는 하늘을 바라보았다. 수많은 꽃잎이 내려왔다. 사리는 눈을 감았다. 콧잔등 위로 꽃잎이 스쳐 갔다.

"꽃의 의미……."

"전 믿었어요. 꽃이 피고 지는 것처럼 모든 것은 흘러간다. 그러니 이 아픔도 흘러갈 것이다."

모든 것은 변해갔다. 그녀는 눈을 떴다. 꽃은 졌다. 이 세상 어떤 꽃들도 영원히 피어 있지 못했다.

사리는 앞을 바라보았다. 꽃잎에 쌓인 한적한 거리에 눈에 들어오자, 애써 고개를 저었다.

그때였다. 사리의 다리는 멈출 수밖에 없었다.

꽃이 떨어지고 있었다.

익숙한 얼굴이 서서히 모습을 드러냈다. 한시도 잊은 적 없었다. 그토록 그리워했던 모습이었다.

바람이 불었다. 그녀는 멍하니 남자의 얼굴만 바라보았다.

"꿈이 아니죠?"

율은 그런 사리를 보며 작게 웃었다.

"빨리 오고 싶었는데, 오래 걸렸소. 미안하오."

한 발자국도 움직일 수 없었다. 마치 꽃이 보여주는 환영 같았다.

남자의 모든 것이 서서히 눈앞에 드러났다.

"보고 싶었소."

율은 천천히 사리에게 다가왔다.

"오 년이나 걸렸군요."

그녀의 모든 것이 서서히 가까워졌다. 손을 내밀면 아직도 꽃잎이 잡혔다.

어렸을 적 율은 꽃이 싫었다. 꽃을 보면 화귀비가 생각났다. 하지만 그녀의 말에, 꽃이 새로운 의미를 갖게 되었다. 그리고 이제 꽃의 의미는 가슴 안으로 들어와 있었다.

"이렇게 다시 피오."

눈물이 났다. 사리는 이 순간을 믿을 수 없었다.

율은 손을 뻗어 사리의 어깨를 잡았다. 모든 것이 서서히 가까워졌다. 오 년을 하루같이 그렇게 기다려 왔다.

꽃잎이 떨어졌다. 사리는 아무 말도 할 수 없었다.

"영원히 피어 있는 것은 없습니다. 모든 것이 사라지지만, 그래도 꽃은……."

그는 팔 안에 사리를 가두었다. 사리는 눈물을 흘리며 율의 가슴에 기댔다. 이제 정말 함께 할 수 있었다.

"여기 있군."

율의 나직한 목소리가 바람결에 흩어졌다. 꽃잎은 부드럽게 대지를 감싸 안았다. 햇살은 그런 꽃잎에 닿아 부서졌다. 찬란한 아름다움은 그렇게 머물렀다 사라졌다.

덧붙임 넷
또 다른 내기

마차는 거친 길을 끊임없이 나아갔다. 흙먼지에 범벅된 커다란 짐수레는 커다란 돌부리에 잠시 덜컹거렸지만, 용케도 중심을 잃지 않았다. 튼튼한 자목 나무로 만든 바퀴는 험한 바닥쯤은 거뜬하다는 듯 나아갔다.

"다음에 도착할 곳은 아리한이에요. 질 좋은 옥이 나는 곳이죠."

사리는 허리를 펴며 작게 기지개를 켰다.

"여전하겠군."

"맞아요. 작년에도 왔었죠?"

마차가 크게 덜컹거렸다. 순간 중심을 잃은 사리가 비틀거리자, 율은 품에 낼름 넣어버렸다.

"조심하십시오. 나의 하나뿐인 그대여."

사리의 머리카락을 쓱쓱 넘기는 그는 참으로 만족스러워 보이는 웃음을 지었다.

"우리 은동이를 위해서라도 말이지."

어린아이 같은 모습에 그녀는 나오는 웃음을 참을 수 없었다. 벌써 헐렁한 반비 사이로 제법 부른 배가 퍽 도드라져 보였다.

두 번째 아이였다.

"금아는 어디 있나요?"

"우리 장녀는 그 시커먼 놈 있는 마차에 갔소."

"못 말리겠네요. 송이에게도 폐가 될 텐데."

"폐는 무슨 폐. 그 시커멓고 반짝이는 놈을, 우리 금아가 왜 그리도 좋아하는지 모르겠소."

"송이가 뭐가 어때서요. 감도 좋고, 곡도 다루는 것도 능숙하며 호객도 잘하잖아요."

"그놈은 말이 너무 많아."

"솔직히 말해봐요. 그냥 금아랑 친해서 싫은 거죠?"

율은 토라진 듯 고개를 휙 돌렸다.

"우리 딸 금아가 말입니다. 커서 누구랑 혼인하고 싶으나 물으니, 글쎄 송이 그놈이라고 합디다."

"금아가 보는 눈은 있네요."

"무슨 소리! 내 눈에 흙이 들어가도 그놈은 사절이요. 어딜 넘봐."

사리는 씩씩 되는 율의 어깨를 토닥였다. 딸애를 금이야 옥이야 아끼는 것은 알고 있지만, 이제 다섯 살이 된 아이였다. 벌써 이러면 우리 금아 시집을 어찌 가나. 그녀는 웃으면서 말했다.

"율, 이리 돌아보세요."

"싫소. 내 앞에서 다른 남자 칭찬을 하다니, 그대도 너무하오."

"토라졌어요?"

"모르오."

세상에 많은 아비가 사랑스러운 딸애에게 빠져 바보가 된다 하던데, 그는 더 심하면 심했지 절대 덜하지 않았다.

"금아는 겨우 다섯 살이에요."

"그대를 닮아 자태가 너무 고와서 위험하오."

사리는 피식 웃었다. 확실히 겉모습은 자신을 닮았지만, 심성은 율에 가까웠다. 장난을 어찌나 좋아하는지, 일꾼 중에 수염이 멀쩡한 이가 없을 정도였다.

"우리 둘째 아이는 어떤 아이가 될까요."

"그대를 닮은 딸아이였으면 좋겠소."

"전 율 닮은 사내애가 좋은데요."

"시커먼 사내애보다는 귀여운 딸아이가 좋소."

그녀는 부른 배를 한번 쓸어보았다. 따뜻한 온기가 손끝에 닿았다. 새 생명이 이렇게 움트고 있었다.

"율, 만져 보세요."

사리는 토라진 율의 손을 부른 배에 가져갔다. 그는 그녀의 배를 조심스럽게 쓸어내리며 한숨을 쉬었다.

"난 그대가 당분간 상단을 이끌지 않았으면 좋겠소."

"그럴 거예요. 본점에 돌아가면 당분간 그래야죠."

"무리가 될까 무섭소."

율은 그녀의 머리카락에 조심스럽게 입맞췄다. 사리는 아무 말도 하지 않았다. 그의 말이 무슨 의미인지는 알고 있었다.

상단은 번창하고, 모든 것이 순조로웠다. 첫아이는 건강하고 영리했다. 믿을 만한 이들이 옆에 있었고, 무엇보다 율이 곁에 있었다.

"가끔 이 모든 게 꿈이 아닐까 두려워요."

요망한 화환족. 누구에게나 지탄받고 나라를 어지럽힌 간악한 년.

"당신이 내 곁에 있는 짧은 춘몽이요."

간절한 바람이 만들어낸 꿈이라서 이런 것이라고. 눈을 뜨면 아직 신주에 갇혀 있고, 수근대는 사람들과 가주의 패악까지 다.

"꿈이 아니겠죠."

그는 사리의 머리카락에 입맞췄다. 율도 마찬가지였다. 이런 두려움을 어떻게 설명할 수 있을까. 어느 날 일어나 보면 황제인 채 궁안에 갇혀, 그저 그리움에 잠식되어 가는 나날이 계속되면 어쩌나.

"꿈이 아니오."

눈을 감으면 아주 깊은 곳에 검은 물이 흘러갔다. 화귀비를 쫓고 아비의 배를 가른 과거였다. 시린 냄새와 함께, 절망은 숨결을 타고 올라온다. 증오로 덧칠된 마음은 눈을 가렸고, 어리석음을 모른 채 그녀를 만났다.

율은 그녀의 손을 잡았다. 맞닿은 온기는 따뜻했다.

"이리도 확실한 것이 어찌 꿈일 수 있겠소."

피에 적셔 쓰러지던 그녀를 잊을 수 없었다. 어리석음을 탓하고, 무력함을 곱씹었다. 아름다운 궁녀는 결국 아무 도움을 받지 않았다. 처음부터 시작해서 모든 것을 이루어 나갔다.

"내가 있소."

이렇게 아름다운 그녀가 곁에 있었다.

"율에게는 항상 미안해요."

"황제의 자리를 버린 것 말이오?"

황좌의 올라서면 문무백관들이 쭉 늘어서 있었다. 피로 얼룩진 옥좌에 앉아서, 항상 누군가를 죽일 생각을 했다. 어느 지방, 어떤 관리. 나라의 기강을 위해, 백성을 위해. 뭔가를 눈감아주고, 더한 것을 얻어내고 사람을 고문하고 전쟁을 준비했다.

"애초에 나는 열네 번째의 황자였지, 황제가 될 이는 아니었소, 아마 그대가 아니더라도 언젠가는 박차고 나왔을 것이오."

사리는 고개를 저었다. 앞에 있는 남자는 결코 그렇지 않았다. 많은 곳을 다녀봤지만 율처럼 황제의 자리에 어울리는 사람은 없었다.

"지나간 것을 생각하기에 기다림이 길었소."

그는 사리의 손에 단단하게 깍지를 꼈다.

"제가 그리웠나요?"

"그대가 있는 곳이 이 세상이 아니었다면, 기꺼이 옥좌를 뒤로한 채 따라갔을 것이오."

율은 그녀를 품에 안았다.

"꿈속에 있더라도 따라가겠소. 그대 혼자만 가게 내버려 두지 않아."

사리는 피식 웃었다. 너무도 그다워서 차마 꿈이라 여길 수 없었다.

"그렇군요."

사리는 가만히 율의 손을 쓸어보았다. 그래. 곁에 그가 있었다. 영원히 함께 있을 수 없을 거라 여기던 사람이었다. 너무 높은 곳에 있어서 닿을 수 없었다. 하지만 그는 이렇게 모든 것을 버리고 자신이 있는 곳으로 왔다.

불안에 떨며 숨죽이기에는 너무나 행복한 나날이었다.

"그래도 저는 뱃속에 아이가 사내애였으면 좋겠어요."

그가 순간 움찔하는 게 보였다. 사리는 배시시 웃으며 창문을 가린 천을 들어 올렸다. 마차 밖으로 보이는 하늘은 시린 푸름을 머금고 있었다.

상단을 운영하면서 죽을 고비가 없는 것은 아니었다. 하지만 그럴 때마다 그를 생각하면 필사적으로 일어설 수 있었다.

"사랑해요."

누군가가 도착지가 보인다고 소리쳤다. 저 멀리 흐릿하게 보이는 나날을 느끼며 그녀는 배를 쓰다듬었다. 어미가 그러는 줄 아는지, 아이는 힘차게 발길질을 했다.

"나는 딸을 원하오."

등 뒤의 풀죽은 목소리 때문에, 크게 웃음을 참을 수 없었다. 등 뒤로 다가오는 그를 향해 사리는 말했다.

"그럼 내기할까요? 아들이면 제가 이긴 것이고, 딸이면 율이 이긴 거예요."

"지면 벌칙이 무엇이오."

"서로의 부탁 들어주기로 해요."

굽이치는 과거를 넘어 찬란한 미래가 다가왔다. 이제는 분명히 느낄 수 있었다.

"좋소."

두 사람은 서로 바라보며 그렇게 웃었다.

덧붙임 다섯
인과의 바퀴

초원을 걷는 이들에게 필요한 것은 번화가에 사는 이들보다는 많지 않았다. 목을 축일 수 있는 물과 다리를 대신할 말, 식사인 양고기와 삶의 질을 윤택하게 하는 마유주였다. 하지만 사리가 초원에서 제일 좋아하는 것이 있었다. 바로 어디서나 쉴 수 있게 만드는 천막, 파오였다.

"오늘 힘들었지?"

천막 안에서 장신구를 떼며 묻자, 세 아이가 바닥에 깐 염소 가죽 위에서 까르륵 굴러다녔다. 못 말리겠군. 불을 피우면서 중얼거리는 이는 율이었다. 하나씩 충실하게 낳은 탓에 그와 재회하고 나서 십 년 뒤에 이렇게 아이들을 볼 수 있었다.

"힘들지 않았어요, 마마!"

"송이가 재미있는 거 보여줬어요."

"와, 누나, 송이가 뭘 보여줬는데?"

"송이와 나의 비밀!"

"치사해!"

장녀인 금아와 장남인 은하가 싸우기 시작하니, 상단 수장의 넓은 파오도 금세 시끄러워졌다. 큰 싸움이 되기 전까지는 둘은 아이들을 말리지 않았다. 두 아이의 작은 투닥거림이 멎어지자, 구석에서 손가락을 빠는 아직 어린 차녀 동희는 파오 밖으로 나가려는지 자꾸만 멀어져 갔다.

"방심할 수 없구나."

편한 옷으로 갈아입은 사리는 막내를 안고 금아와 은하 사이에 두었다. 말싸움도 그만하고, 사고도 치지 말라는 무언의 의지였다.

"누굴 닮아서 이러는 걸까."

두 아이는 우아하게 머리를 넘기며 미소 짓는 그녀를 보며 외쳤다.

"엄마!"

"아빠!"

"좋은 것인지 나쁜 것인지 알 수 없구나."

불을 다 피운 율이 다가와 앉으며 중얼거렸다.

"난 엄마 닮은 딸이고, 은하는 아빠 닮은 아들인걸?"

사리는 율에게 기대어 앉으며 동그란 눈으로 말하는 금아를 바라보았다. 눈가와 코, 입매까지 확실히 얼굴은 자신을 많이 닮아 있었다.

"성격은 반대지만……."

율은 금아의 이마를 가볍게 톡톡 치며 사리가 좀 더 편하게 기댈 수 있게 자세를 고쳐 잡았다.

"그렇네요."

아버지와 아들 아니랄까 봐 은하의 겉모습은 확실히 비슷했다. 하지만 금아보다는 사려 깊었고 생각이 많았다.

"그런데요. 엄마, 아빠. 제가 이렇게 말하면요. 송이는 오십보백보래요. 두 분 다 얼굴은 멀쩡하고 머리도 좋은데 성격은 뭔가 어긋났대요."

"그러니? 송이가 요즘 한가한가 보구나. 일을 더 줘야겠어."

"어쩜 부부가 그렇게 똑같냐며, 어제도 외치던데요. 특히 아버지는 참 사고를 많이 친다고 엄마랑 맺어주는 게 아니었다고 툴툴거려요."

"그렇구나. 송이 자식이 요즘 편한가 보군. 내일은 대련해야겠어."

율은 부드럽게 웃고 있었지만, 사리는 알 수 있었다. 아마 송이는 꼭두새벽에 불려나가 숨이 코가 아닌 가슴에서 나올 만큼 굴려졌다 근육통으로 뻗을 것이다.

'그 뒤에 내가 일을 주면 되겠네.'

요즘 도통 자율에 맡겨주었더니 금발 청년이 많이 자란 모양이었다.

"전 잘 모르겠지만, 아버지와 어머니께서 닮았다는 말은 동의해요."

금아의 말에 부부는 서로 바라보았다.

"부부는 닮으면 잘산대잖아요. 그래서 아빠 엄마는 밤 궁합이 좋으신가 봐요."

"잠깐 금아야? 밤 궁합이라니?"

"송이가 그러던데요? 자기는 혼기가 다와 가는데 수장부부는 아이 늘릴 생각밖에 없다면서, 가끔 수풀 속에서 부스럭거리는 소리들을 때마다 눈물이 난다면서 투덜거렸어요."

율은 웃음을 지우고 손가락을 까닥거렸다. 두둑. 뼈마디 부딪치는 소리가 파오 안에 울려 퍼졌다.

"매를 버는구나, 우리 송이가. 당신 하지 마요. 뼈 상해요."

사리는 율의 손가락에 깍지를 낀 채 다른 한 손으로 조심스럽게 쓰다듬었다.

"기어오르는 애한테 무엇을 해줘야 잘했다 소문이 날까요."

"생각해 봅시다."

"그런데 엄마 수풀 속에서 뭐 하셨어요?"

두 사람이 동시에 멈칫했다.

"저도 엄마 아빠가 가끔 사라지는 게 궁금해요."

무슨 말을 해야 할까.

"크면 알게 될 거란다."

먼저 말을 꺼낸 것은 사리였다. 옛날에 '아이의 미래를 위한 성교육'이란 책을 호기심 삼아본 적 있지만, 그것은 예민한 시기에 돌입한 아이를 위한 것이 아니었던가.

"금아가 다섯 살 더 먹으면 얘기해 주마."

둘은 고개를 끄덕였다. 제대로 된 성교육을 하고 싶었지만, 아직 금아는 여덟 살이 되고, 은하는 네 살이었다. 일러도 너무 일렀다.

"있잖아요, 마마."

그때 은하가 말했다.

"그래, 우리 아들."

사리는 어린 아들의 머리카락을 부드럽게 쓰다듬었다. 율을 닮은 은하는 장난꾸러기 금아와 다르게 사려 깊은 아이였다. 말수가 많지 않았지만, 똑똑하게 말하는 게 깨물어주고 싶을 만큼 귀여웠다.

"마마랑 아버지는 어떻게 만나셨어요?"

사리는 순간 할 말을 잃었다. 오늘따라 아이들의 질문이 무겁고도 날카로웠다.

그녀는 곰곰이 생각했다.

십여 년 전이었다. 행복함을 덧칠된 현실을 헤치자, 그토록 간절했던 과거가 떠올랐다.

사리는 아직도 기억하고 있었다.

가만 어둠 속에서 가마에 올랐다. 격자 사이로 흔들리는 하늘을 보며 하염없이 나아갔다. 햇살이 눈부신 나날에 비웃음을 당하며 내려서 절을 하자, 육신은 폐궁에 갇혀 있었다.

시리도록 파랬던 나날의 시작. 몸은 괴롭고 일은 고되었지만, 행복했었다.

그래. 그때 율을 만났다.

화귀비가 죽었다는 아름다운 연못에서 기적 같은 우연으로 이렇게.

'냇가에서 목욕하다가 만났다 할까?'

대강 그렇게 말하면 되지 않을까. 완전한 거짓말도 아니고 말이다. 사리는 왠지 등에서 식은땀이 날 거 같아서 이리저리 뒤척였다.

율은 그런 그녀를 가만히 보다 팔 안쪽으로 끌어당겼다. 기대어 있던 사리였지만 갑자기 끌려간 탓에 조금 휘청거렸지만, 익숙한 체온이 평온하기만 했다.

그는 조용히 아들의 이름을 불렀다.

"은하야."

"예, 아버지."

"오늘 아비는 너에게 인과를 이야기하고 싶구나."

율의 목소리는 담담했다. 사리는 자신의 허리를 단단하게 붙잡은 팔을 바라보며 그의 말에 귀 기울였다.

"옛날에 어느 왕이 있었단다. 그 왕은 머리가 좋아서 나라를 잘 다스렸지. 백성은 왕을 칭송했고, 나라는 평안했단다. 그러던 평온한 나날 속에서 왕은 어떤 신하의 아내를 보게 되었지. 신하의 아내는 나라를 떠돌아다니는 민족의 한 사람으로 너무나 아름다웠단다."

사리는 모르는 이야기였다. 심지어 서책에서도 읽어본 적 없었다.

"왕은 그 여인에게 한눈에 반했지. 신의 장난일까. 그 아내는 밝고 활기찬 사람으로, 작은 이야기도 즐겁게 할 수 있는 재주도 가지고 있었단다. 현명했던 왕이 욕심이라는 갑옷 속에서 창을 꺼내든 것은 정해진 일이었단다."

은하의 까만 눈이 반짝였다. 율은 사리가 했던 것처럼 그런 아들의 머리카락을 부드럽게 쓰다듬었다.

"왕은 신하를 반역으로 몰아 죽여 버렸단다. 그리고는 반역자의 아내를 자식을 빌미로 협박하여 손에 쥐었지. 아름다운 궁에 가두고 몇 날 며칠을 탐했단다."

잔혹한 이야기였다.

"살아남은 아들은 이를 갈며 전국을 돌아다녔지. 그러다 지방의 큰 세력가의 아들이 되었고, 기틀을 잡을 수 있었다."

사리는 눈을 감았다. 이제야 율이 무슨 말을 하는지 알 수 있었다.

"가주가 된 아들은 즉시 전국에서 어여쁜 미색을 가진 고아를 끌어모았다. 그리고 그 떠돌이 민족의 한 사람에게 고아들을 교육하게 명했지. 세월이 지나 아이들은 아름답게 자랐고, 그중에서도 경국지색인 여자가 탄생했다."

전대가주, 즉, 사리의 할아버지와 화귀비의 이야기였다.

"경국지색인 여자는 그런 가주를 사랑했다. 그래서 가주의 명에 복종할 수밖에 없었어."

"가주는 그 여인에게 무슨 명령을 내렸죠?"

"궁에 가, 왕을 유혹하여 나라를 무너지게 하라."

"신하의 아내를 가둔 왕은 그때 제위 중이었나요?"

"아니, 이미 신하의 아내는 대들보에 목을 맨 지 오래고, 왕도 죄책감으로 병마와 씨우다 승하했지. 그때 그 나라는 새 왕이 다스리는 나라였다. 새 왕은 나름대로 현명했지만, 아비의 잘못을 안 탓에 굉장히 금욕적인 남자가 되어 있었단다. 그는 사치와 음주 가무를 엄격히 금하고, 법을 중요시했다. 심지어 곁에 비도 그리 많지 않았어."

율은 작게 한숨을 쉬었다. 잘 기억나지 않지만 회귀비가 오기 전에 아비는 그랬다. 철로 되어 있지 않을까 고민했을 정도로 엄격하고, 언제나 예의를 따졌다. 오죽하면 자신의 이름도 율이라 지었을까. 덕분에 장난을 좋아하는 황족인 자신은 매일 벌을 받아야 했다.

제일 많이 벌을 받은 황자가 아비의 목을 벨 줄은 그도 모르지 않았을까.

"하지만 왕은 그 여인을 본 순간 순식간에 무너졌지. 여인은 경국지색의 미색과 버드나무처럼 가녀리게 춤추는 가무, 거기에 사람을 홀릴 수 있는 언변까지 갖추었지. 철두철미하게 신분을 가린 채 궁녀로 입궁한 여인은 그렇게 왕을 유혹했고, 엄격했던 왕은 그렇게 사라졌다."

화귀비에 화술에 놀아난 것은 비단 왕뿐만이 아니었다. 도처에서 탐관오리들이 이때다 싶게 튀어나왔고, 청렴했던 관리들도 서서히 어둠에 물들어갔다. 황궁에 비와 왕자들은 하나둘씩 사라졌다.

넘실대는 어둠 속에서 누군가는 숨이 멎어갔다. 거짓말이라고 현명하신 황상께서 그럴 리 없다고 궁 안에 모든 사람은 고개를 저었지만 모두 다 소용없는 일이었다.

"목숨을 걸고 왕께 충고한 이들도 있었지만, 나라는 점점 어지러워졌다."

그중에 율의 어머니인 금비도 있었다. 워낙에 수수하고 나서는 것을 좋아하지 않는 금비였지만, 도탄에 빠져가는 나라를 위해 제일 먼저 목숨을 걸고 왕께 간언했다. 눈물로 호소한 그녀의 간언에 황제는 잠시 주춤하는 듯했다. 하지만 어머니는 화귀비의 계략을 당해낼 수 없었다.

"그래서 그 나라는 어떻게 되었나요?"

어떻게 돌아가셨더라. 분명히 모함이었다. 금비가 화귀비를 독살해 죽이려 했다는 그런 모함이었다.

결과는 중요하지 않았다. 훗날 무죄임이 드러났지만, 이미 금비는 이 세상에 없었다.

"그 여자에게 어미를 잃은 어린 황자가 남아 있던 신하와 결탁했다."

상황이 그렇게 만들었다. 좋은 스승에게 제왕학을 배우기는 했지만, 아무도 장난 좋아하는 황자에게 황제의 자리가 내려질 줄 몰랐을 것이다.

현명했던 태자와 형님들이 죽지 않았다면 그런 맞지 않은 황룡포 따위 입지 않았을 것이다.

"아버지인 왕의 목을 베고 경국지색인 요녀를 죽였지. 그렇게 나라는 평안을 찾았다. 그렇게 사람들은 그렇게 이 참혹한 역사가 끝나는 줄 알았단다."

"끝이 아니었나요?"

"그 경국지색을 사랑하던 가주의 아들이 남아 있었지. 그자는 져버린 여인이 황궁으로 떠나갈 때 억지로 다른 아름다운 여인을 품었고, 한 아이가 태어났다. 그리고는 황자의 손에 화귀비가 죽자, 그때부터 난을 일으키려고 준비했다."

"난은 성공했나요?"

"성공하지 못했어. 왕이 된 황자에게는 유능한 신료들이 많았고, 즉시 진압할 수 있었으니까."

은하는 고개를 끄덕였다. 그럭저럭 수긍하는 눈치였다. 그때 장녀 금아가 말했다.

"아버지, 이상해요."

"무엇이 이상하지?"

"그게 아버지랑 어머니가 만난 것과 무슨 상관이 있는 거죠?"

사리는 피식 미소 지었다. 금아의 질문이 제법 날카로웠고, 또 그런 점은 율과 너무나 많이 닮아 있었다.

"그때 만났단다."

"어떻게요?"

"난이 일어나 어미는 피난을 갔고, 어느 화려한 전각 연못에서 네 아버지를 만났단다."

율은 천천히 사리를 바라보았다. 사실과 다르지만 마냥 거짓말은 아니었다.

"그게 인과랑 무슨 상관이죠?"

이번에는 은하의 정곡을 찌르는 질문이었다.

"아들아, 생각해 보아라. 만약 난이 일어나지 않았다면 나랑 네 아버지의 인연은 없었을 거야."

"그런가요?"

"세상 모든 일이 이렇단다. 거미줄보다 촘촘히 얽혀 있어. 그래서 사람은 자신의 행동을 책임져야 하는 거다. 어느 줄을 잡아당길지 모르니까 말이다."

엉성하게 낸 결론치고는 제법 그럴듯했다.

"자, 늦었구나. 이제 잠자리에 들렴."

아이들은 고개를 끄덕이며 잠자리로 달려갔다.

"어라, 애들아?"

사리는 급히 주위를 둘러보았다.

"동희는 어디 갔니?"

바로 전에까지 언니와 오빠 사이를 기어 다니던 동희가 영 보이지 않았다. 파오 구석구석을 보아도 동희가 보이지 않자, 율은 급히 자리에서 일어났다.

"찾아오겠소. 멀리 가진 않았을 것이오."

이제 막 걸음마를 하는 아이가 멀리 가봤자겠지만, 이곳은 초원이었다. 밖에는 불침번들이 서 있지만 밤이면 모든 것이 위험했다.

아이들 모포를 둘러주며 사리는 고개를 끄덕였다. 율은 작은 등에 불을 붙인 채 천막 바깥으로 나갔다. 천이 헤치는 소리와 발걸음 소리가 밤하늘에 울려 퍼졌다.

사리는 아이들 이마에 부드럽게 입맞춤하며 가슴가를 토닥였다. 잔병치레 하나 없는 아이들은 곧 새근새근 잠자리에 들었다.

그녀는 조용히 자리에서 일어났다. 율은 아직 돌아오지 않았다. 그리 빨리 찾을 수 없는 것을 알고 있어도 걱정이 되는 것은 어쩔 수 없었다. 사리는 작은 불씨를 등불에 옮겨 담고, 천막에서 걸어

나왔다.

초원의 밤은 질흙같이 어둡지 않았다. 하늘에 촘촘한 별들은 금방이라도 닿을 듯이 쏟아지고, 제법 부른 달은 눈부시게 빛났다.

사리는 흔들리는 등불을 확인하고 천천히 걸어갔다. 초원의 향기가 바람 속에서 느껴졌다.

사리는 천막을 주위를 꼼꼼히 둘러보았다. 그때 천막 반대쪽에서 어스름한 등불이 보였다.

"들어가 있지 않고, 왜 나왔습니까."

그녀는 밝게 웃으며 율의 곁으로 달려갔다. 막내 동희는 이미 그의 품에 얌전히 안겨 노마같이 검은 눈을 반짝였다.

"걱정돼서요."

"밤바람은 차오."

사리는 조용히 동희를 건네받았다. 아이는 어미의 품이 좋은지 까르륵 웃으며 손을 폈다 쥐었다. 율은 그런 아이의 손에 손가락을 쥐어주자, 아이는 제법 세게 잡고는 작게 흔들었다.

"금아와 은하는 둘 다 우리를 빼닮았는데, 동희는 누구를 닮았을까요."

"이렇게 밤중에 부모의 가슴을 뛰게 하는 아이요. 여태까지 금아 때문에 골치가 아팠다면, 동희는 그 이상일 듯싶소."

"이런이런. 너무 속 썩이지 마세요, 아가씨."

아이는 밝게 웃으며 도리질 쳤다. 어쩜 이렇게 솔직할까. 둘은 피식 웃으며 동희의 뺨을 쓰다듬었다.

"련."

달이 눈부신 초원의 밤이었다. 사리는 작은 목소리로 속삭였다.

"잠깐 산책하지 않을래요?"

율은 고개를 끄덕이며 허리춤에 찬 칼을 확인했다. 사리가 수장인 상단은 꽤 규모가 커서, 여기저기 불침번이 있었고, 파오는 한두 개가 아니었다. 이리 사람이 많으니, 산짐승이 걱정될 리 없지만, 그는 이런 면에 항상 신중했다.

"기꺼이."

칼과 표창을 만진 그는 밝게 웃으며 사리 옆에 섰다. 그녀는 품에 동이를 안은 채 천천히 걷기 시작했다.

"어떻게 아셨어요?"

바람이 과거의 흔적을 타고 밀려 들어왔다. 품에 안은 아이의 체온은 따듯했고, 돌아보면 율이 있었다.

"조사했소. 아니, 서하가 멋대로 조사했더군."

"할아버지 일은 저도 어렴풋이밖에 알지 못했어요."

"궁금하긴 했었소."

옷깃을 가볍게 스치는 초원의 바람 앞에서 그는 팔 안에 사랑스러운 아내를 가두었다.

"누가 이 일을 시작했을까."

겹겹이 숨어 있다 드러난 진실 앞에서 율은 어린아이처럼 울고 싶었다. 그는 화려한 정자에 서서 눈을 감은 채 멀리 있는 그녀만을 그렸다.

"원인은 오히려 황실이었지."

신주의 송씨 가문에는 확실한 인과가 있었다. 자신이 화귀비에게 칼을 들었듯, 그들도 이유가 있었던 것이다.

그것을 안 순간 율은 자신의 어리석음을 한탄했다. 그저 송씨 가문의 가주가 황제의 자리를 탐냈다 생각했지만, 진상은 따로 있었던 것이다.

"몇 대를 거쳤지만 끝난 일이잖아요."

"그럴 리가."

그는 고개를 저었다. 모든 것을 알게 되었을 때 느껴졌던 것은 깊은 동질감이었다. 죽여 목을 걸어놓은 자에게 뒤늦게 든 감정이었지만, 율은 알고 있었다.

타는 듯한 복수심과 갈증. 그것을 이루어내는 과정이 어떤 것인지를.

"반란은 평정되었고, 이제 송씨 가문은 없어요."

사리는 그리 말하고 하늘을 바라보았다. 저 멀리 초원에 별똥별 하나가 까만 밤하늘에 흘러내렸다.

그래. 모든 것이 변했다.

송씨 가문에 여식 송사린은 상단의 수장인 송사리가 되었고, 하연국 황제의 율은 이제는 그저 송사리의 부군일 뿐이었다. 수레바퀴처럼 돌아오는 참혹한 인과는 이제 어디에도 없었다.

"만약 그대가 내 곁으로 오지 않았다면, 아무것도 몰랐을 것이오."

그저 원망의 마음을 곱씹으며 화려한 황궁 속에서 맞지 않은 황룡포를 입고, 하루하루 버텼겠지. 버티는 것과 삶을 사는 것은 확연한 차이가 있음에도, 그렇게.

"모든 것을 알고 나서야, 그대가 그렇게 미움 속에서 초연했는지 알게 되어서 더 가슴이 아팠소."

사리는 고개를 저었다. 율의 말대로 초연한 것은 아니었다. 어찌 밉지 않았을까. 가주는 항상 냉정했고 받은 것이라고는 상처와 욕밖에 없었다. 아비로서 아주 기본적인 것은 주었다. 먹여주고 재워주고 스승을 보내 가르쳐 주었다. 하지만 황제를 유혹하라는 명으로 시안에 끌려갈 때 그제야 아비로서 최소한의 역할을 한 이유를 알게 되었다.

"아니에요."

"그대는 나에게 어떤 원망도 하지 않았소. 억울하다 소리치지도, 잔인하다 욕하지도 않았다."

"그럴 이유가 없었어요. 율도 그저 안타까운 희생자라 생각했으니까요."

그는 사리의 얼굴을 귀한 보물을 만지듯 조심스럽게 쓰다듬었다.

"그래서 모든 인과가 부서졌던 게 아닌가 싶소."

율은 생각했었다. 그녀가 세상을 저주하며 궁으로 들어와 자신의 앞에 선다면, 선황처럼 빠져들었을 거라고.

그렇게 또 한 번 인과의 바퀴가 다시 돌 뿐이라도, 사리에게 빠지지 않을 자신이 없었다.

"그대라서 다행이오."

그는 사리의 목덜미에 조심스럽게 입맞추었다.

"그렇게 거창한 게 아니에요."

"그대가 아니면 아무도 할 수 없는 일이오."

"나 원 참."

목소리가 조금 컸는지, 사리의 품안에 있던 동희가 칭얼거렸다. 둘은 소리를 죽이고, 아이를 달랬다. 다행히 아기는 곧 사리의 팔 안에서 새근새근 잠들었다.

"그렇다고 치죠."

그녀는 아이의 머리카락을 쓰다듬으며 웃었다.

"착하게 살아서 복을 받았다 쳐요."

꿈에 그렸던 것보다 지금이 행복했다. 홀로 죽어가던 그녀에게 가족이 생겼다.

이제 아무리 추운 곳으로 가도 춥지 않을 것이다. 곁에는 사랑하는 아이들과 욜이 있으니까.

"단지 감사할 뿐이에요."

"어떤 것을 말이오?"

"우리를 만나게 한 인과에게요."

왜 자신에게만 이런 일이 일어난 걸까 원망했었다. 어쩔 수 없다며 체념해도 그 마음을 누를 수는 없었다.

하지만 지금은 달랐다. 이토록 행복해지기 위해, 그런 일이 있었구나. 욜을 만나려고, 철격자에 갇혀 시안으로 갔구나. 같이 있고자 그 기다림이 필요했구나.

"겨울의 가고 봄이 오는 게 아니라, 봄이 오려고 겨울이 온다는 그 의미를 지금에서 와서야 조금 알 거 같아요."

그는 환하게 웃으며 다시 사리를 팔 안에 가두었다. 꿈도 꿀 수 없었던 나날이 심장 소리를 타고 올라왔다.

"나도 그렇게 생각하오."

율은 자신의 겉옷을 사리에게 둘러주었고, 둘은 아이들이 있는 파오로 천천히 걸어갔다. 맞닿은 체온 사이로 시원한 바람이 불었다. 영원히 행복한 날의 하루였다.

＊

그 일이 있고 어느 날이었다. 저녁, 평소처럼 송이에게 뛰어간 금아는 깜짝 놀라 소리쳤다.

"송이야! 왜 그래!"

항상 생기있어 보이는 뺨은 푹 꺼졌고, 눈은 거무스름했다. 입가는 헐어 있었고 피부는 푸석했다. 지금 여기에 있는 송이가, 내가 아는 송이 맞는 걸까. 금아가 눈을 비비자, 송이는 팔을 들 힘도 없는지 미역처럼 흐느적거리다 침상으로 풀썩 쓰러졌다.

"송이야, 괜찮아?"

"말할 힘도 없다."

"어디 아파? 죽었어?"

죽으면 움직이지도 못하지 않을까. 송이는 한숨을 쉬었다.

"아가씨. 제발 좀 가줘요. 아가씨마저 난리 치면 저 이번에는 정말 못 버팁니다."

"왜 그래?"

"아가씨 부모님께 물어봐요."

송이는 창을 들고 싱글벙글 웃던 율을 잊을 수 없었다. 갑자기

해성처럼 나타난 그 남자는 어디서 살았는지 묘하게 하대가 익숙했다.

'재수없어.'

십 년 전 아주 당연하다는 듯 혼례를 올리고, 그때부터 송이의 주인님은 오로지 그와 함께 시간을 보냈다.

'내 주인님을 돌려줘!'

잘난 놈이긴 하지만, 주인님은 더 잘난 놈이랑 잘될 수도 있었는데!

"아파 보인다."

송이는 자신을 걱정스럽게 쳐다보는 여자아이를 바라보았다. 까만 눈에 오밀조밀한 입술, 하얀 피부와 예쁜 이마는 어린 주인님을 보는 거 같았지만, 성격은 빼도 박지도 못하게 그놈이었다.

'둘 다 우리 주인님을 닮지.'

송이는 왠지 울고 싶었다.

"쉬게 좀 나가줘요."

이 박복한 삶이여. 송이는 그저 베개에 얼굴을 묻고 꿈나라를 여행하고 싶었다.

"송이야."

"왜요?"

"마마가 이거 오늘 밤까지 다 해오래."

금아의 손에는 장부가 곱게 놓여 있었다.

"빨리 해놓지 않으면 아빠가 훈련 한번 더 할 거라고……."

때려치울까. 송이는 귀엽고 깜찍한 금아의 얼굴을 보며 진심으로 중얼거렸다.

"송이가 많이 힘들어 보이니까, 나갈게."

아이는 손을 흔들었다. 그 흔들림은 마치 저승사자의 손길 같아서 송이는 그대로 눈을 감았다. 정말인지 여태까지 벌어둔 모든 돈을 털어서라도, 도망가고 싶을 뿐이었다.

덧붙임 여섯
춘란의 봄

"사랑합니다."

춘란은 아까 다짜고짜 들어와서 무릎 꿇고 비는 남정네를 무심한 눈으로 바라보았다. 이놈은 누굴까. 시안에 비단가게를 차린 지 십여 년. 의대자이녀 세계에 떠오르는 샛별로 군림한 자신에게 갑자기 이런 일이 닥친 걸까.

그녀는 순간 요즘 떠오르는 대적자 사라모이불방과 비단모란 상점의 이름을 중얼거렸다.

"부디 제 사랑을 받아주십시오!"

춘란은 앞에서 침을 튀게 가며 간절히 외치는 남자를 요리조리 훑어보았다. 수염 자를 때 베었는지 턱에는 생채기가 여러 개 있었고, 복식은 깨끗했으나 조합이 안타까웠다. 머리는 그나마 가지런했지만, 얼마나 세게 뒤로 넘겼는지 두피가 아파 보였다.

'미남 계는 아닌가.'

애초에 잘생기지는 않았다. 화류계 기생들과 거래가 많은 그녀였다. 그들이 어떻게 행동하고 돈을 버는지 알아서, 아무래도 이 남자는 대적자가 보낸 간자는 아닌 듯했다.

"어째서 저죠?"

춘란은 자신의 매력을 손가락을 꼽아보았다. 신주의 종으로 출발해, 지금 하연국에서 제일 큰 의대자이녀 공방을 운영하고 있었다. 끈기도 좋고, 몸도 튼튼했지만 남성에게 호감을 살 만한 것은 몇 개 없었다.

첫째, 돈이 많았다.

둘째, 돈이 대단히 많았다.

셋째, 돈이 아주 많았다.

'돈인가.'

누군지는 잘 모르지만, 강남의 날 찬 제비가 되어 잘 먹고 잘 살려는 모양이었다.

"반했습니다!"

그러니까, 왜?

"직원들을 위해 제 가게를 와서 마늘향이 너무 강하다 조언해 주었을 때, 저는 춘란 씨에게 반할 수밖에 없었습니다. 그 뒤 마늘을 고추기름에 볶아서 넣었고, 제 가게는 사람들이 미어터지게 되었습니다! 모두 다 춘란 씨의 능력입니다!"

그들의 말을 듣고 있던 직원들은 고개를 끄덕였다. 춘란은 시안의 복식을 지배하는 독재자였다. 하연국의 유행은 그녀의 손끝에 걸려 있었다. 성격은 더러웠지만, 돈은 많이 준 탓에 그럭저럭 존경은 받고 있었다.

그런 춘란이 망해가는 상점을 위해 관에서 만든 상점 구조 공단 같은 일을 하다니!

"전 당신을 위해 그 말을 한 게 아니에요."

그냥 꼬장이겠지. 직원들은 그리 생각하며 부지런히 손을 놀리는 척했다.

"그래도 상관없습니다! 전 춘란 씨에게 반했습니다! 춘란 씨 말고는 세상 그 누구와도 혼인할 생각 없습니다!"

춘란은 눈을 흘겼다. 혼인이라니! 떡 줄 사람은 없는 김칫국부터 마시고 음주 가무를 즐기는 꼴이지 않은가!

"무슨 소리예욧! 전 이미 혼인했어욧!"

"예? 하지만……."

남자는 순진했지만 영 맹탕은 아니었다. 근처 상점과 직원을 꼬셔서 그녀의 신상명세는 대강은 꿰고 있었다.

"전 일과 결혼했어요."

춘란은 앙칼지게 말했다. 순간 모르는 척 일하고 있던 점원들은 한숨을 폭 쉬었다.

'저러니까 시집을 못 가지!'

그들의 공통적인 생각이었다.

"그런 혼인이 어디 있습니까! 춘란 씨 저에게 기회를 주십시오!"

"제 돈을 노리는 모양인데, 전 죽을 때도 다 끼고 죽지, 자식에게도 물려주지 않을 거예욧!"

너무나 춘란다운 대답이어서 다들 할 말을 잃었다. 그녀는 숨을 들이시고 박수를 쳤다. 짝– 손바닥이 부딪치자, 사비로 고용한 무사가 재빨리 달려왔다.

  "너네 뭐 한 거야!"

  "죄송합니다."

  "빨리 잡상인 끌어내."

  "예!"

  남자는 힘 좋은 점원의 손에 질질 끌려 나갔다. 하지만 마지막까지 소리치는 것을 잊지 않았다.

  "사랑합니다! 사랑합니다! 춘란 씨이이이이이이이!"

  어찌나 크게 소리치는지 귓가가 울릴 지경이었다. 춘란은 바쁜데 이상한 놈이 왔다며 신경질적으로 바늘을 집어 들었다.

  그때 점원 하나가 유자차를 주며 말했다.

  "앞집 만두집 주인이네요."

  "아, 그 마늘 맛이 너무 났던 거?"

  "예. 하지만 워낙 좋은 재료로 만든 탓에 맛이 없지는 않았어요."

  춘란은 픽 웃음을 터트렸다. 모락모락 김이 올라오고 소고기와 고추기름에 볶은 마늘이 들어 있는 만두는, 몇 달간 그녀의 간단한 조찬이었다.

  "맛은 있던데."

  "간절한 거 같은데, 받아주지 그랬어요."

  춘란은 능숙하게 손을 놀리며 말했다.

  "근성을 봐야지."

"예?"

"뒷조사도 해봐야지. 집안에 문제가 없나 확인해야 하고, 옛날 여자관계가 어땠나 알아봐야 하고, 뭐 어쨌든 한 번 더 오면 생각해 볼게."

춘란은 실을 끊고, 비단을 찾으러 창고로 걸어갔다. 그 모습을 본 점원들은 피식 나오는 웃음을 참을 수 없었다. 오랜 시간 함께 해 와서 알고 있었다. 춘란의 걸음걸이가, 왠지 신이 나 보였다.

"마음에 들었나 보네."

"패기가 보이긴 했어."

"시집갈 때도 됐지."

"튕기긴."

점원들은 고개를 저으며, 다시 제 할 일로 돌아갔다.

닫는 문

하연국의 황제 율은 공식적으로는 죽은 이였다. 매년 기둥 위에
검은 띠가 둘리고, 문무백관은 성대하게 제를 지냈다. 그가 살아
있는 것을 아는 사람은 절친한 친우인 서하와 수렴청정으로 어린
황제를 보살피는 태후밖에 없었다.

"올해는 풍년이군요."

서하는 커다란 밀짚모자를 고쳐 쓰고, 달구지 위에서 넉살 좋게
말했다. 농부는 순박한 웃음을 지으며 넙죽 대답했다.

"승하하신 상황께서 하연국 구석구석 축복을 내리신 게죠."

그는 피식 웃었다. 농부가 말하는 친우 율은 지금쯤 황제 자리
내놓은 채 시원하게 살고 있을 것이다.

"벌써 칠 년이 지났군요."

죽은 이였기에 어떠한 서신도 보낼 수 없었다. 가끔 그녀를 추적

하여 소식은 알 수 있을지 모르지만, 서하는 일부러 그러지 않았다.

훨훨 날아간 친우가 더 가벼워질 수 있도록 온 힘을 다하고 싶었다.

"상황께서 승하하셨을 때 하늘이 무너지는 줄 알았습쇼. 태후 마마께서 영민하신 분이라 어찌나 다행인지 모릅쇼."

그는 지금쯤 황궁에서 끙끙 되며 상소를 보고 있을 태후를 생각하며 피식 웃었다. '재상은 휴가'란 서신 하나만 남겨두고 왔으니, 돌아오면 싸대기 몇 번 맞을 각오는 하고 있어야 했다.

서하는 하늘을 바라보았다. 해질 녘 붉은 태양은 세상을 곱게 물들어갔다. 시원한 바람이 옷깃을 스치자 익어가는 벼들이 고개를 흔들었다.

파란이 계속된 하연국이 맞이하는 평화였다.

그는 눈을 감았다. 오늘따라 하나밖에 없는 친우가 그리도 보고 싶었다.

달구지는 계속 나아갔다. 논밭을 지난 길은 작은 호수로 이어져 있었다.

"아빠! 여기 갈대가 있어요!"

옥구슬이 구를 듯한 밝은 여자아이의 목소리가 들렸다. 서하가 그렇게 눈을 돌린 것은 순전히 우연이었다.

바람이 불었다. 호숫가에 갈대들이 한번 뉘었다 일어났다.

붉게 물든 하늘 사이로 꽤 많은 일행이 있었다. 산처럼 높은 짐을 싫은 수레는 한쪽에 놓여 있었고, 꽤 많은 일꾼이 요식을 하고 있었다.

"금아, 너무 가까이 가지 마라!"

낯익은 목소리가 들렸다. 그는 믿을 수 없었다. 갈대 사이에서 웃는 남자는 퍽 익숙한 이였다.

"호수가 너무 맑아요!"

아이가 꺄르륵 웃었다. 남자는 팔짱을 낀 채 여기저기 폴짝이며 뛰어다니는 아이를 보고 있었다.

'율…….'

작은 여자아이는 율의 다리에 답삭 매달린다. 그는 아이의 머리카락을 쓰다듬으며 다정히 말했다.

"이제 식사해야지. 엄마가 기다린다."

"예, 아부지."

율은 아이를 번쩍 들어 올려 목말을 태웠다. 여자아이는 즐거운지 까르륵거리며 웃고는 만세를 했다.

"떨어질라!"

남자는 아이의 팔을 잡았을 때였다. 그들 곁으로 또 다른 남자아이의 손을 잡고 갓난쟁이를 안은 한 여인이 다가왔다. 서하는 그녀가 누군지 알고 있었다.

'송사린?'

곱디고운 여태는 여전했다. 아름다운 여인은 그들을 보며 밝게 미소 지었다.

"에휴. 여전히 곱네."

"저 여인이 누군지 아십니까?"

"신주로 가는 커다란 상단의 상주인데 장사 수완이 보통이 아닙니다. 벌써 아는 많이 컸네."

여인을 발견한 율은 발걸음을 빨리했다. 가까워진 그들은 서로를 보며 한번 웃고는 천천히 호숫가를 거닐었다.

붉게 물든 호숫가에 그들이 있었다. 갓난아이를 안은 여인과 아이를 목말을 태운 남자였다. 제일 위에 있는 여자아이는 뭐라 재잘재잘 이야기했다. 그들은 웃기도 하고, 서로의 흘러내린 머리카락을 뒤로 넘겨주기도 했다.

너무나 다정한 가족이었다.

서하는 눈을 깜박이는 것도 잊은 채 그들만 바라보았다. 그렇게 힘들었던 그들이 멀어질 때쯤, 시큰한 눈가를 문질렀다.

"아십니까. 죽는 것보다 더 힘든 것이 있습니다."

그렇게 말했었다.

"살아 있는 것입니다. 소첩의 세상은 항상 그랬습니다."

어디선가 떠들썩하게 웃는 소리가 들렸다. 해가 져가는 마을은 밥 짓는 냄새가 풍겼다. 너무나 평화로운 세상 속에서 서하는 소매로 눈가를 문질렀다.

그리운 이는 더할 나위 없이 행복해 보였다.

지는 태양에 달구지 위에 앉은 나그네의 그림자가 길게 늘어졌다. 농부는 갑자기 아무 말 없는 방랑자에게 이런저런 말을 붙였다. 순박한 농부에게 대답하면서 그는 하늘을 바라보았다. 붉게 물든 구름은 그들의 정표처럼 보였다.

"행복하십시오."

그의 마음에 화답하듯, 시원한 바람이 소매를 흔들었다. 서하는 진심으로 웃으면서 눈을 감았다.

完

후기

안녕하세요. 초현입니다.

그리스 로마 신화에 보면 크로노스가 자기 아들을 꿀떡꿀떡 삼켰다, 나중에 막내 제우스에 의해 토해내는 이야기가 있습니다. 일단 막내인 줄 알고 삼켰던 돌덩어리 시작으로 순차적으로 토해내니, 어머나! 막내인 제우스가 첫째가 되었고, 첫째는 막내가 되었죠.

저에게 있어 꽃의 의미는 그런 작품이었던 거 같아요. 제일 처음에 태어났으나 처녀작은 보물찾기였으니까요.

오랜만에 만난 아이들은 저의 미숙함을 단적으로 보여주었고, 저는 첫째이자 둘째인 아이에게 미안하다 외치며 성형수술을 감행했지만 과연 나아졌는지는 크로노스도 모를 거 같네요. ^^;

이런 저에게 빛과 소금 같은 조언을 해준 일기언니, 색다른 경험을 하게 해주는 친구 다식이, 느릿느릿한 손을 참아준 편집자 분께 감사의 인사를 드립니다. 고생하셨어요오.;ㅁ;

한여름 무더위와 드릴 소리 가득한 아파트 밑층 공사, 엄청나게 뛰어다니는 윗집 애들의 층간소음 속에서 태어난 꽃의 의미를 이만 끝내려 합니다.

수고하셨습니다.

부디 보시는 분들이 좋은 항해가 되었기를 기원합니다.

꽃의 의미

초판 1쇄 찍음 2012년 9월 17일
초판 1쇄 펴냄 2012년 9월 25일

지은이 | 초 현
펴낸이 | 정 필
펴낸곳 | 도서출판 **뿔미디어**

편집장 | 이재권
기획 · 편집 | 손수화
편집디자인 | 이진선
관리 · 영업 | 김기환, 임순옥

출판등록 | 2002년 9월 11일 (제1081-1-132호)
주소 | 부천시 원미구 상3동 533-3 아트프라자 503호 (우)420-861
전화 | 032)651-6513 / 팩스 | 032)651-6094
E-mail | dahyangs@naver.com
카페 | http://cafe.daum.net/dahyangs
값 9,000원
ISBN 978-89-6639-934-5 03810

ㄷ
향

사랑, 그 설렘에 취하고 향기에 물들다.